茅盾文学奖
获奖作家短经典

Short
Classic

李国文

唐朝的天空

李国文 —— 著

人民文学出版社

图书在版编目(CIP)数据

唐朝的天空 / 李国文著.—北京：人民文学出版社，2020
（茅盾文学奖获奖作家短经典）
ISBN 978-7-02-012972-0

Ⅰ.①唐… Ⅱ.①李… Ⅲ.①中篇小说—小说集—中国—当代②短篇小说—小说集—中国—当代③散文集—中国—当代 Ⅳ.①I217.2

中国版本图书馆CIP数据核字(2019)第126078号

选题策划	付如初
责任编辑	付如初
装帧设计	刘 远
责任印制	任 祎

出版发行	人民文学出版社
社　　址	北京市朝内大街166号
邮政编码	100705
网　　址	http://www.rw-cn.com
印　　刷	三河市中晟雅豪印务有限公司
经　　销	全国新华书店等
字　　数	180千字
开　　本	787毫米×1092毫米　1/32
印　　张	9.25　插页3
版　　次	2013年1月北京第1版
印　　次	2020年3月第1次印刷
书　　号	978-7-02-012972-0
定　　价	38.00元

如有印装质量问题，请与本社图书销售中心调换。电话：010-65233595

出 版 说 明

茅盾文学奖自1981年设立迄今,已近四十年。这一中国当代文学的最高奖项一直备受关注,获奖作品所涉作家近五十位,影响甚巨。其中获奖作品人民文学出版社所占的比例接近百分之四十,几乎所有的获奖作家都与人民文学出版社有过合作。这些作家大多在文坛耕耘多年,除了长篇小说之外,在中篇小说、短篇小说和散文等"短"体裁领域的创作也是成就斐然。

2013年,我们以全面反映茅盾文学奖获奖作家的综合创作实力为宗旨,以艺术的眼光,遴选部分获奖作家的中篇小说、短篇小说和散文的经典作品,编成集子,荟萃成了"茅盾文学奖获奖作家短经典"丛书,得到了专家和读者的一致好评。

此次再版,我们在原丛书的基础上,增添了第九届和第十届茅盾文学奖获奖作家的"短经典",一些作家的作品篇目也有所增删,旨在不断丰富丛书内容,让读者更加全面细致地了解这些作家的创作。相信该系列图书能够与我社的

"茅盾文学奖获奖作品全集"系列一起,为您完整呈现一代又一代茅盾文学奖获奖作家的创作实绩、艺术品位和思想内涵。

人民文学出版社编辑部
2020年1月

目　录

001　玛丽小姐
068　月食
109　戒之惑
131　涅槃
150　猫不拿耗子

156　淡之美
160　不沉湖
176　卖书记
186　何晏之死
200　嘴巴的功能
216　牵犬东门岂可得
228　曾经沧海难为水
241　嵇康和阮籍
254　唐朝的天空
265　江南才子何其多

287　母校的感觉

玛丽小姐

现在,谁也说不好该拿玛丽小姐怎么办才好了。

在胡同口方家,不,应该说在整个胡同里,从老到小,几乎无人不知玛丽小姐的。

老太太健在时,是她老人家陪着这个玛丽小姐每天出来溜达的。几乎是风雨无阻,天天如此,准八点,那油漆斑驳的翰林府的大门,便哐啷哐啷地开了一条缝,先是玛丽小姐,然后就是校长夫人,一前一后地走出来。准九点,老太太和她的心肝宝贝,已经从后海南沿绕银锭桥回来了。

天天如此,比钟摆还准。

接着,胡同口里的人家,便可听到早先的翰林府那扇沉重的年代太久的大门,又发出一阵哐啷哐啷的声响。也许从此这一整天,大门保持着有涵养的沉默,几乎不大有动静的。

于是,只有悠扬的鸽哨,在天空里忽而近,忽而远地响着了。

这所四合院门口那影壁,和下马石,记录着方家祖先在乾嘉盛世的恩渥隆遇。从前清翰林院方大学士开始,一直到方中儒这位大学校长,胡同口方家在后海这一片,凡老住户都知道那可是真正的书香门第。

后来，前几年吧，每天陪玛丽小姐出来溜达的，变成是校长本人了。

街坊邻居相信，老太太一准到她的天主那里去了，因为她是个虔诚的教徒，总是到西什库去做礼拜的。

人们也纳闷，方校长体格原不如他老伴，他倒该先走的，结果她把他撇下了。

自从老伴归天以后，他老人家像塌了半边天，身体好像更不顶用了。一天到晚离不了拐杖，精神显然不如从前。每天早晨，颤颤巍巍的他，走两步就得歇口气，玛丽小姐不得不驻足等他，回头看着他。比起他那永远腰板挺直，永远整齐光洁，永远像洋人那样在数九寒天也穿裙子的老伴，他可差得太远。无论应付四合院会出现的问题，还是有关儿女的一些什么事情，老夫子倒总后悔不如他先走：也许因为他从不料理家务的缘故，忙于他的学问，本来事无巨细都是他老伴操心的家务，一下子落到他头上，怎么也照管不过来了。

幸好，并未麻烦他很久。人们再见不到老校长和玛丽小姐一块出现在后海溜达了。

银锭桥头摆烟摊的和修理自行车的老大娘和老大爷都明白：老夫子到天国去找他老伴了。胡同口方家这书香门第的最后的一个象征，前后脚随他夫人离开了人世。

再也见不到那真正是来自外国的玛丽小姐，由谁陪着出来溜达了。于是这后海边上，似乎缺了些什么。

人是挺怪挺怪的，习惯了，适应了，也就觉得理所当然了。大家讶异了一阵忽然消失了的这对老夫妻以后，一旦哪天方家的什么人,又和玛丽小姐出现在海边垂杨下溜达的话,人们难免又要引起议论,好像挺不顺眼的了。

"老太太、老爷子一过世,儿女们便不把爹妈的心肝宝贝多么当回事了!"

摇头的,叹息的,唉!唉!这世道啊……

家家都有本难念的经。方家人,现在是三兄妹,老大方彬,老二方军,老三方芳,对玛丽小姐的看法、意见以及具体的措施方面,各个想法不尽相同,不能一致。其实也不是天塌地陷的大事,无非有人希望这样,有人喜欢那样,有人想当甩手掌柜,有人不想吃亏罢了。

"怎么办呢?"

"总得有个万全之计,对不对?"

不就是一条巴儿狗吗?

即或是一条纯种的马耳他巴儿狗,不也是一条狗吗?

姑奶奶叼着一支长长的女士烟,牛仔短裙裹着她那浑圆的臀部,两条秀挺的玉腿,一双跟高得出奇的皮鞋,在方砖铺地的四合院的天井里,像模特儿表演似的,娉娉婷婷地走来走去。"我不认为玛丽小姐是一条普普通通的狗,不管你们承认也好,不承认也好,它是父母亲的遗爱——"

"用不着你定性——"她丈夫在心里"腹诽"他太太。

"难道你们大家不怕别人笑话吗?"

大家做出洗耳恭听的样子,其实,她大哥、大嫂,二哥和他的情人,以及她那懒洋洋在躺椅上八字摊开的丈夫,都不买她的账,又不得不听她的。

可能觉得她来扮演卫道士的角色,不怎么适合吧?

一个非常风流的女人,突然非常严肃起来,有一点点不太谐调。

"瞎来劲!"她丈夫被她拖来参与关于解决玛丽小姐的这个家庭会议,本来满肚子的不乐意。见她这副神气,越发地不高兴,干吗?兴师动众,还真当回事地坐在这儿讨论,好像一天到晚公家的会还没开过瘾似的,回到家里来接着开,实在荒唐透顶。

王拓心里骂他老婆:臭显,就你能?你也不是一家之主,你上头有两个哥哥,你是嫁出去的人,你凭什么出头管这些事?莫名其妙!充其量,你也只不过具有三分之一的权利和义务而已,瞎张罗!她的全部能量,就在这张罗上。

终于张罗上一个什么协会的秘书长,"末代王朝的奇葩,哦!哦!"

他知道他老婆表现欲极强,热爱在日常生活中扮演这种或那种角色。

现在,她在院子里那副当家主事的样子,很像才去世的老爷子,更像前些年归天的老太太。包括她哥哥、嫂子在内,都相信是老爹、老娘把她给宠的。

她逐一地看着院子里的人,等待着大家的答复。

"怎么着?诸位——"

一表人才的方军,被老爷子笑话成空心大萝卜的电影厂里的导演,却是个天字第一号情种。他本人的爱情故事,按方芳的评论,要比他自己拍的那些烂片子,更卖座些。他在院子里的丝瓜架下,跟他的情人不知在密谈些什么,院子里的讨论他并不关心。

这位目前和他同居着的女演员,半点也不漂亮,全家人弄不明白,他会如此迷上菲菲。

"二哥,菲菲,你们的喁喁情话,还有完没完?"

"要我们发表个什么意见吗?"方军问。

"对了,就是要你讲话,因为你是方家的人!二哥!我知道你讨厌玛丽小姐——"其实,这院里喜欢这条刁钻古怪的狗的人不多,也可以说没有。"不过,你不能没有一个态度!"

"是,女家长——"

"不要话里带刺,二哥,什么时候你片子拍得有这点含蓄就好了!"她是个眼里不揉沙子的女人,厉害得要死,她父亲在世的时候,那样一位鼎鼎大名的大学校长,也让她三分。"好吧!你不要以为我多管闲事!关于玛丽小姐,看在早去世的母亲,和新近离开我们的父亲分上,看在咱们这个无论如何也能算是书香门第的分上,不能不考虑到舆论的力量。弄得玛丽小姐没人管,都想一推了之。像话吗?"

"不至于吧!"方军表示不理解,他说,"一切不是挺正常的吗?"

"正常个屁,不能这样对待玛丽小姐,且不说咱们是什么人家,且不说老爷子刚过世,从保护动物协会的观点——"

"我们可没有虐待啊,芳芳!"大嫂贺若平连忙声明。

"现在不是追究责任,说起责任来,谁都有一份,因为我们是胡同口方家的子女。"方芳一脸正气,一派大度,也难怪父母在时,特别器重她,而对两位少爷失望。

方军说(这种不得体的话,也就是他能没心没肺地说出来):"至于这么严重吗?玛丽小姐虽说上了点年纪,但终归是条巴儿狗,卖了算了!"

全院大哗,"啊?——"

方军所以成为一名三流导演,可能与他自我感觉略差有点什么联系。

他压根未把大家亏他说得出口的惊诧神情放在眼里,继续发表他的谬论。

"那么好,我有个朋友在杂技团,驯狗的。也许,玛丽小姐具有表演天才呢?"

这回,方芳发她姑奶奶的脾气了,猛喝一声:"你还有完没完?"

菲菲拉了他一下,他赶紧举手做投降状。

"二哥,我看你实在差劲!"

他知道她的厉害,从小就斗不过她,虽然他比她大好几岁,但事事处处都得听她的。白长了个大个子,白当这个哥哥。上树,他不敢,只能站在树底下拣她扔下来的枣吃。后海挨着他们家院墙,夏天跳进去游泳,冬天跑上去滑冰,他只有站干岸眼巴巴看的份。他妹妹无所不能,无所不会,徜徉在天上是蓝天白云、水里也是蓝天白云的后海上,美滋滋地,快活得这后海都盛不下她。"下来呀!笨蛋——"那时她不叫他哥,而叫他笨蛋、笨虫、大土鳖或者傻驴什么的。他也真往水里跳,而且不止跳过一次,每次都淹得两眼翻白。细算算,喊他哥,也是他当导演以后的事。

不过要是让她去看他的样片,准会蛾眉一竖:"这片子也就是你这笨蛋导得出来吧!"他承认他片子拍得不好,但他能找出无数的理由,把过错推诿出去。他永远怨天尤人,永远觉得他的才华得不到施展。

他的妹婿王拓非常羡慕他有糟蹋国家几十万人民币的权利,而且还有抱怨的资格。

方芳戳着他的脑门,很不客气地数落着:"关于玛丽小姐,你有意见你有看法你有什么好主意可以发表,不要信口开河,胡说八道。"

"遵命!"方军一向被她"镇压"惯了,马上缄口噤声,表示服帖。

王拓估计他老婆下一步,该进入这次家庭会议的主题了。

果然,她把目光转向抽闷烟的老大,这一家的长门长子。

方彬这人,猛一看,挺不知深浅的。总做出一副深沉的思考状。其实,全家人都明白,越是这种样子的时候,他脑子也越是什么都不想。要是此刻谁问他,你妹妹和你兄弟在争论些什么,他一定是两眼露出茫然的光,说不出个所以然。

王拓在他老丈人家,其实更亲近导演,而不喜欢这位处长大人。

方老夫子终生抱憾的事,便是家门不幸,儿女不肖。老人家所谓的不肖,主要是怨恨他们不争气,一个个不学无术。如果说老二中看不中吃的话,那么,这个老大则是既不中看,又不中吃。"真想不到翰林府终止在我这一代……"

王拓深知逝世的岳父岳母,也未必很愿意接纳他为书香门第的乘龙快婿。只不过是,第一,在插队时结的婚,无可奈何,不得不认可的事;第二,怎么说,多少还有一份精干,虽然文化程度太差了,老三届,高中水平,这使老人摇头,幸好吩咐干些什么,不至于像二位少爷那样不顶用,也就接受这个现实了。由于时常被岳父母差遣,女婿顶半子使用,这两位郎舅,导演比较亲近他,因为可以省却自己许多麻烦,何不乐得轻松?而处长呢,老怀着一种对于精明的戒备,怕遭他算计似的警惕着。

"大哥。"方芳"笃笃"地走到方彬跟前,她丈夫认为她没有必要在自家人面前,充当领导,好像不管着几个人,不当个头,就不是中国人似的。

王拓心想:第一,你不是家长,谁也不曾选你。老爷子未在遗嘱里册封你为他老人家的法定继承人,你没必要在这儿指手画脚!第二,你要匡扶人心,维系道统,发扬书香门第的温柔敦厚、福寿绵长的家教家风,那你就不妨身先士卒,将玛丽小姐弄回自己家里来"供养",何必来这套假招子?他听他老婆对她大哥,一个什么部什么司什么处的处长继续发表门第伟大论,对玛丽小姐的态度也就是对先考先妣的态度论,那副道德面孔,应该说从演技角度来看,是不错的,但这套宣传,让他腻味透顶。

方彬了无反应,方芳逼着问他。

"你说吧,大哥,怎么办才能妥帖些呢?"

"什么事呀?芳芳?"方彬的拿手好戏,就是装糊涂。其实,他有时确实喜欢脑子处于空白状态当中。不过此次这场戏虽是他老婆鼓捣他才开演的,他做不了贺若平的主,是实情,但他想从这条狗身上先做文章,达到另外的目的,说明他也并非十分太呆。

他有时真呆,有时装呆,有时一点也不呆。

正如老夫子说过的,呆是他的生存之道,要不,能当上处长?据说还要当局长。

方芳当下就光火了,你不想要玛丽小姐,对不起,也甭打算往外推。她本来就觉得老爷子刚过世,方家不该这么快出现让人家看笑话的事,不过考虑到这个玛丽小姐确实难缠,才凑在一起商量个好主意的。好!这位处长像没事人一样,简直岂有此理!

她根本不晓得她哥哥的底牌,他笨吗?不该笨的时候,一点不笨!虽然,她不清楚他大学是怎么毕业的,但在他那个部那个局那个处混得还不错的。呆人有呆福,官场倾轧中,也能捡到些便宜。现在,他用这一套来对付自家人,真有他的。

"那我们大家回来干什么?"她气呼呼地说,但始终挺着胸,做出优美姿势,时刻表明她是个艺术家,而且,还是个不大不小的艺术家的样子。

时代也真能造就人才,方芳从乡下回城以后,文不成,武不就,高考落榜,坐机关无门,当工人不愿出力,扫马路怕丢人。也许演过几天样板戏,有些艺术细胞,成了区文化馆的舞蹈教员。应该说,她挺能张罗,主办过一次国际标准交谊舞大赛,操持过一个业余的时装模特表演队,上了报纸,上了电视,成了文化艺术界的一位名流。如今掏出名片来,头衔也是一串一串好吓人的。她那大学校长的父亲,除了叹息还是叹息:"虎牌万金油啊!"对她沦落到三教九流这一点总是皱眉头,"方家门风怎么会如此不堪?娼优隶卒,全有了!"

老人的这种念头,她当然认为是很可笑的:"得了吧,爹!"

"我们大概是太落伍了!"他掰着指头对玛丽小姐说(别人谁还肯听呢),出了个不三不四的导演,姘上个活人妻的女演员,又来个跳舞的,又来个小老板,包括那个无能的处长和他的小市民的老婆,全是胸无点墨之辈。

她不听这一套,掉屁股就走。

不过老人能原谅她,她未赶上好时候,上山下乡,失去学习机会。所以,他有些抱愧,若她能读书,比两个儿子要强百倍。"即使如此也比那两个草包像人些啊……"

方芳在院子里站定,脸一板,打量着她的大哥,一个破处长给她装糊涂,心想,甭给姑奶奶来这一套,我不吃。"怎么回事? 大哥,还得请教你呢?"

"不是礼拜六吗? 哦——"说到这里,方彬仿佛才明白一样,"今儿不是礼拜六! 对,不是礼拜六。"原来老爷子健在时,周末,全家照例总是要团聚一次的。

"大哥,这儿不是机关,不是官场,用不着跟我们大家打太极拳。不是大嫂讲了嘛! 她不想要玛丽小姐了!"

贺若平连忙声明,她不是这个意思。说实在的,这家人,此刻,谁也不想担这恶名声,老爷子尸骨未寒,就嫌弃玛丽小姐了。

这条狗闻名遐迩,是来自异邦,是纯种马耳他,有谱系证书,而且是一位大使夫人送的,至今还时不时地托人捎来狗食罐头的。

好一个了得! 是一条有海外关系的狗。

她赶紧向在座诸人,再三解释,主要是她怕担当不了这份责任:"我跟你们说实话,这个玛丽小姐越来越难侍候,动不动就闹绝食,真不好办。这不才决定把大家请回来,商量怎么解决的吗!"

虽然玛丽小姐不是十分可恶,但也十分地不招人喜欢。可生活就是这样,你不待见,你讨厌,但你得接受,你还不敢怠慢。

其实,恨不能说去他妈的!

方彬做出恍然大悟状,"哦,哦,你看,你看,忙晕头了,忙晕头了……"

他装得极像,抱着脑袋,似乎日理万机,不堪其扰的样子。

自打王拓辞掉公职,干公司,做买卖,当老板,身上沾有铜臭气以后,从老丈人起到两位舅爷,到自己老婆,都把他视为异类。他从此也索性不买这书香门第的账,老爷子是双料博士,他服气,剩下的,跟他一样。拿"文革"中爱说的话形容,彼此彼此,都是一丘之貉,尤其这位大处长。他心里在骂:"什么东西?装他妈的孙子。分明是一心想踢走玛丽小姐,觉得自己吃亏了。现在,他变得不知情了,好像倒是我们大家来给他找麻烦似的。"

妻舅的这分智商,他真不敢恭维,很难相信是博士的后裔。

可他居然还有可能被提拔,真他妈的邪行,而且还是昊铁老(老爷子的朋友)透出来的口风。

这两位妻兄,他讨厌方彬那假正经,情愿离他远些。而宁可接近方军,虽然吊儿郎当,至少他有一份直率。高兴就高兴,不高兴就不高兴,全在脸上摆着,不玩儿阴的。老人在世时,全家人谁不拍玛丽小姐的马屁?包括那个此刻当少年犯的方大为。别看那是条狗,得拍,不拍不行,要讨老人的欢心,就必须拍。

独他不!他不喜欢狗,喜欢女人。

方军风流韵事不断,而且档次极低,有时和风尘女子来往,被捉进派出所过。可他从来不给自己贴花描金,做出正人君子的样子。他知道他老爹半点看不上他,认为他是败类。他妈祈祷上帝保佑,只要他不杀人放火,就算万幸了。他承认他不行,不灵,"王拓,不怕你见笑——"他说他搞不了事业,搞不了钱,要什么时候连女人也不想搞了,他大概就成了西方文学中的"多余的人"了。

"在这家里,我不如狗——"

"你不能不承认,一种很反常的情况下,狗会比人重要。"

王拓也腻味这条狗。

他在这家里,应该说能谈得来的,只有导演。

每当他俩谈兴正浓时,方彬总会过来好奇地问:"什么?什么?"这家伙有种怕被人暗算的恐惧,时刻保持警惕。因此,不大好说他呆,但这样猛插一杠子的做法,又难以说他多么聪明。

这两个人,根本不愿意跟他搭讪,因为他只知道做官,谈其他无异对牛弹琴。

说起来,这段插话,那还是前不久给老爷子办丧事时的事情了。

方校长之死,也算是倍极哀荣了。怎么讲,一代鸿儒,学界泰斗,自然是相当重视的了。活着,也许无所谓,一死,倒有了分量。人的价格行情,时涨时落,忽而尊重,忽而贬低,碧落黄泉,真能有天渊之别的。不过,这一回,也许是最后一回,翰林府那扇哐啷哐啷的大门,从未出现过的辉煌,人来人往,川流不息,索性开而不关了。于是,那影壁,那石狮,仿佛回光返照似的,突然鲜亮了许多。

可以想象,是多么忙忙乱乱了。其实死亡应是一件悲痛的事,可难得的哀荣压倒一切的时候,丧事在某种程度上失去了本义,应酬和场面比什么都重要了。

于是方军和王拓也用不着哀痛欲绝,倒格外地清闲自在,因为插不上手。

那几天这条胡同、这个小院可热闹了,车水马龙,络绎不绝。哪怕只当一天大学校长,也是个长。人一死,沾个长字,那风光就很不一样。加上老爷子是真正的有学问,便多一层实在的体面和货真价实的光辉了。这样,官场也好,学界也好,来的宾朋贵客竟黑压压挤满了一院子。

院里临时设了个灵堂,负责照应来吊唁的党政领导,知名人士,亲朋好友,门墙桃李,都是长门长子和那位穿了一身黑的姑奶奶的场面了。方军和王拓,虽说一个是儿子,一个是女婿,也不知是他们上不去台盘,还是这两个家伙不愿上台盘,反正被排除在外,连泣血稽颡的机会也没有。方芳那天风光极了,她请来的一位电视台朋友,扛着个机了随她转。方彬当然不愿失去这样一个能与负责同志、与各路名流或巴结、或讨好、或增强印象、或放长线以便将来钓大鱼的机会,何况他的身份(不孝孤哀子兼某某部某某司某某处的处长)历史地把他推到这个出风头的场面上来。

可惜那张脸,永远木木然,幸好是丧事,这表情还算合宜。

一个人一辈子只有这么一次机会,机不可失时不再来呀!他不时提醒自己。

他对自己说:不可能再碰上这样一位老子了,连早年获得过博士学位的英国牛津,美国马萨诸塞,也发来了唁电。这使有些人认为,怎能落在洋人后面?纷纷登门三鞠躬了。方彬认为若不利用这点"剩余价值",岂不太傻了吗?于是,他跟了妹妹抢风头,忙得个不亦乐乎。

被冷落或自甘冷落的方军和他的妹婿,躲在东屋里,只有玛丽小姐陪着。一口连一口地喝着上好的茉莉,一支接一支地抽着万宝路。姑奶奶有话,这种细枝末节的小地方,决不可以掉胡同口方家这名门望族的价。哪怕把裤子当了(这是绝不至于的),烟要好烟,茶要好茶,坐小车来吊唁的客人,司机一律开钱。她知道大嫂贺若平小户人家出身,生性抠门,特地讲清楚,把发票留下来,三一三十一平均负担。这样,他们两个本着不吃白不吃的精神,尽情享用了。

王拓知趣,因为他不姓方,不插手也罢,导演被冷落,完全不应该的。方芳几乎独霸市面,方彬笨笨磕磕地抢镜头,哪有导演的份?他唯有自我解嘲了:哼!这些出出进进的头面人物,给我当群众演员我也不要。"看我这一兄一妹马不停蹄的样子,送往迎来,就显他们是这部丧礼片的男女主角了。"

"得了,你不干,就别说嘴啦!"王拓开玩笑,"连玛丽小姐也在看你牢骚满腹的德行呢!有你抽的,有你喝的,坐在这儿当看客多好,你愿意应酬这些客人?"

"唉!你这是什么话?怎么?我是私生子吗?"他可以不干,但别人不让他干,那可不行。

"这就是你们没落贵族的德行了,想吃怕烫,不吃心慌!"他数落他的妻舅,"你想干,你去嘛,又没人拦住你——"王拓把他朝院子里推,他又不动弹。刚才,他们电影厂老板来吊唁,他也懒得去应付。他妹妹不得不编出他伤心过度的话,遮掩过去。

"我不凑热闹——"

"这就是大家爱说的时代病了。自己不想干,不屑干,别人干了,还指手画脚,说三道四。"

"得了老弟,所有混得得意的人,都长了一张说人的嘴。"

玛丽小姐见他愈来愈没个好声气,抬起屁股走了。

王拓了解这个方军多多少少有点二百五,这家人阴盛阳衰,两弟兄的智商加在一起,也没有他老婆高。居然国家把几十万块钱任他糟践着拍片子玩,而他当老板的那家公司,想申请点贷款,比登天还难。如果说是私生子,王拓说自打他干公司以后,他倒真有这种感觉。

他说:"得了吧王拓,我才是私生子!你至少是你,我算老几?不仅是这一家的私生子,而且我觉得我是整个社会的私生子。"

"你真能胡扯——"

"你不相信吧!反正,我觉得我是个多余的人,谁都嫌我,包括这个玛丽小姐!"方军接着又宣泄了一通,从死去的老头子到还没死的电影厂厂长,都绝对认为他是多余的。这牢骚一直发到方彬送走一位坐奔驰车的客人,得意地搓着双手进来时为止。

"什么,什么?"方彬紧紧追问。

他怕这两个家伙算计他,因为遗嘱还在学校领导手里,不晓得老爷子写了些什么。所以,他这个长门长子,既要做出一副悲戚的样子接待来宾,又要琢磨下一步棋该怎么走。他脑子里这时候就成了一锅糨糊,根本不得要领。于是,在院子里,伶牙俐齿的方芳便把客人垄断了,他在一旁唯有点头哈腰干着急而已。

可他又不放心这两个闲人,再忙也要来应付两句,一张口,语无伦次,也难怪,他想到遗嘱上谁将分到什么,谁将分不到什么,也就不得不前言不搭后语了。

当了这几年处长,真难为他。

据吴铁老说,还有可能提拔他一下呢!连他老爹还健在时也不禁纳闷,"也许我真是有眼不识金镶玉,都说知其子莫如其父,难道这句话错了?"

他老弟轰他出去招呼来宾,因为和他交谈,绝对要吻合他的实用主义,关于老夫子的遗产,一再试探,没完没了,虽然方军并不觉得自己多么清高,也不是不想捞一把,谁会嫌钱扎手呢?但方彬反复强调三兄妹要团结一致,互让互谅,他烦死了。

"这儿没你的事,你忙你的去!"

"什么多余?真的,什么多余?"方彬一个劲地追问。

王拓笑笑,不言语。

他知道方彬的心病,他的宝贝儿子,胡同口方家这书香门第的唯一的第三代传人,一个四肢发达、头脑简单的小伙子,因为持刀行凶,险些死人,被拘留待审。究竟让不让大为参加爷爷的遗体告别仪式,一直意见不一。

方芳并没有明确说不行,也没有说行,但不知为什么,好像姑姑不点头,别人还不便做主似的。谁也不曾公开地说,老爷子归天,和大为把情敌的肚子上扎了两个窟窿,差点出了人命,被抓起来有关。但老爷子倒确实是在病榻上,听说他孙子居然敢开杀戒,接连说了两句:"一代不如一代!"以后,第三句还未说出口,一口痰壅塞住,便咽了气。

第三句话,肯定还是再强调一次而已,那悲观绝望的面容,已把老人要讲的话,全部写在脸上了。

但方军认为,也许老爷子第三句话,是别的意思,没准会给我们一个光明的尾巴,他那个电影厂厂长通常都是这样要求他拍片的。再说,老爷子是位严谨的学者,措辞用字,相当慎重,哪能一而再再而三呢?

老夫子刚刚咽气,大家不知所措的时候,他能吐露这番高见,不能不让人叹服他不愧是没心没肺惯了的,根本不往心里去的主。他还很有怨气,好比对墙壁发表一通演说,了无反应,众人的冷淡使他索然无味。于是,他又一次印证了他是这个家庭、这个社会的私生子的看法。

他永远怨天尤人,只是和他情妇在一起时,还稍稍振作些。他对他的侄子存在与否从不关心,所以,是不是这小子气死了老爷子,该不该让这个辱没门庭的败类参加追悼会,他连想都不想。

不过,亲戚朋友相信,大为闯祸,是老爷子死亡的主要原因之一,大概不错。

难道方彬和方军,能叫老先生活得多么快活吗?这难兄难弟,没有什么能耐,没有什么本事,更没有什么学问。所作所为,无不让老人深深地失望,"唉唉,都是银样镴枪头啊!"稍稍器重的方芳,可惜生不逢时,赶上"文革",小数点加减乘除未学会,就中断了学业。"可是她居然成为一个著名的文化人士,简直更狗屁不通了。"

翰林府完了。有人说,他死在绝望上,所以,第三句话也就无需说出来了。

但王拓认为,老爷子的这种嗟叹,基本上属于上一个世纪读书人的悲哀。

什么叫学问?您老人家的长公子做官的学问小吗?二少爷谈情说爱的学问小吗?令爱写情书都找人捉刀,可不妨碍她当这个协会的理事,那个协会的秘书长。据说即将出版的《中国艺术家辞典》里,还有她的条目咧!好一个了得!

"瞑目吧,泰山大人!……"王拓心里想,也许方军说得不错,老爷子的第三句没能吐露出来的真言,可能是觉得没有必要强求别人像自己一样。你认为好,别人可以认为不好,你认为不好,别人认为好,不行吗?一代一代要活下去,包括拿刀捅人的那个少年犯,看那下手的狠劲,将来成为"教父",也不是不可能的,你管得了吗?

老人家的悲哀纯属多余。可他那样抱残守缺,认定他的学问是学问,倒真是值得悲哀了。光阴荏苒,日月如梭,一些东西增值,一些东西贬值,老爷子对于时代的市场观念,大概太淡薄了。难怪他咽气时,面色怅惘而迷茫,不知是叹息儿孙,还是遗憾自己?话未说完,就永远地离开人世了。

处长还在执拗地盘问他俩,"到底什么多余?真的,多余什么?"

方彬并不刻意要他的儿子在爷爷的追悼会上露面。但却想利用这个契机,把大为从关的地方弄出来。他懂得怎样利用死人的价值,过了这村再没这店了,坐奔驰车走的吴铁老已经表示可以成全。只要举家一致,异口同声,不嫌大为多余,让爷爷最后看一眼这个有种拿刀捅人的孙子,能假释出来,那么,也许就可以不必回去继续坐牢了。

事在人为,对不对?

这两票很关键,一个叔叔,一个姑父,方彬认为,只要他俩首肯,方芳也就不好不表态。虽然她一直讨厌,甚至反感大为,多次申言,应该将他关起来。否则,这小子杀人放火,无恶不作,非弄得满门抄斩不可。只要他一在院子里,那玛丽小姐就算是倒大霉了,不折腾得半死不会罢休的。那时老爷子还在,这小子只敢背后作践,当面还是溜须这条狗的。

"为了玛丽小姐,也不能让这小子回来!"

王拓不赞同他老婆的观点,"狗重要?还是人重要?"

"看是什么样的狗,什么样的人。"

方芳问他,到底是玛丽小姐给晚年的老人带来了慰藉好呢?还是这个杀人犯催老爷子的命好呢?

"总不能因为狗而不主张放人,说不过去的。"

"在我们方家,玛丽小姐就不同一般——"

无论做丈夫的怎样晓谕,方芳态度坚决,甚至绝情。"不行,应该继续关他,这个败坏家风、辱没门庭的人,没他老爷子还可以多活几年,让他来参加追悼会?开玩笑!"

方彬明知他妹妹会这样想这样做,却不肯放弃这千载难逢的能争取假释的好机会。亲子之情,贺若平又一把眼泪一把鼻涕的,那就挑明了说吧!但他又不敢把他这老妹子得罪了,问题在于方中儒留下的,也许是最值钱的汗牛充栋的图书,其中很多是珍本、海内孤本,不能按老爷子的意思,无偿地奉献出去。

钱!那是钱啊!他恨不能大声疾呼。可他一是考虑到老人刚死,二是赤裸裸地拜金主义不免过分,三是说实在的,这些年官当的,凡事少开口,一问三不知,结果连句整话也说不好了,真急得他抓耳挠腮。他认定了,必须三兄妹联手,才可以使这堆满三间屋的书籍,变成通货。而能言善道,出头露面,舍她其谁?指着没个正形的老二,那德行能办成事吗?冲这一条,他不愿惹恼了她。

"如果老爷子把书献了,他名垂千古了,除了这所四合院,给我们留下个屁啊?"

他那小市民的妻子"哼"了一声:"怎么没留?留下个祖奶奶!"

方彬有一点迟钝,正好适合他一等二看三慢的为官之道,不至于犯错误。好一会儿才悟出他老婆说的是谁,"啊呀,你先别管玛丽小姐吧!"

"我倒想问问,老爷子一闭眼,他的心肝宝贝谁管?"

"你放聪明些,别看它是条狗,谁养着它,就等于方家的正宗嫡系,那可是一份发言权。"

"我把话说在前头,那才是条祸害呢!"

"求求你别搅,好不好？当务之急是书,书就是钱,老头子一生积蓄全在这上面了。行家说了,虽称不上价值连城,几十万块人民币总是值的。"

一听这数目,他老婆也不由得心动了,"怎么办？"

"得争,尤其得芳芳去争!"于是两口子意见一致,连贺若平也认可了不招惹方芳,而且把玛丽小姐侍弄好了,姑奶奶兴许更开心些呢!

可是,万一遗嘱已经安排了呢？结果钱未捞着,儿子也放不回来,岂不鸡飞蛋打？于是他那几天,一辈子也没动过这么多转弯抹角的脑筋。藏书不能献,儿子还想要,只好迂回战略,来争取这两张票了。

"吴铁老说了,人情之常,能够理解。错归错,血浓于水嘛!"

方军除了发牢骚和搞女人外,什么都不往心里去。"反正我不会让菲菲来的,我不觉得这多么重要。但是我也不反对你去把大为保释出来,我也不在乎一个犯了罪的孙子出席这种场面,本来就是形式主义。"

"对,是这么一回事!"他抓住方军的话,"那么想法儿把大为弄出来？"

王拓知道自己老婆的大义凛然:"我看还是你们兄妹定吧!"

"你是起决定作用的关键人物,王拓,芳芳很听你的呀!"

"谢谢啦,令妹的性格,你们二位也不是不知道,她想听的才听,不想听的说下大天来,她也未必听,是不？"

方军这才明白怎么回事,他怵他妹妹,赶紧声明:"我是狗屁不顶的人,大哥,这事再商量吧!你先招呼来吊唁的客人吧!"

方彬听不出这两个人卸磨褪套,兀自想要他俩表态:"二位的意见,事关重大……"他一个劲地拜托,缠住不放。

要不是胡同口汽车喇叭声响,来了位屁股冒烟的贵客,方彬还会纠缠的。王拓知道自己妻子的说一不二的脾气,不过,抓空把方彬的意思对她讲了。她对她侄子态度非常明朗,不改造好,不能把这小子放出来。"不——"只有一个字的回答。

他呢,对这个动不动拔出三棱刮刀的一脸横肉的小流氓,也素无好感,才屁大年纪,就占山为王,成帮结伙,为非作歹,实在不像话。不过觉得他妻子捍卫书香门第的光荣,有必要如此坚决吗?他表示怀疑。他相信,再好的过去,已经过去。他劝方芳,豪门世家不可能永远辉煌,没落到这一步,最佳之计,就是承认现实。

"芳芳,从古至今,哪有万世不变的基业,气数尽了,你也没法力挽狂澜!"

"我承认我们家衰败这个事实,可也不能出杀人犯哪,所以把他一辈子关在牢里才安生——"

"你当姑姑的,何必如此歹毒?"

方芳回答道:"这样做,为他好,也为家好。"

他反驳:"难道你们这一代多么给老爷子争光吗,我才不信。"

"至少,我们没犯罪——"

他嘿嘿一笑,不以为然。

"你笑什么?"她问。"你不会想到,这混账东西,多少次偷看我洗澡,不止一次被我当场抓住。从小就色胆包天,不是个好种。"

"嗨! 小孩子的好奇心罢了!"

"三岁看大,七岁看老,全是他那小市民的妈,先天就给了他这种遗传基因——"

"哦,天——"

"胡同口方家从古至今没出过这样的败类,后海这一片,除了恭王府、庆王府,还有两家贝勒府,就数到我们方家翰林府了!"方芳一脸正经。

王拓笑了。"芳芳,翰林府还真亏有你这位正经得不得了的当家主事人,你们方家列祖列宗在地下都要感谢你姑奶奶捍卫了这张脸呢! 可你一跳伦巴舞,或是恰恰舞,穿得尽可能地少,尽可能地薄时,你不怕老祖宗骂你浪?"

"我就知道你没好话。"

"你能把两者并行不悖地统一起来,也真叫我佩服。"

"姓王的,你有完没完?"她眉毛挑了起来。

"算了吧,芳芳,你们家的脸,早让你们这一代,给撕破啦! 老爷子是死在他孙子手里,何尝不是死在你们这些人手里,别客气!"

"滚你妈的蛋——"她不想和她丈夫谈下去,"我们方家的事,你少插言。"

"好好,从今以后,我在商言商。"

她不许她先生议论,自己却按捺不住要发泄,还怪王拓,"都是你,哪壶不开提哪壶!"

她先数落她二哥和那个活人妻的菲菲,过了明路似的同居,算怎么回事呢?

"你多余操这份心!"

"每月给甘心戴绿帽子的丈夫开二百元安慰费,简直可以上《吉尼斯世界之最》了!"

这世界也真是无奇不有,难为导演想出这名目来。别看他拍的片子十分缺乏想象力,这天大的笑话,倒弄得全城沸沸扬扬,比他拍的任何一部片子都轰动。

是挺让人难堪的。但方军无所谓,给人介绍是他爱人,因为他已经付过钱了。

有人好奇地私底下问过方芳:"你哥好意思发这钱,我们就够惊讶的了,那主儿自己来领,更不可思议了!"

方芳除了破口大骂她二哥外,夫复何言?

"是上你们家来领安慰费吗?"

"敢?"

"那你二哥的情人呢?"

"反正我们家不承认——"

老爷子还活着的时候说过:"你要把这个女人领进院的话,我马上跳湖!"

方军还振振有词:"你老在西方待过,这不是正常又正常的事情吗!"

"这是中国,这是方家——"老爷子让玛丽小姐咬他,轰这个败类滚出去。玛丽小姐果然也不客气,龇牙咧嘴。

那时候,狗仗人势,可厉害啦!

方军在院里对他妹妹诉苦:"我保证,这一次是真正的爱情!"好像以前他和别的女人难解难分,寻死上吊都是假情假意似的。方芳恨死他出丑丢人:"你这笨驴,就这能耐,应该把你送到配种站去。"

他还挺自负:"我这个人,有爱情能爱,没爱情也能爱!但这个菲菲,我可动了真情啦!"

"这样的话,你以前也说过的。"

"小姑娘,你根本不懂爱情——"

方芳火了,尤其讨厌他那嬉皮笑脸的样子,抬起手就给了他一记耳光。

"你干吗动手?"

"因为你是畜生!"

他既不敢还手,也不敢还口,"好好——"

可老爷子一死,这位活人妻也戴着黑箍,正式出出进进胡同口方家,有什么办法?你是要脸,还是跟她撕掳?不准她进门,不许她戴孝,不承认她是方家人?堵在大门外跟她吵,跟她闹?演员会怕你这一手?整个胡同里的街坊邻居都来看笑话,岂不也等于大大的丢脸?真拿这个菲菲没办法,在灵堂里哀哀地哭起来,比谁都伤心呢!

接受一个有夫之妇成为方家的儿媳,每月要支出闻所未闻的安慰费,给那位活王八。幸好这家伙不大摇大摆来胡同口方家领二百块钱,否则,连翰林府门口的石狮子也感到丢人,方家这脸真没处放呢!

方芳只好感慨,完了,方家完了!

尽管如此,方芳也好,王拓也好,对导演还是要亲近得多。

至少他不阴,他不想方设法算计人。

"你那位大哥,我半点也不敢恭维,没水平还要露一手,没本事还要耍两下,就你们老爷子这一死,他里挑外撅,足一通表演,可戏演得那个砸!"

"都是当官当出来的一身毛病。"

"他这智商,天晓得——"

"要不是吴铁老,他早让人家踢走了。"

"无论如何,你二哥丢丑,是一人一家的事。可你大哥,是某部某司某处的管计划立项的处长。这肥缺,他是怎么搞的?财也没有发成,事也没有干好。"

"笨蛋一个,还自以为聪明!"他妹妹说。

"要不索性上呈下转,根本不用动脑筋,当个混事的官也行啊!只要能把圈画圆,安分守己,多好?他不,还要搞些名堂,又不高明。也不想想自己有多高的道行?他最近把我们公司的一笔买卖搅黄了的事,你不知道,他自以为得意呢!"

"怎么回事?"

"算了,算了!"王拓懒得说下去。

"姓王的,少给我玩心眼!"

"告诉你,让你跟他打架去?其实他才傻,那是吴铁老批的条子。"

方芳一惊,"你没有给他打招呼?"

"我讲了,他不信,你有什么办法?"

这位大处长的妹妹,除了跌足叹惜外,还好说什么?"爹在世的时候,骂他蠢材,他还不服气咧!"

凡初次认识方彬的人,了解到他父亲是大学问家方中儒,禁不住要问:"方老先生,果然是令尊乎?"

"怎么?不相信吗?"他还挺为这份家学渊源的光荣而自负呢!

对方望着连句整话都说不周全的方彬,面露难以置信的神色。

他还要问人家:"咦!难道有假不成?"

每逢如此得意扬扬地反诘时,问话者通常一笑了之,不会有下文的。

他听不出言外之意,也就罢了。回家来居然当新鲜事讲给大家听,气得老夫子对方彬说:"你别二百五了,先生,我求你啦!"

"怎么啦我?"他还很不以为然。

方中儒老先生不再搭理谁了,闭上眼睛,一脸苦楚。

要有人不识相,继续烦他,对不起,懂事的玛丽小姐,就该发出威胁的吼声了。

她明白老人多么痛心,差不多著作等身的方中儒,环顾左右,却是这样的儿子,这样的孙子。

她丈夫问她:"你不包括在内?"

方芳不想把自己撇出去,她承认:"完了,真的完了……"

方老夫子的遗体告别仪式,开得庄严而又隆重,"哲人其萎",学问随之而去,当然是很惋惜的。但与会者,熟知老先生的亲朋好友们,望着这些泣血稽颡的儿女,和因在押而缺席的然而并不等于不存在的孙子,似乎除惋惜学问外,觉得还有更该惋惜的一些什么,说不好是些什么。这"什么"如鲠在喉,怎么也不好受,倒确是事实。

当时,大家觉得最应该出席的,倒好像是更能讨老人欢心的玛丽小姐。

虽然,它很讨厌,但认识方老先生的人,无不知道玛丽小姐的。通常是这样的,凡初到胡同口方家,和老人家刚一接触,总会很荣幸地先认识这条狗。

"你可以叫它玛丽小姐!"他把这名字叫得很亲切,还郑重地从头至尾展览一番,一定要你同它握握手。

傲慢的玛丽小姐睨视一切地卧着,那可称得上一条贵族狗。你说它聪明也好,你说它势利也好,反正,这院子里,大概只有两个半人,是它买账的。

其他人,对不起,它耷拉着眼皮,连看都不看一眼。

老先生一向不把儿女介绍给来访者,哪怕在他面前晃来晃去,也决不说一声这是老二,这是老大,或者这是芳芳我的女儿诸如此类的话。以致有人误解他也许是孤家寡人,才把狗当宝贝的吧?

他会兴致勃勃地告诉你,这条马耳他纯种犬的父系,获得过巴黎博览会奖,母系更不得了,爱丁堡世界赛狗会上拿过金牌。"都有证书的,而且上了《不列颠百科全书》,不信,我找来你看。"

如果你稍稍懂得一点狗的学问,或者在官园农贸市场和某立交桥下的狗市厮混过,那老先生就更来了精神。"像这条百分之百的纯种马耳他狗,全中国我不敢夸口,北京市它可是独一份。"

"它的智商——"若是十分谈得来的知己,也熟知他对儿子的行止颇为不满的,他会坦率地告诉对方说,"要比我那当处长的、当导演的儿子,还略胜一筹咧!"

听者无不愕然,但不得不承认,这狗确实太通人性,除了不会说话。

玛丽小姐俯伏在他脚下,一副当仁不让的样子。

方校长缠绵病榻也有些日子了,但住进医院却是去世前不久的事,没有别的什么原因,就是放心不下玛丽小姐。

渐渐地,病势一天重似一天,经常陷入谵妄状态,一生经历,便颠三倒四地说个不停。但也只有两个名字,常挂在他嘴边,一个是已经去了天国的老太太,一个就是玛丽小姐了。

大夫和护士一直以为老先生念叨的这个洋小姐,是他早年留学外国时的一个什么情人呢,等到它也被获准来病房探视,才知道不过是一条巴儿狗,都忍不住笑了。可一看到玛丽小姐把头贴靠在床边,那泪汪汪的悲戚样子,也被感动得收敛笑容而动了真情。

所以,在神志清醒的时候,有关后事方面的问题,老人家自然是要想的,而且,应该说,无论如何,也要为玛丽小姐的未来作出安排的。

这是必然的,谁都这样认为。

但怪了,他会把玛丽小姐疏忽掉,是无法理解的,成了个至今也不解的谜。

也许只有吴铁老知道一些内情,在方中儒住院期间,这位也算相当负责的老同志来看过他多次。他俩是同乡、同窗,三十年代以后,一个投奔革命,一个出国留洋。先分道扬镳,后殊途同归,尤其上了年纪以后,把世情看得淡了,两人倒又比早先更交往密切一些。

一旦摒除了利害冲突,共识便多了起来。更何况一个是名人,一个是名家,就惺惺相惜了。他成了胡同口方家的常客,这样,方彬才得以在那个某某部立足,方芳才得以在她那个什么协会出头,王拓才得以给他那个野鸡公司弄张批文,赚上一笔。

吴铁老如今可豁达了,助人为乐,而且乐在其中,几乎进入炉火纯青的圆通世界。他相信苦绝不是他一辈子追寻的目标,如果说需要苦,或需要吃苦,也是为了以后不再苦,或不再吃苦。特别到了这把子年纪,就要活得洒脱些,自由些,不妨无拘无束些了。一般来说,这些屁大一点事,又不特别劳神,与人方便,与己方便,何乐而不为呢?

所以他对方中儒的执拗和清高,活得如此拘拘束束,就不太赞成了。

当然,各人有各人的活法,他也不想勉强他的这位老朋友。不过,老兄,要知道学问是无止境的,正如革命永远是尚未成功一样,你不可能做完所有的事情。恕我直言,看来,这就是所谓的书呆子了。学问愈多,呆气愈甚。他不止一次敦劝:"中儒兄,你看你都快成木乃伊了,放下你手中的书吧!何必钻之弥坚,锲而不舍呢?孔夫子还食不厌精,脍不厌细呢!"

"老铁啊,老铁!有时候举目一望,真是晚景苍凉咧!"

"那你就更该潇洒些了,咱们已经到了苦日无多的晚年啦!留给后人去干吧!"

不提后人还罢,方老先生一听到这两个字,就皱眉头。"老铁啊,你看你三个孩子,两个在美国,一个在英国,这都是当年我待过的地方。我跟你一样,两男一女,倒不是我一定要他们出国留洋方算出息,至少应该立事——"

吴铁老劝慰他:"也不必过于苛求了,一个个成家立业,各得其所,不偷不抢,安分守己,可以啦!"

他佩服老铁想得开,他想不开。可惜那几屋子称得上汗牛充栋的书籍,竟无人继续他的事业。"怎么能丢手呢?难哪!老铁!我活一天,就得当一天书虫啊!"

甚至住进医院,还要带上他的未作完的下一次国际学术会议要宣读的论著。

这当然是愚不可及了,吴铁老对病床上的他说:"你是一定要蜡炬成灰泪始干了!"他觉得他可怜,至死不悟。

所以,方老先生竟未太顾及后事。"学问把你们家老头害了,这一辈子活得真是所谓何苦了!"这番感慨,真有点石破天惊之义,吴铁老自参加革命以来,九死一生,自然要高一层境界了。

虽然中国人比较忌讳死,上了年岁的人,则尤以为甚。这是东方人的传统文化心理,乐生畏死,不足为奇。方校长学贯中西,得过英国和美国两个博士学位,知道即使活到一百零三岁(广西有位老妈妈,在这个年纪上入了党),再往下活,也总有离开人世的一天。他老人家想得开,在病床上,学问之余,便立了个类似遗嘱的这么一纸文书。

"老铁,幸勿见笑,谁总有这一天的。"

吴铁老看了这遗嘱,笑笑,没有表态。

方中儒便把这交给了他的继任者,现在的大学校长。

总算吴铁老还问了一句房子的归属问题,否则,连这句遗言也不会留下。

俗话说:"大智若愚"或者"智者千虑,必有一失"。老爷子这张遗嘱,颇能表现我国尚未进入完全法制社会的特征。第一,是用圆珠笔写的。第二,未经过公证,不具有法律效力。其实也无所谓,他也不是洛克菲勒,或是像那位希腊女船王一样,拥有亿万家产,只有一些书和胡同口方家这套四合院。

仅此而已,或许方老先生为他这一点点财产,不免汗颜,觉得太郑重其事了,有些小题大做,所以才采用这种马马虎虎的办法。真要是拿到法律公证处,堂堂大学校长,只有些许可怜巴巴的薄产,还不够人家笑话的呢,万一传到外面去,岂不要丢中国人的脸么?

老人的爱国主义情感,不能不令人肃然起敬。

至于后海边上这套荷风水月、绿荫环抱、磨砖对缝、前廊后厦的四合院,本是前清当过翰林的祖宗留下的。在当时连皇帝也没有暖气、煤气的情况下,方大学士住着,生炉子,烧火炕,呵开砚台里的冻墨,给皇上写奏折,也觉得理所当然的。可如今,房子年久失修,那哐啷哐啷的大门,都关不严了,哪怕炉子烧得再旺,好像每条砖缝都透风似的。正像吴铁老所说,老兄要无公家作后盾,你想把这套院子现代化起来,谈何容易?

"除非把它交给大学里。"

"那你还不如作成我老铁呢!"他当玩笑话说的。

"看来,阁下颇有能量的了?"

吴铁老以自嘲的口吻说:"这就是做官的比做学问的优

越性所在了。"

每个人都有一个梦,这或许是吴铁老还是一个从外省来北平读书的大学生时的梦。有朝一日,他也能在这后海周围,有一座属于他的四合院。那时候,房子并不很贵,那时候,吴铁老还在革命和学问两者之间徘徊,那时候,他对于原籍跟他相同的这位同学的门第,有着一种说不出来的羡慕之情。

他自嘲过,也许由于不是揭竿而起的缘故,是个读书人,才有这种风雅吧?

后来,他革命了,这念头便被铁与血给冲淡了。等到若干年后,老同学重新聚首,望着那虽然阑珊残旧,但气象依然的翰林府第,那消逝的梦,不禁又复活了。

小人物的梦,也许只求一张书桌。中等人物的梦,就要求一间书房了。而对吴铁老来说,他的梦,在这一波碧水的后海边上,有一所安静得可以听到细鱼唼喋的声音的小院,读书品茶,颐养天年,也许就其乐融融了。无论如何,他是读书人,哪怕领兵打仗的时候,也是手不释卷的儒将,何况嗣后一直舞文弄墨,数得上是党内的一位高级知识分子,有这样一个不算奢求的梦,也就是相当的、难能可贵的俭朴了。

方中儒是学者,对于世事,有些懵懂。其实他要通达些的话,这破院子早转让给他老同学的话,他也不至于每年冬天,为煤球,为风斗,为棉门帘,为安烟囱,为烧不着炉子而操心了。虽然他不用动手,老太太过世以后,必须放下书本来张罗,总是免不了的。他也多次发狠要告别这四合院,可一过了冬天,又作罢了。

如果说方老不考虑到祖业断送在自己手里,也未必准确。但很大程度上,为他的心肝宝贝着想,却是事实。

若搬进楼房里去,玛丽小姐就像进了笼子一样地受拘束了。连四合院它还觉得天地太小,每天要牵着它顺海沿溜达的,冲这一点,老校长就下不了决心。

吴铁老终究是读书人,即或存有觊觎之心,也要顾及老同学的面子的。他极其间接地托人婉转暗示,你这个大学校长,可不是你老人家去念过书的牛津大学的校长,麻省理工学院的院长。想把这古老的府第内部装修全部现代化起来,靠自己的力量,那恐怕是天方夜谭了。

他回答说:"我是无能为力了,我已老了,看儿女们将来如何吧。不过,我可以想象,他们也未必能有什么作为的。"他没有转让的意思,但似乎预料到未来的结果。

这倒也不幸而言中。

在病榻前,吴铁老忍不住还是问了。这份不成其为遗嘱的遗嘱中,应该说少了些什么? 而且,也正是他最为关心的什么,那曾经是他的一个久远的梦。

老先生说不上是猜知了他的心思,还是觉得实在没有必要当回事?"谁住归谁吧! 省得麻烦!"

这种说法,有很大的模糊系数,既不是哪一个人所有,但哪一个人都有一份发言权。他这个在官场厮混一生的人,倒不禁佩服学者终究是学者,聪明是地方,糊涂也是地方。一旦要转手,住多住少,住大住小,涉及到经济利益,势必有戏好唱。老爷子这一手,谁能料到,没准倒像是埋下一颗定时炸弹,谁要打四合院的主意,就不得不谨慎地分别跟他儿女中的每一位打交道了。

这也许是学者高明之处了,对他那几个被认为是没出息的儿女,倒不失为一种最好的制约办法。

这自然增加吴铁老的难度,不过,对付的是他的儿女,而不是他,就不在话下了。

方彬在没有见到遗嘱前,就从吴铁老那儿听到这条遗言了。

两口子高兴坏了,认为老爷子病糊涂了,把一个天大的便宜,给了他半拉眼睛也看不上的儿子。因为,目前这四合院实际使用情况,只有他,他妻子贺若平,以及玛丽小姐住着。

如果方大为从牢里放出来,也是理所当然地有他的一份。"这下子咱们逮着了!"

方军在电影厂里要了一套房子,小了一点,和情人半合法(女方的丈夫同意,因为按月付给那位打灯光的师傅安慰费了)半非法(婚姻法不认可,算怎么回事呢)地住在一起,也将就了。他所以早搬出来,是因为老爷子不允许菲菲进门,二来他也不害羞地声言,这院,冬天像冷宫一样,做爱颇不方便。全家人听了不免愕然,他倒对这种愕然表示愕然。如今在院里只占了两间西屋,堆放着他和以前的情人们交往时的一些情书、信物、纪念品。有人试探过他的态度,给他一套三室一厅,肯不肯让出四合院?他无所谓,条件是:他们同意我也同意,他们不同意,那我也不同意。

不能不服气方中儒的厉害。

方芳早搬出去了,自从土拓的开发公司发了财以后,就敢花钱买商品房住了。

也有人问过她,"如何?那破四合院,你也不住,何不?……"她回答干脆,一口拒绝,理由是祖产谁敢动?但那还不是最主要的原因,而是玛丽小姐离开了这院子,怎么办?看起来——说客回去向吴老复命——这条狗比祖业还神圣。

吴铁老理解,不但狗,只要真有象征意义,哪怕一摊狗屎,也会当作宝贝的。他笑着说:"不是有句成语么,叫作敝帚自珍,就是这个意思了!"

他没有派人去向那位处长探询,那个总有两块眵目糊粘在眼角的方彬,早不经暗示就跟吴铁老谈条件了。第一,能设法把大为保释出来;第二,实现提拔一级或两级的愿望;第三,要一套四室一厅和一套两室一厅,在三环路以内,好让他和他那闯祸的小祖宗隔离开来。

"行吗?老伯!"

吴老笑而不答。

回家后,他妻子担心地问:"有门吗?"

"你懂啥?大干部总是这样的。"

"哈哈——"两口子笑作一团。"咱们发啦!咱们发啦!"他一高兴、一得意就搓手,因为这院子绝大部分是他们"占领"着。

其实,此时此刻,老夫子还未断气。

贺若平精于算计,锱铢必较。她说:"会不会其中还有什么讲究?"

老太太健在时,只抓大政方针,至于柴火油盐具体的事,还是她长房儿媳当家。买十块钱的东西,准报销十一块钱。老太太心里明白,不过觉得合乎西方收小费的习惯,很有洋人派头的老太太,也就随她了。

她可不像她丈夫一脑袋糨糊,"谁住归谁"和"谁卖归谁"不完全是一回事。"遗言可是有点含糊,没提产权,只是居住权——"

"是吗?"方处长顿时兴致全消,似乎整个眼睛长满了眵目糊。"这老头子狡猾狡猾的——"

有人说:学者的知识过于专业性,钻研得愈深入,于是其他方面,实际也等于呆子一样,这话就未必准确了。等到那份不具备法律效力,但势必生效的遗嘱一公布,方彬两眼都黑了。

"全完了!全完了!"

事后他对方军、方芳埋怨,咱们老爹也做得太绝,就这点值钱玩意,他的一生积蓄,全奉献了。"他落了个好名声,我们呢?得到什么?"

贺若平没好气地搭腔:"你得到了一条狗!"

她从来对玛丽小姐不感兴趣。方芳马上反驳:"这整套四合院,谁住着?"

方彬当即悟到,房子是最后唯一可以捞到的稻草了。

所有看到遗嘱的人,对其中关于书籍的分配方案,哪些是捐给国家图书馆的,哪些是捐给大学图书馆的,哪些是馈赠给他的得意门生的,那份周到、细致、详尽、妥帖,令人肃然起敬,可见老夫子不愧为大学问家。而他的处长儿子、导演儿子以及他那有表演癖的女儿,差得太远。焉知不是老人家的预见?省得他们打破头,也许会把值钱的书,换成人民币,剩下的,该论斤约了。

着急也没用了,来了两部卡车,把几屋子书统统拉走了。

老先生特地注明了的,是无偿捐献,受赠单位也不好拂死者的遗愿,只能送上一纸奖状。两眼直直的方彬,哭笑不得,掂着这份荣誉,问院里众人:"管屁?管屁?"

玛丽小姐对所发生的一切,显然不比处长明白更多,拉走主人那么多书,防着它会发疯似咬人,将它关起来了。现在,放出屋来,它吼着方彬手里这张纸,也未必没它的狗道理。但处长火了,竟破天荒地踢了玛丽小姐一脚。

不要说方芳,其他人都觉得他太过分了。

方彬这才意识到几近大逆不道的过错,马上两只死羊眼失神了。也就在此刻,人们才想到这份遗嘱里,竟然没有关于老人家最钟爱的玛丽小姐的只言片语。

"奇了怪了!"无一人不感到惊讶,凡知道胡同口方家这条狗的都是这种表情。

当然,把一条狗写进遗嘱里去,在中国人看来,不免荒唐。但在西方,却是习以为常的事,如果老太太后谢世的话,她一定要写的。老先生精通西学,也许未必会拘泥世人俗见,但他又深悟我中华传统文化,规行矩步。他该写的,给玛丽小姐留些什么。然而他不写,直到垂危时,也不提,这就说明他是一位中国式的学者。

怎么回事?非学者的凡夫俗子思忖,也许存心要考验考验他的儿女们?

能看到遗嘱的,应该说是些最亲近的人和吴铁老和大学里的领导,都觉得讶异。这玛丽小姐几乎等于胡同口方家的图腾,老人居然没有做出安排。

他决不会把他的心肝宝贝忘记的。老实讲,老人晚年,腿脚不利于行,活动是尽可能地少了。除去他的学生来求教,除去他的老朋友来看望,一个人在书房里枯坐着,是相当寂寞的。要不是有玛丽小姐在旁陪伴,真不知如何排解这一份孤独。后来,学生渐渐来得少了,功成名就的自然再不需要他,功不成名不就的好像也不再指望他了。老朋友呢,仿佛抽签似的,一个一个被上帝宠召去了天国。于是,书房里,只有他和玛丽小姐,看着日影慢慢西移,知道一天的结束,看着院里那棵枣树,由青转绿,由绿转黄,到黄叶完全落光了,知道一年又快过去。日复一日,年复一年,唯有玛丽小姐排解老人的孤独了。

到了这个年纪上,谁还愿意听他唠唠叨叨呢?可他不是哑巴,他要说话。于是他就只好对这唯一的听众诉说了:"亲爱的小姐,斯芬克斯的谜语说过,脚最多的时候,正是速度和力量最小的时候。现在,当没有脚的时候,也许是生命即将终结的时候了。"

玛丽小姐温驯地望着他。

他和他的两个儿子,几乎好些天也说不上一句话。虽然,晨昏定省,倒不失书香门第的规矩,老先生不知为什么,顶多挥挥手就拉倒了。他半点不喜欢俗不可耐的处长,和那个老不足吊的导演。他们俩同样也不喜欢他。随着方军、方芳搬出去,老爷子索性让方彬也把这套礼数给蠲免了,何必彼此勉强呢?于是,一日三餐,除掉贺若平送来他的和玛丽小姐的吃食外,这道门再没人跨进来。

"门虽设而常关,好,好。"他抚摸着玛丽小姐的毛茸茸的脑袋,自我安慰着。

老人有时甚至禅悟到,最好的结果是没结果,追逐一生的人,没准连这么一个精神依托也找不到呢?

玛丽小姐的伙食,是半点也含糊不得的,至今,还得想方设法给它从外面弄狗食罐头呢!

所以贺若平在这四合院里,也不容易。

光这条祖宗狗就够她侍候的,更何况还有一大家子人。

自从老太太早几年过世以后,她在这个家庭的整个运作过程中,应该说是个重要人物,但谁也不把她放在眼里,这使她总憋着一股火。因为这家人,老爷子除外,甚至包括她先生,分明是个草包,却颇以祖先是翰林,老爹是大学校长的书香门第而自豪。因而看不大起她小门小户出身,这也的确让她有些自卑。所以不仅对老爷子唯唯诺诺,连讲话都努力屏神敛息,对小叔子、小姑子,乃至对一条狗也不敢稍有懈怠,稍有不满。

慢慢地,她品出来,就算是书香门第,又能如何?一个个该狗屎还是狗屎。

总算熬到了出头之日,老爷子归天以后,她在四合院里,才算直起腰来。拿方芳的话讲,快要装不下她了。

她过去听她丈夫发牢骚,做名人的儿子太不容易了,她不会作声的。现在若是再说,她一准要反驳,得啦!做名人的不争气的儿子的老婆,才叫作难上加难呢!

方彬只好对他妻子赔笑脸,顶多说一句:"干吗? 干吗?"

老实讲,无论在班上,还是在家里,他也并不十分快活。导演曾经说他是喜剧式的悲剧人物,想当个能干的处长可缺乏本事,想当个出息的儿子又少了天资,想当个尽职的丈夫,在这个家庭里说话不能作数,想给弟妹做出表率吧,实在拿不出个样子。总而言之一句话,方军说:"大哥即使想干干脆脆的照他本来的样子过,窝囊就窝囊,不行就不行,像我似的,他还办不到呢,他把自己摆在那个牌位上,武大郎盘杠子,上下够不着,更难受。"

所以,对他老婆又能如何?只好竖起耳朵听——

"凭什么我连那玛丽小姐也不如呢?好吧,我不算,我是外人。怎么你们也混得不比玛丽小姐更讨老爷子喜欢?不就因为你们不成器,不得不依附名人,吃大学校长这块牌子吗?弄成这份连个屁也不敢放的德行,真他妈的窝囊透了!"

"看你说的,看你说的——"

"我始终不明白,到底在你们家,为什么一条狗成了太上老祖?"

处长对太太说,你也不是不知道玛丽小姐的来历,看在老爷子分上,少说两句吧!

她忍了那么多年,不容易,终于再也忍不住了。在方彬眼里,一定要同一条狗较量个高低,可就是妇人之见了。啊呀,怎么跟你讲呢?若平!咱们儿子不是还吃官司吗?他扎伤的那个人住在医院里,不是还得由咱们付医药费吗?眼看着冬天要来,这四面透风的破院子,不还得咱们来受罪啊?而且你也知道,我不能永远当一个处级干部吧?

贺若平有点悟了,"你说怎么办吧?"

这胡同口方家四合院,翰林住着可以,校长住着也可以,怎么到处长住着的时候倒不可以了呢?也许物质文明和现代化的生活,使人的适应能力逐渐衰弱,曾经是辉煌的翰林府,如今倒真成了住在里面的人的累赘了。

"得把这院子脱手!"

"吴铁老倒一直惦着。"

"可玛丽小姐是个大难题,你光顾生气不行,得让老二和老三都够够的了,才能谈下一步!"

"对,也该这些说风凉话的主儿,顶个狗祖宗过过!"

于是,便把方军和方芳找来,于是,便有了老人逝世以后的首次家庭聚会。

方彬装了一阵糊涂,言归正传,把话题引到玛丽小姐身上来。方芳性急,她晚间还有一场交谊舞比赛,是她们那个协会主办的。她说:"大哥,你当这些年处长,别的没长进,官腔官气,全部的官场恶习,统统学到家了!玛丽小姐怎么啦?有话快说,有屁快放!"她对她两个哥哥,从来不考虑修辞的。"应该承认你们大嫂难能可贵!这些年来——"方彬像在那个某某部里一样,该听见的,听不见也能听见;该听不见的,听见也只当听不见。这是一个无能的干部必须具备的最起码的条件。他不理会他妹妹的挖苦,照旧夸他的老婆。第一,肯定成绩。第二,强调困难。第三,也就是要害了,三一三十一,公平负担。街坊邻居,亲朋故旧,谁人不知,哪个不晓,玛丽小姐是老父亲的遗爱,那就不能由我一人独领风骚地表现对于先考大人的孝心啊!这份光荣怎么也要让一点给二弟和三妹啊!

想把玛丽小姐推出来,不但方军、方芳意想不到,作为外姓人的王拓和那位性感演员(她说中国不拍这种片子,所以她没戏可演)都怔住了。

乖乖,这位两眼总挂有眵目糊的处长,看来大有希望,懂得玩心眼啦!

也许名人像一棵大树,压得树底下的小草长不太好。如今一旦见到日头,大概要朝气蓬勃了。过去,在大学校长面前站着,难免觉得自己腹中空空,绣花枕头一个,多少有些虚心胆怯。现在,在这院里,彼此彼此,也就不必"谦虚"了。

夕阳西坠,晚霞满院,玛丽小姐从它的屋子也是原来老爷子的屋子,走出来,也许老先生归天后全家人很少这样团聚在一起的缘故吧,它露出一种纳闷的神色。显然,以酸刻的眼光瞧着自我感觉好极了的方彬。如果它有语言表达能力的话,肯定要说:"看你们一个个的德行,想要解决我?我至今保持着名门望族的尊严。可你们呢?打算甩开我再卖房子,真是败家子啊!"

"我还得先说说你们的大嫂,这个玛丽小姐很不容易服侍的呀!"

贺若平做出世上少有的贤惠孝顺儿媳的模样。她说:"这条狗是琳达夫人送给老太太的,有国际意义——"

方芳打断她:"得得!"她一直讨厌这位大嫂文化层次太低和小市民气。

她从来无可奈何她的小姑子,那是跋扈惯了的女人。为大局着想,她不招惹她:"老太太去世后,玛丽小姐是爷爷一大安慰,养好这宝贝,让老人家安度晚年,是做小辈的责任——"

"诸位——"方彬继续吹嘘他老婆,"要不是你们大嫂尽心尽力,玛丽小姐至少被人家拐走一百回了。"

这话倒也不假,玛丽小姐是北京城里唯一的马耳他纯种哈巴狗,多少人惦着它。幸好如今是条老狗,又不能下小崽,狗贩子们和热爱狗的人才对它失去了兴趣。有一度,它差点成了狗明星,方二爷把它抱到电影厂,试过镜头。但它是条贵族狗,不屑于当演员,还是回到四合院里来养尊处优了。

方军虽说是个糟蹋粮食的导演,但他懂得希区柯克的悬念。这两口子演什么戏?卖什么关子?他掠了他妹妹一眼,那意思很明显,关于这条狗,我才不管!他和情人一直在嘀嘀咕咕,显然有什么为难之事,一副泥菩萨过江,自身难保的样子。

方芳不愿搭理方军,也是四十来岁的人了,总觉得仍旧是年轻的恋人那样自作多情,烦不烦啊?她光看他俩卿卿我我,没注意到他俩犯愁,心想真没劲,什么时候不能亲热,就这一会工夫,还腻腻歪歪,一对儿没心没肺。可面对她大哥大嫂的这一套把戏,倒觉得二哥不玩儿心眼的好处了。她心想:"甭美,打算一推六二五,没门——"

方彬根本没看出弟弟妹妹的抵触情绪,更不注意他那精明的妹婿,拿什么眼睛在打量他。这种人好就好在失去感觉,不管别人如何,他继续夸他的老婆。

"不说别的,诸位,每年二、八月玛丽小姐发情闹窝,谁去给它找对象啊?就你大嫂操心。一个妇道人家去狗市找配对的公狗,怎么张嘴啊?唉!腿都跑细了。"

贺若平笑着补充:"其实多跑点路无所谓,只是这种事应该是你们先生们去干才合适的。他二叔,你有一年也帮过忙的,狗对象比人对象还难找呐!"

方军跟他情人说说嗓门高了起来:"管他呢?看能咬我卵?"

满院的人怔住了,两个人爱都爱不过来,怎么吵嘴啊?菲菲笑着向大家解释:"没事,没事,我们在说另外一个人。"

人们明白,这个人,肯定是她原来的丈夫,一个在摄影棚里打灯光的师傅。

方彬不失时机地宣传:"我们在说你大嫂给狗找对象的事,不容易,全亏她……"

他老弟此刻挺心烦,没好气地回答道:"老爷子生前讲过,我们方家,历来是阴盛阳衰,这很正常。我们向大嫂学习不就结了!"

王拓接着说:"是啊!大嫂继续保持光荣吧!"

方彬马上截住他的话:"大家一块光荣吧!"

"当然大哥大嫂身先士卒带头啦!"王拓是个鬼精鬼精的生意人,否则不敢在海淀一条街上,在强手如林的情况下去当老板。他相信是生活逼得(或者是打得)他聪明一点,他羡慕他这位大舅老爷,活了多半辈子,还不开窍。官照当,钱照拿,无能无为,不动脑子,据说还要提拔,真叫他眼气。看来大树底下好乘凉,跟他岳父大人这个被惯坏了的心肝宝贝一样,自我感觉总那么好,对不起,谁尿?

他早对方芳讲过,应该将四合院转手,各得三分之一,天下太平。方芳立刻炸庙,好像扒了她家祖坟似的。"好好,我保证三缄其口,再也不说,反正你和你二哥连个屁也没捞着。"

"那是祖产——"

"有个房产经纪人正同方彬接洽呢?"

"他敢? 看他长几个胆子?"

"那破院子,早晚得出手——"他预言。

"玛丽小姐往哪儿去?"

他本懒得参与方家的事,但处长的意思他听出来了。要大家一块儿来"难能可贵",对不起,我可不奉陪。这种人,也太差劲了,四合院住着,已经占了便宜,为玛丽小姐做些贡献,也是应该的。居然亏他好意思张嘴,根本就不该搭理,看他能把大家怎样?

王拓想不到方芳会有这样正统的观念,她很当回事地对她大哥讲:"你是长门长子,你说吧,怎么办? 反正不能让人家笑话,爹才死了几天,尸骨未寒,玛丽小姐变成了没人要的东西——"

哦! 天晓得,她怎么成了红衣大主教?

也许他是局外人的缘故,王拓怎么也不能理解方芳对于这破院,这老狗的感情。人哪! 有时挺莫名其妙的,分明对你来讲,已经到了可有可无,甚至毫无价值的地步,没准倒是一份真正的累赘,说不定既害人,又害己,干吗还要抱着搂着,而不舍得割弃呢? 真够呛,这个芳芳……

"芳芳,可没人说不要啊!"贺若平连忙申辩,虽然她不是十分乐意,可她先生盯着她,生怕她小不忍则乱大谋。

但她是母亲啊! 她儿子正在服刑,怎么能不挂肠牵肚呢? 想到这里,就恨这个当姑姑的,方芳眼里只有狗,哪有她儿子大为啊!

按说老爷子去世那会儿,本该借此机会提出要求把方大为放出来,不放,保释也可以。贺若平心里有股火,怪罪方芳不但不帮她哥在吴铁老面前争取,还说干吗让他参加追悼会,要死人在九泉下也不安吗?按这位姑奶奶的意见,那条狗倒有资格去跟遗体告别似的。胡同口方家人都死绝了吗?四条腿的畜生也上阵了,像话吗?要不是怕它在灵堂里出洋相,−准会抱它去的。

大为不能放,狗却要出席丧礼,这算什么书香门第?贺若平全部的恨,不敢对方芳发,拿玛丽这哑巴畜生撒气,总是可以的吧!

狗也有狗的主意,绝食!

"啊呀呀,你怎么搞的吗?"处长的目的是要卖房,这个大而无当的四合院,那哐啷哐啷的老掉牙的大门,说明了破旧的程度。对他来讲,其实是一笔沉重的负担。

但他妻子这多年来,为讨老爷子的好,把这个玛丽小姐服侍得够够的了,现在,她只要一想到她儿子,对不起,她就无法忍受这条妖精狗,或是狗妖精。

"为什么老二老三就甩手不管呢?"

方彬劝喻她,慢慢来,性急吃不了热馍馍,要从大局着想,要讲水到渠成。

"这不是你们机关,少来你当官那一套,反正那畜生又罢吃了!"

"何必立竿见影,把事弄砸了呢?"

他未能马上把绝食这件事和他太太的深仇大恨联系起来,不过他能猜出玛丽小姐所以不吃东西的原因,是伙食标准自老爷子去世后,有时不免降得太低了。

"啊呀,你就稍微弄得好一点不就结了!"

"说得轻巧,新鲜猪肝,新鲜牛肉,是要花钱的。"

他那糊涂脑袋算不过来这笔账,"哎,不一直是这样的吗?"

"过去是花老头子的,现在可是掏咱们腰包。"

"哦!……"方处长恍然大悟。

"其实,钱,无所谓,既然大家都说这条狗是老人的遗爱,是方家的宝贝,那么要尽义务的话,人人都应该有份。"

"唔,是这个道理,对,就先从这儿开始。"

于是就有了这次家庭会议。虽然将全家人聚在一起,又要破费。老规矩,总不能不供一顿饭吧?但若是把老爷子留下的心肝宝贝推出去,或部分地推出去,贺若平觉得还是划得来的。

说实在的,她也烦了,真烦了。这个玛丽小姐从大使馆琳达夫人那儿来到胡同口方家,服侍这条娇生惯养、刁钻古怪的狗,便成了她理所当然的差使。老太太精明绝顶,派头十足,把她对狗的态度,当作她对公婆孝顺与否的标准。

也难怪,它是在资本主义的大使馆里生养的,它跟主人亲,不跟侍候它的人亲,因为那是奴仆。幸而它不会讲话,真将这意思表达出来,贺若平不吃了它才怪。

老太太可是个人物,老爷子也惧她三分。这也是方家的门风,女的比男的硬气。当年陪老爷子留洋,到英国,到美国,也曾风光过的。上帝就是那时信的,所以在西什库教堂里,也与别的教徒不同,基本上是讲英语的。

"阿门!"一口标准的牛津英语。

方芳一回忆这往昔的光荣,脸上就漾出幸福的陶醉感。

"得啦!三小姐,再伟大的过去,也是属于昨天的事了!"她丈夫一看她这种样子就要调侃她的。

"你有吗?"

"我们家是太普通的老百姓。"

"所以你嫉妒——"

王拓哈哈大笑:"一个败下来的破落户,值得我正眼瞧吗?天晓得!"

他半点也看不上他妻子这种感伤情绪,这种依恋情绪,这种怎么也舍不得割弃的情绪。

"你说该如何之好呢?"

"很简单,一句话,去他妈的!"

这也许比较困难吧?

因为老太太会说一口很流利的英语,由此结识了好几个国家驻北京的大使馆里的夫人小姐,因此有些来往,因此才像得了宝贝似的有了这个玛丽小姐。

"外国的!真正外国的!"老太太常说。贺若平不敢非议婆婆崇洋媚外,反正抱着怕摔了,含着怕化了,太过分了。对自己儿女也没见如此疼爱过,更不要说孙子大为了。无形中,贺若平得侍候三位祖宗了,这外国的玛丽小姐,算个什么东西?可有什么办法呢?谁敢得罪老太太?当儿媳妇的更是捏着鼻子忍了。

可老太太一闭眼,老爷子又宠爱上了,她还是不敢发作,还得忍下去,永无翻身之日。问题是这个畜生实在太不是东西,太可恶！太可恨！太小人！势利眼透顶,谁最有权威,就摇头晃脑地巴结,尾巴那份摆动,叫人看了眼晕。狗通人性,它比人还精,盯准一个人献媚拍马屁,拍完老太太,再拍老爷子,别人谁也不在它眼里。

贺若平照应了这多年,没有功劳,也有苦劳。永远爱答不理的德行,弄不好,外国脾气发起来,翻脸不认人,跳着蹦着地朝她吼,好凶好凶。

也许像人一样,玛丽小姐已经到了不招人喜欢,也不想讨人喜欢的年纪,自从方中儒去世以后,它对所有人,都是一副极其冷淡和厌恶的模样。它是老狗,或许能感到全家男女一种无可奈何的拿它没办法的心情,它不当回事,照旧让人们添腻。

这条狗怎么对付吧？诸位！

它继续绝食,虽然大家来临之前,已经给它开了个狗食罐头。

真成了活祖宗了……

方彬一直没有过长门长子的意识,所以,他妹妹授权他决定,很抱歉,一下子还张不了嘴。他比较习惯于接受别人的发号施令,在家里,是老爷子,在班上,是局长。要当机立断,三一三十一,或者,走极端,卖掉,送人,宰了,扔到后海里淹死,至少在未能摆脱老爷子的阴影(也许永远被笼罩着)以前,他缺乏这份魄力。

谁也弄不清他是不愿动脑筋,还是压根儿没脑筋,反正他够窝囊的。说呀！你哑巴了吗？急得他媳妇恨不能抓挠他。他妹妹等着要走,他老人家仍是闷葫芦一个。

你说他有老庄的清静无为的思想,悟了?才不是。为他自己,还是挺不甘心的。你说他有多大作为,那也高看了他,充其量,那小小野心,不过想熬个局级干部,把这院子出手,住进四室一厅,手里有个几万块钱存款,就心满意足了。他未必不想再往上爬,可太费力气,太费心思,他的哲学就是一动不如一静了。

方老先生活着的时候,曾经跟他平心静气地探讨过。虽然老二什么也干不好,稀松二五眼,名声也不雅,叫他无论如何还在干些什么,成败另说。而阁下你,处长先生,怎么就好意思稀里马虎把这一个日子又一个日子打发过去。

他老爹对他表示钦佩。

方彬也完全可以反驳,干吗我要像你一样学富五车,干吗我要像你一样著书立说,你那样活是活,我这样活难道就不是活吗?也许方老夫子这棵大树太大了,因而阴影也更浓重了,即使有这种想法,恐怕方彬也是缄口结舌,不敢讲的。

不过,这一回,这位酒不喝、烟不抽、麻将不打、女人不搞,当然也不会去研究学问、研究业务,哪怕研究一下琴棋书画、花草虫鱼也决不愿费脑子的处长,突然当回事起来对老婆说,"真的,吴铁老跟我们部长是老战友,一句话的事,就提拔了!"

"大为呐?"

"只要把这破院子给了他,什么都好说。"

"三环路以内——"

"明白明白!"他对他小市民的老婆没办法。

"可老二老三不同意呢?尤其那个刁妇!她那丈夫更不

是东西!"

"我愁的就是他们,我跟吴铁老表示了。"

"他怎么说的呐?"

"你们老爷子临终前亲口对我说的,谁住归谁。现在你住着,你就有权,至少有很大的权做出决定!"

"可玛丽小姐呢?他也不是不知道,那是你们方家的活祖宗呀!总不能连狗也一块卖吧?"

"一提到这条老狗,吴铁老也嘬呀牙花子……"

这位玛丽小姐像一贴甩不掉的膏药,又下不了决心去除的祸害了。

终究还是当过处长的人,"若平,该花的钱要花,做顿好吃的,不要怕花钱,要一位一位电话请到。包括那个二百五女人,那个小老板,都请来,好说好商量,对不对?还有,你把老爷子的遗嘱,找出来,不是没有写着咱们应该如何如何养这条狗吗?那大家——"

贺若平也从未有过的痛快,一一点头答允,她觉得解恨,因为她乐意看到把玛丽小姐送上断头台。

真要让他们谁侍候一天这畜生,就烦了。然后,怎么处置,连屁也不会放的。

"那还用说。"方彬为自己的神机妙算和即将实现的理想,而险些飘飘然。

但是,当他的弟弟,骑着摩托,带着那个活人妻,光明正大地走进院子里来的时候;当他的妹妹和那个财大气粗的小老板,随后也光临的时候,当玛丽小姐不作脸,好像马上要断气,方芳一个劲地问怎么啦怎么啦的时候,方处长好容易找到的感觉，先就丢掉一半，剩下的一半，赶紧想把握住，也仿佛抓不牢了。

说到天边去，你住着四合院，你没有理由提出来不管玛丽小姐。

"怎么回事？哥，吹捧了半天大嫂，下文呐？"

方彬不想立刻刺刀见红，他当了好多年不大不小的官，经验告诉他，点题以后，先绕绕圈子，这是一种成熟的表现。"什刹海的荷花开了有些日子了吧？"他一边说，一边在追寻那失去的感觉。他不怎么怵吊儿郎当的老二和他的情人，但对于多少有些霸气的妹妹和那个装得超脱的，其实挺有主意的妹婿，倒有一点点怯。因为方芳要蛮起来，王拓再出些花花点子，可不是他能抵挡得住的。

贺若平不了解她丈夫的苦衷，生气方彬又摆官谱，"什么荷花，早谢了。"

方芳很忙，可不像方军，现在没片子好拍，正闲得生蛆的时候，而且也想躲一躲他情人那位戴绿帽子的丈夫。

"我很忙，没有看花的雅兴。"方芳催她大哥，"如果就关于玛丽小姐的话，我想不至于有什么难言之隐，你就痛快些吧！求你啦！"

"既来之，则安之，芳芳——"方军说，"大家甭走了，吃完饭，拉开桌子打四圈怎么样？"

方彬也劝她："算了，小妹，干吗扫人家的兴？"处长怎么能放她走呢！她不在场，任何决议都等于零。

"真不骗你，大哥，我有个晚会，必须要露面的。"

她丈夫打趣她："得了，太太，芝麻绿豆大的官，有什么了不起,亏你当回事。"

"一个协会的秘书长啊!你可别小瞧了!"

方彬一听"长"字,马上神经兮兮地问:"芳芳,你什么时候提拔啦?"

她笑了,"才叫有趣,你想不到协会的名誉会长是谁?吴铁老。当然这差使跑不到别人头上去了!"

"芳芳,你现在是什么级别呢?"

她还真不像她哥走这方面的心,肯定是想当然,随便一说而已:"怎么也得是个处级吧?也没准是副局级吧?"

于是,方彬余下的那一半感觉,也找不到了。

就在这一刹那的突然静寂中,有的懊丧,有的麻木,有的生气,有的幸灾乐祸,有的眉飞色舞,各个都流露出丰富的表情。因为似乎天上只掉下一个馅儿饼,吃着的和没有吃着的,心态是不会一样的。唯有绝食的玛丽小姐,用鄙夷的眼光,看着方家这一班翰林和大学校长的传人。

门铃响了,还是老式的拉铃,客人在门外要用力多扯几下,才有人去开那沉重的、破旧的大门。一阵哐啷哐啷的声响以后,院子里的人正纳闷这不速之客是谁时,一个嗓音粗浊的男人,不耐烦地问:"方导住这儿吗?"

顿时,菲菲脸无血色,方军慌了手脚。

去开门的贺若平多余问道:"你是谁?"

"我是方导的情人的丈夫,来朝他要钱的。"说着,堂堂正正地穿过月亮门进院里来了。

菲菲跳起来,闪在方军的身后。"你干吗?你要干吗?"

"你放心,我不会碰你一指头,现在虽然不是文明礼貌月,打人,尤其是打女人,可不是男子汉的行为。"

方芳勃然大怒:"谁请你来的,出去——"

"哎!欠债还钱,我来要我的一份安慰费,怎么着?"

要是早两年,玛丽小姐不飞过去,在这位先生腿上咬得他叽哇乱叫才怪!

完了,这一家确实完了。幸亏还有个姑奶奶抵挡一阵,否则,玛丽小姐要懂得伤心的话,真该呕血数升,为方家一哭。

方芳把手一指:"谁该你钱找谁去!这院里我嫌你把它站脏了!"

菲菲的丈夫,是个混混儿,才不怕这一套。他恨不能让全世界都听到,显然他在胡同口打听时,已经足足地宣传一顿,可能大门也未关上,竟有几个好事之徒,蹭进来,在月亮门外瞧热闹。

王拓轰闲人出去,闩上门,用顶门杠顶住。每次对这老得掉渣的门,他都要叹息再三。从乾隆年间开始,还是方大学士鼎盛时期,就这样关门的,延续至今,历经沧桑,多少岁月流逝过去,居然仍在尽职,也未免太苦痛了些。若以古董的观点来衡量,也许是有价值的一座门。但对目前居住的人来讲,实在是相当地尴尬了,还能挡住遮住什么呢?不是连王八头子都正经八百地登堂入室了吗?书香门第的脸面,被撕得还剩下多少呢?也难怪门上那"忠厚传家久,诗书继世长"的楹联,变得斑驳不清,模模糊糊,或许是不太好意思的缘故吧?

他走回院里,无论如何是当过老板的人,上至吴钦老这样的魁首,下至三教九流,市井无赖,懂得应该怎样去应付的。

"怎么着,老兄？你是要练嘴皮子呢,还是要解决实际问题？"

"当然是要钱了!"

"那好说!你不是光要钱,不要人吗？二哥,你跟他到屋里去谈!"王拓不由分说,把他两个人往厢房里推。

"已经给过你这个月的钱,你什么意思嘛!"情圣被这突然袭击搞昏了头,狼狈万状。"干吗？有多少大不了的事,不能在电影厂里说,偏要跑到家里来闹？"

"我都不怕难为情,方导,你还在乎吗？"

"那你也不该到这儿来出洋相,好说好商量嘛!"

"是嘛!如今什么不涨价呢,安慰费怎么也得反映通货膨胀的实际,对不对呀？"这位不速之客总算让王拓硬架进屋去。

菲菲倒也没怎么不好意思,只是觉得她先生言谈粗鲁,举止无礼,太掉价了:"你不嫌丢人,别人还要这张脸哪!"

她丈夫从门内探出头来:"得了得了,亲爱的,你看见没有,你还比不上北屋门口卧着的那条狗值钱哪!"

玛丽小姐耷拉着脑袋,可能觉得拿它比她,有点辱没它高贵的身份吧？

直到此时,处长才想起埋怨太太:"你也不问问是谁,就放进来!"

贺若平由于在这书香门第当了许多年受气的儿媳妇,有一种逆反心理,倒很乐意看到这赫赫扬扬的名门望族出丑。

"我怎么啦?他脑门子上又没贴着条,写上乌龟王八蛋几个大字。"

方芳说:"太不像话了,这世上也只有我二哥那傻驴,才被人这样耍!"

"肯定有后台给这家伙撑——腰。"王拓相信自己的感觉,一切的一切,都好像约会似的一齐来临了。"怎么回事?"他问菲菲。

"神经病,今天忽然提出来的,在厂里已经折腾过一阵,哪想到躲了初一,躲不了十五,又追到家里来。"

"到底要怎么样?"方芳问。

"亏他张得开口,说是物价涨了,要求提高安慰费的标准。"

"多少?"王拓当老板的习惯,先谈价钱。

菲菲也觉得她丈夫过分了,是谁挑唆他这样闹的,干吗漫天要价?"原来二百,现在他要四百。"

"什么?翻了一番!"方芳望了眼她二哥的情人,心想:"值吗?"

王拓笑了,"银行利率下调,保值储蓄的系数为零,凭什么要这么多?"

"那好——"菲菲的丈夫正从屋里走出来,接茬说:"我把丑话说在前头,方导,还有你们一大家子人,四百,也不是定死不变的价格,要经常调整的。干脆,还是一次性了结算了。"

"请——"方军轰他:"甭扯淡!"

"给我三万元,我和菲菲一刀两断。"

显然毫无商量余地,导演最近银根紧张,要不,他肯有耐性坐在这儿蹭饭吃?无非省一顿是一顿罢了。麻将把这对露水鸳鸯的并不很多的积蓄,全倒腾光了,下一步就只有卖他那辆摩托了。"亏你想得出,三万!我是耗子尾巴生疮,挤不出多少脓水,别做你的大头梦了。"

"哈哈,你们可是有房子有地的人家啊!"他笑着,扬长而去。

全院子里的这家人,好一会你看着我我看着你,不吭声。似乎这位戴绿帽子的先生这句泄漏天机的话,给大家留下了什么启示。看来,老爷子把那么许多书籍白白地奉献以后,没把四合院交出去,或许是为了给他的没出息的后代们一点安慰吧?

连菲菲的丈夫都不害羞地来领他的补偿费,那么——我们翰林府的后人,为什么不可以光明正大地从这破院子上获取自己应得的一份呢?

"是啊是啊!诸位,我们不是一无所有,就像一支流行歌曲唱的那样——"

这话在这时候,唯有方军能够一无遮拦地讲出来。

方芳马上一张红衣大主教的面孔,声色严厉地吼着:"你要干什么?你这笨蛋,你少说两句,不会把你当哑巴卖了。"

所有失败者,孬种,窝囊废,事后总能找到一些余勇,要宣泄出来以遮盖遭受过的羞辱。方军还很少对他妹妹敢这样梗着脖子反抗,他有些气急败坏,前言不搭后语地嚷嚷:"还商量玛丽小姐什么呐?到底狗要紧,还是人要紧?既然好不容易全家凑在一起,谈谈这所四合院吧!"

他除去女人,包括拍片子,认真的时候很少。还不如那位长得不算漂亮,但非常性感的演员,她倒记住了他没记住的一些细节。"那个大胡子?"

"哪个大胡子?"

"就是来找你谈你们家院子的那个大胡子——"

"怎么啦?"方军不愿意岔开话题,"菲菲,求你啦!别插嘴——"

菲菲说:"昨天,我看见那个大胡子,开车把该死的接走了,回来时喝得醉醺醺的,今天这才开始折腾的嘛!"

王拓向她打听:"什么牌子的轿车?"

方军恼火透了:"诸位,说正经的行不行?"

菲菲很抱歉,没有看清楚。王拓心想,吴铁老一生办事,严丝合缝,滴水不漏,否则,也不成其魁首了。

不过,他对这位老者,并不太反感。怎么说,给了你生意做,给你老婆一份愉快轻松、职务不低的差使,已经到了我为人人、人人为我的炉火纯青的地步,是一个豁达通脱,尽量采用文明手段以达到目的的老人了。要不是他太太捍卫祖产的奋斗精神,王拓不反对方军提出的这个话题。

他附在方芳耳边说:"谈谈就谈谈吧!你管——"

"放你妈的屁!"她冲着她丈夫耳朵低语,但那份愤怒,像塞进了一颗拉开了弦的手榴弹。

方彬想不到他失去的感觉,却意外地峰回路转,而且跨越了一个最大的障碍,也就是躺在北屋门口的玛丽小姐,直接接触实际问题。他又不停地搓开他的手,因为,他十分得意。若是房子能如愿脱手,那就意味着儿子、位子、票子三位一体的理想实现。你不让出这个子,就休想得到那三个子,他恨不能立刻拍板敲定。吴铁老箭在弦上,引而不发,不就是"忠不忠,看行动"吗?还要这位可敬可爱的老同志、长辈、慈父一样的上一代人,怎样晓谕你呢?他自责地想:"难道让老家伙给我立下保证吗?怪不得他老人家不给我们部长使劲,我太榆木疙瘩了!你看,那小老板跟芳芳嘀咕,肯定,吴铁老不会白提拔她的。别看这丫头嘴硬,谁知是不是在装腔作势,演戏给我们看?"

处长望着王拓,微微一笑。

他很少向小老板当面挑衅,至多暗中做做手脚而已,譬如那笔买卖。此刻,他居然问道:"你俩密谈什么哪?"

"你少管——"方芳给他个闭门羹。

王拓刚被他妻子一炮轰得七荤八素,心里窝着一股火,对想跟他斗法的大舅老爷说:"我告诉芳芳,你大哥聪明一世,糊涂一时,上回给搅黄了的生意,其实是吴铁老不好出面,委托我们公司办理的。"

"啊……"顿时,眵目糊又挂在眼角了。

急火攻心,方彬什么也顾不得了。"不,芳芳,我要管!你不是说我是长门长子吗?"他在这院里,老爷子活着,他直不起腰杆,老爷子过世了,他也未能马上从阴影里走出来,抬起头,做出个当家做主的样子。啊!这可是逼得他伸胳膊,撸袖子,真要管事了。

他妹妹说:"好啊!看你怎么个管法?"

方彬根本顾不上方芳什么态度,只琢磨怎么摆脱泥菩萨过江自身难保的困境。

这个吴铁老,他算是寒透心了。实际上,他暗地里等于背叛了老祖宗翰林院大学士盖这座院子欲传之久远的初衷,也背叛了他爹谁住归谁,可不是谁卖归谁的遗嘱,答应了吴铁老,您老别着急上火,早早晚晚将这座四合院让出来。只是一个时间问题,等他慢慢地把方军、方芳的工作做通,您老的夙愿一准实现。

敢情,直到今天,儿子放不出来,位子解决不了,病根在自己有眼无珠,给吴铁老的生意来了个破头楔,你不倒霉,谁倒霉?他恨不能一头撞死在院里的那棵枣树上。

后悔吧!哭都来不及了,他想,当务之急,做通做不通这俩人的工作,也得卖房。

其实,这倒是方彬以小人之心,度君子之腹了。错怪了吴铁老,至于儿子啊、位子啊,区区小事,举手之劳而已,早晚会有你的就是了。一笔两笔生意不成,无伤大雅,吴铁老心胸宽阔,不会当回事的。

说穿了,人老了,世事洞明皆学问,就不那么铁石心肠了。无非也是一种感情上的亲切表示吧,他曾经不止一次地跟方芳试探过,他似乎知道她比她两个哥哥更能主事一些。但方芳不赏脸,居然给他个不大不小的软钉子碰,我们这位老者也未动肝火,要放在几年前,后果是可想而知的了。

"这个芳芳啊!"王拓也拿她没法。尽管她也明白她荣任这个协会的秘书长,是谁的功劳,那么多竞争者中她能脱颖而出,没有荣誉会长的一句话,行吗?但她对吴铁老说:"胡同口方家这小院本身就是一部历史,只要方家香火不断,好像这是具有某种象征意义的东西,就没法割弃。我想吴铁老,你还是别打这四合院的主意吧!"

真是莫名其妙的宗教感情,阿房宫如今在哪里呢?

没关系的,吴铁老反转来让王拓不必着急,他有耐心等待,他不想采用伤感情的做法,即或需要小小的教训一下,也是非常温柔的了。人到了这般年纪上,何况他老人家也是"子曰诗云"的读书人咧,便有那种成熟和智慧之美了。譬如刚才那个无耻之徒,破门而入,骚扰一顿,不过是一次幽默的调侃罢了。

因为他虽然可以等待,但不能无限期等待。这个多年的梦,总得化为后海边上的一个现实吧!

看来方彬有点迫不及待了。

"大家商量一下这个院子的问题吧!"

方芳大感不解地问:"不是谈玛丽小姐吗?"

"老二已经说了,到底人重要,还是狗重要? 这话不是没有道理的。"

姑奶奶把手往腰里一叉:"什么? 你们要动这份祖产?"

"哦! 这算哪门子祖产,一所破院子——"方军唉声叹气地说:"卖了吧,卖了吧,没有什么值得惋惜的。"

"混蛋,你给我闭上你的嘴——"她呵斥着她的二哥,像训一个小孩似的。

"芳芳,你听大哥我一句话,咱们家里最有价值的祖产是那几屋子书,爹都能把它无所谓地交出去,那我们——"

方军抢过来说:"那我们也就不存在道义的约束,卖! 趁着有人感兴趣。"

"你还要脸不要? 书是爹的,他当然有权怎样处置——"

贺若平拦住她的话:"这房子谁住归谁,是爹的遗言,那就是,谁愿意怎么处理就怎么处理。"

这一来,无疑火上浇油,方芳在这院子里,一间房也没占着。她差点跳起来:"谁要卖房,谁就得承担是方家败类这份名声!"

"我早八百年就是方家的不肖子孙,爹生前就封了我,卖吧,我还等着钱用哩!再说这个破院子——"

要不是导演站得离她远,她早扇他好几个耳刮子了。"再破再烂,也是方家列祖列宗留下来的。"

"那你为什么不住?比谁都搬走得早?"

"我——"方芳一时语塞。她丈夫半天没吭声,此时,怕他老婆窘着,接过话茬:"反正这前后两进四合院,要修复起来,没有十万二十万扔进去,说实话,是难住人的。"

"从哪哭出来这么多钱啊!"方彬说。

"我觉得我们得承认现实,我们这一代,凭我们这几块料,想振兴这座翰林府,纯粹是痴人说梦。"方军从来不曾这样认真其事,或许牵涉到菲菲,只有卖了房子,才能彻底得到这个女人,他得说服大家,尤其是要他那捍卫名门的妹妹认识到一去不复返的现实。"我们有什么义务要维系这书香门第的光荣呢?我们自己就不成器,不争气,干吗死绷着这面子呢?我们也没有觉得这样活着对不起谁,干吗非要那光辉灿烂的过去呢?卖了吧,诸位!没有必要等到房子塌下来把我们大家压死!"

贺若平愤愤不平地说:"真到房倒屋坍的那一天,你们谁也遭不了殃,要人来收厂的是我们这一支和这条你们谁也不要的狗!"

"玛丽小姐……"

方芳这一声叫喊,真正具有石破天惊的强烈效果。

不但满院子的人吓了一大跳,那绝食昏昏欲睡的老狗,也惊醒了,吃吃怔怔地站了起来。估计,方家列祖列宗,尤其她父母,在九泉下,也会出一身冷汗的。

她向北屋奔过去,满面热泪,涕泗横流。

玛丽小姐盯着她,一动不动。那老狗的一双眼,一下子判断不了,是迎接她好,还是躲避她好?

弄不清楚方芳是表演癖在发作呢?或是真正动了感情?她想起琳达夫人自己开着车送她妈妈和玛丽小姐回来的光景,从此好像胡同口方家进入了一个崭新的时代似的。虽然仍是残破的院落,呻吟的大门,尘封的书屋,阑珊的花木,由于这条狗的到来,出现了一线生机和勃勃朝气。先是她母亲,绝对洋人派头地,步履矫健,牵着它在后海边上溜达,后来,是她父亲,夫子风度地,消闲自在,陪着它绕银锭桥散步。那是最美好的岁月,那是她一生中最值得怀念的记忆,难道就这样把帷幕落下来吗?

她再也忍不住了,号啕大哭,扑向玛丽小姐,无论如何,它是父母的遗爱,它是方家的象征,它是一个全盛时期的回忆,它是从翰林开始的这书香门第的吉祥物呀!她把手伸将过去,带着她满腔的怨恨和无尽的爱,打算搂抱住这个快要无家可归的老可怜,放任自己,恸哭一场。

后来到底也没明白是什么原因,是她的手的动作,过于猛烈迅速,使玛丽小姐猝不及防?是她那霹雳舞的手套,透出尖尖十指,像狰狞的利爪,似乎要抓挠它一样,它感到万分恐惧?也许,狗老了和人老了是差不多的,过于强烈的爱,不是能不能接受的问题,而是要清醒地拒绝才是。身后的门虽虚掩着,但老人逝世这些日子,不常开关,门一时又推不大动,无法躲进屋里去。在它看来,对这气势汹汹的姑奶奶,只好"呜"的一声迎上来,冲着她牛仔裙下裸露的大腿,咬了一口。

"妈呀!"方芳立即倒在北屋门前的高台阶上。

"我把它宰了——"三个男人几乎异口同声地杀将过去。

感谢绝食的功劳吧!感谢年龄的功劳吧!玛丽小姐虽然无疑说是恩将仇报,咬了它其实在这个败落的家庭里最不该咬的一个人,除了她,还有谁稀罕它和它所代表的逝去的荣光呢?由于绝食,饿得已没有多大力气,由于年龄,牙齿也使不上劲,尽管给了一口,也不过在那跳伦巴或桑巴的玉腿上,留下几点红红的牙印罢了。

她当然不能让他们碰玛丽小姐一下。

"不!不!……"

"没事吧?芳芳!"

"它生是你们逼的,玛丽小姐,我爱你的。"

"你别惹它了,它这会红了眼了!"

王拓捧着他夫人的这条漂亮的秀腿,要没有这灵活敏捷,跳出诱惑力的腿,会收进即将出版的《名人大辞典》里去吗?

"疼吗?"

她摇摇头,"有一点点木——"

他突然想起什么,回头问贺若平:"大嫂,玛丽小姐注射过狂犬疫苗没有?"

"还是好几年前的事了!"

"啊?"院子里的人这才意识到问题的严重。

方芳是个特别敏感的人,又有表演癖,听到这里,她马上脸色刷白如纸,刚说了一句头晕,立刻仰躺在她丈夫怀里,一副人事不知的样子。

"芳芳,芳芳……"大家围过来,一迭声地叫她。

她睁开眼,虽然显得非常衰弱,但还安慰众人,她没有事,她不会有事的,千万不要难为玛丽小姐,看在她的面上,看在死去的父母面上……

菲菲是演员,应该懂得什么叫演戏,她也被感动得泪下如雨,"快送医院抢救吧!别耽误了!"

方军要去推摩托,到底还是老板腰粗:"打的吧!拦一辆出租——"

正在大家惊慌失措,乱了方寸的时候,胡同里响起了汽车的声响。好像每个人的第六感觉都特别灵敏,忙不迭地冲出月亮门,上帝保佑!希望是谁来临,果然是谁来临。那哐啷哐啷的大门,还未拉开,就听到像三月春风般温暖的语音。

"怎么回事啊?协会的活动能少了我们漂亮的秘书长吗?"

吴铁老鹤发童颜,面目慈祥,精神矍铄,老当益壮地走进院来,到底是老同志、老领导,什么阵势、什么情况、什么危急情形没经过见过呢?他老人家马上了解一切,马上作出决断,马上恨不能亲自抱起方芳,送进汽车,到医院去治疗。

最伟大的还是处长了,他从来不曾如此以最快的速度、最快的语言,汇报了这一次家庭会议的进展情况。老人家既没有当回事,也没有不当回事,只说了"不着急,抓紧点"六个字,便和王拓,和被狗咬了一口的病恹恹的、似乎显得越发漂亮的秘书长坐车走了。

跟在这辆高级轿车后边的,是导演和他那月租四百元的情人,她说她对眼前的这辆车眼熟,那还用问吗,当然紧追不舍了。更何况血浓于水,那车里有他的很可能得了恐水症的亲妹妹呢!

把弟弟、妹妹都送走以后,胡同口方家的大门,又哐啷哐啷地响动了一阵,于是,一切复归于静寂。

"怎么办?"

"什么怎么办?"

说实在的,回到院子里来的这两口子,瞧见那条没精打采、阴阳怪气、不死不活的玛丽小姐,倒真正觉得没法办。

那纯种的马耳他狗,踉踉跄跄地站起来,弓着背,朝这夫妻俩,张开嘴,打了一个亘古未有的大喷嚏。

连老枣树都抖了一下,怪不怪?

月　食

一

太行山的早霜,洒在岗峦上,洒在山林里,也洒在那刚收净庄稼的层层梯田中间。伊汝从车窗里望出去,这种很像盐池边泛碱的、白花花的肃杀秋色,使人感觉怪不舒服。要不是沿途柿树上挂着红灯似的柿子,和山坳里虽看不见人家,却袅袅上升的炊烟,简直没有一点生气。连在公路旁啮着草根,已经啃不出什么名堂的山羊,也呆呆地、毫无半点表情地注视着开过去的长途汽车。

伊汝有点后悔他这次鲁莽的旅行了,应该事先写封信或者拍封电报。可是,给谁呢?郭大娘也许不在人世了。

现在,当他乘坐的这辆长途汽车,愈来愈接近他要去的目的地,他的后悔也越来越强烈。不该来的,胡闹、任性、冒失,即使是什么实实在在的东西丢失了,能够找回来的可能性也是微乎其微的,何况伊汝回到这块老根据地,来寻找那种纯属精神世界的东西呢?甚至当长途汽车到达S县城的时候,他也说不好,这种东西究竟是什么?除了那失去的爱情犹可捉摸之外,其他还有些混沌的东西,他能感觉到,但说不出来。

他站在汽车站门前的广场上,峭厉的山风,带着一股寒意,朝他脖领和袖口里钻进来,山区就是要冷一点,车把式都把老羊皮背心反穿上了。他朝他们走去,想问一问,有没有顺路去莲花池的,把他捎上。然而,伊汝没曾想得到的是一阵哄堂大笑。这里的山民(他总是这样称呼这些可爱可敬的根据地乡亲)有他们独特的幽默感,和一种对于苦日子的柔韧的耐力:"挣不上你的钱了,老哥,去打上一张八角钱的票,坐那四个轱辘的铁牲口去吧,不误你吃晌午饭。"

伊汝也笑了,最后一次离开S县城的时候,连这汽车站还没有,敢情公路都通到莲花池了,没准还通到羊角坳吧?那个小小的山村,才是他旅行的终点。

不过,当他在售票窗口付那八角钱的时候,心里还是在斗争着的,去呢?还是不去?最后,终于接过车票,打定主意,不再改悔了。尽管他说不清回羊角坳的具体目的是什么?会有个什么样的局面等待着他?能不能寻到那未免玄虚的东西?但这是一桩夙愿,要不做这一次旅行,大概心里永远要感到欠缺似的。他把汽车票掖好,看看时间尚早,就沿着原来叫作西关,现在叫作四新路的一条狭窄的街道,朝城里走去。不要小瞧这条高低不平的石板路,现在的那些将军们、部长们,当年他们的坐骑铁蹄,或者那老布面鞋,都曾经在这条路上急匆匆地走过的。S县城的小米捞饭——说实在的,并不十分容易吞咽;当年,他们也是香喷喷地嚼过的。伊汝现在也想吃点东西,虽然肚皮并不饿,但考虑到还要坐儿个钟头汽车,到莲花池万一赶不上饭,翻那座主峰到羊角垴，可是得费点力气的。

他蓦地里生出一个念头，西关这一带，有个回回馆，羊汤是挺出名的。一九四七年，他跟弼马温部长（想到这里笑了）头回到S县城时，毕竟同志拍拍他的肩膀："伊汝，我做东，请你喝西关的羊汤！"他记得这位部长把一卷羊毛纸印的边区票，拍在饭桌上，震得酱醋瓶子叮当直响："来，大碗的，多加佐料！"那恐怕是伊汝在记忆里，吃的一顿最味美的佳餐了。羊汤是那样的鲜美滋润，那样喷香开胃，那些煮得酥烂的羊杂碎，简直来不及品味，自己抢着爬进喉咙里去。

毕部长有胃病，不敢多吃，而他，吃完了还在舔嘴唇。"小鬼，再给你来一碗！"那对眼睛乐得眯成一条缝，笑得伊汝不好意思，跑堂的一阵风似的端来了，还喊了一声："小八路同志，请——"他低着头，像风卷残云一样，吃得满脑门子冒热汗。

因此，他决定再去尝试一下这种美味，尽管如今他也生有胃病了，而胃病是汽车司机和修理工的职业病。

在太行山区里，S县作为一个县城，连它自己作为地图上的一小点，都有些害羞的。那些妄自菲薄的山民，这样糟蹋自己的县府所在地，说东关放个屁，西关就得捂鼻子。确实也是如此，伊汝从四新路走到改成兴无路的东关，两个来回，也没找到那家回回馆。他向一个卖烤白薯的打听，那位脸上密密的皱纹里，有着永远洗不掉的煤渣的山民，把伊汝看作疯魔，在故意调笑要弄他。

"回回馆？俺是国营买卖，是农工商，是队里的试什么点，那名堂俺虽说不上，反正不是单干，你想买就买，不买拉倒,干吗瞧不起人?"

伊汝明白他误会了,以为拿过去的私营饭馆来嘲笑他,连忙掏出买票找的两毛小票,买了两块烤白薯,这才使他相信外乡人的诚意,叹了一口气说:"回回馆早合并了,跟俺这烤炉一样,十多年前就关板了,这不是刚开张搞农工商给队里挣钱吗?"听来有点情绪,不过作为一个新闻记者的伊汝,他也是和这位山民一样,时隔若干年后重操旧业。对于"农工商"这个来自亚德里亚海滨的新名词,竟然能在S县城一位烤白薯的老乡嘴里吐出来,使他感到兴奋。新鲜的事物仿佛初秋早晨和煦的阳光,并不因为这个偏僻的、自惭形秽的小县城而躲到云层里去,不,照样明亮温暖地投射过来。他思忖着,休要小看这座烤炉,焉知不会是若干年后联合企业的前身呢?他捧着滚烫的烤白薯离开了。身后,这位山民用沙哑苍劲的声音叫卖着:"热的,糖瓤赛蜜!"也许歇业太久了,嗓子还没亮开,有点干涩。伊汝联想到自己的职业,想到又要提起笔来,没准也会如此,大概不能有五十年代那份才思了吧?

他上了汽车,听那汽车引擎在力竭声嘶地哼哧着。

这辆老道奇改装的长途汽车,伊汝一眼就看出来了。这部汽车上年岁了,又是爬坡,伊汝无需目测,就凭自己坐着时的仰角度,坡度不会小于百分之五,够这位开车的女司机忙活的。那部老爷车像得了气管炎似的,时不时干咳两声。他知道,准是缸体有点什么故障;再说,化油器也不怎么干净了。不过,这个二十多岁的女司机,倒是有股生龙活虎的劲头,那短扑扑的头发,那裹在脖子上的羊肚手巾,那被太阳晒和汗水渍的褪色花布褂子,使他想起什么,又睁开眼定睛看她的背影。她没有那种职业女司机戴着墨镜洒脱高傲的神态,更多地像一个农村姑娘;也许刚拿到一张拖拉机的驾驶执照,看她那架势,也好像开"东方红"或者"铁牛55"似的。但是她那密实的、一剪子铰不透的黑发,她那宽阔的骨架,那圆润丰满的肩膀,使他想起了一个在脑海里从未淡薄过的影子,那是他记忆里最美的一页,也是他觉得在这个世界上活下去,是多么有意义的羊角垴的妞妞啊!

伊汝是为她来的吗?也许是,但不完全是,那确实是他心头一笔沉重的负担。现在,他总算明确了这次风尘仆仆的旅行,要寻找的那些失去的东西里面,就有一个羊角垴的妞妞。这时,车窗外,莲花池的主峰,像记忆里那个文静深情的山村少女,拂去了云翳,投进了眼帘。如同那天正式接到组织的通知,重新回到党的怀抱里一样,看到这座主峰,他觉得到了家似的。但谁知妞妞相隔二十二年以后,她会是一个什么样的处境呢?然而,伊汝是那种特别重感情的人——这是他的致命伤啊!要是不去感激这个救过他命、给过他真正爱情的妞妞,那就不是他伊汝了。也许,会给她带来难堪、带来烦恼,妞妞肯定是一位儿女成行的妈妈了;这是他一路上感到后悔的、责备自己冒失唐突的地方。但是那莲花池的主峰在朝他招手,他认为自己回来对了,不仅仅有妞妞,还有把他当亲儿子掩护过的郭大娘,还有羊角垴那些看着他这个小八路长大的乡亲们。是的,爱是多种多样的,有妞妞的爱,有郭大娘的爱,也有人民群众对于八路军、共产党的爱。他就是为了寻找那些失去的爱才回来的。他又来到跟着那位弼马温部长在这儿打游击、搞土改、建政权的羊角垴来了。

"妞妞,你还记得那个背马枪的小八路吗?"

他在心里问着,长途汽车哼哼唧唧地、催人欲睡地朝莲花池公社爬上去。

二

伊汝自己也想不到会有这么一天,从柴达木回到这座城市里来。

他站在那座久违了的灰色建筑物前面,望了一眼由于城市大气污染颜色变得更灰的大楼,快步走上台阶,隔了二十二年,又一次推开那扇玻璃门。他还是当年走出这扇门时的老样子,头发乱蓬蓬的,衣衫不那么整洁,但玻璃门映出一对亲切善良的眼睛。那讨人喜欢的光芒,在柴达木,甚至语言不通的藏胞也都肯在火塘旁边给他腾个座。他微笑着,打量着楼里的每一个人,显然想找几张熟悉的面孔。他推开几扇门,遗憾,除了那种仿佛冰镇过的声音:"你找谁?"之外,就是一双白多黑少的眼睛。

他上楼,到他原来的编辑室,没有叫他扑空,果然发现几张熟面孔。伊汝也纳闷,难道身上带有隐身草?一个大活人站在门口,竟谁都不理会。只有他早先坐过的办公桌上,现在坐着的一位女同志,在惊愕地瞧着。那进口金架眼镜,几乎遮住她脸部的三分之一,他辨别不出来是谁。但那打量人的神气,叫他惶惑不安,不禁要喊出声来:不对!同志们,五十年代毕部长大声疾呼过:"报社弄成衙门,就听不到人民的声音啦！对待群众,应该像在老区那样,一个炕头滚着,亲密无间……"伊汝望着这位张着嘴唇像英语字母"O"似的女性,心里想:"干吗那样使劲瞪着？同志,我不会吃你的,也不会偷你的钱包！"

人们总是存在着一种世俗的偏见,认为既然是个落魄的人嘛,必然是狼狈的,但想不到却是一个几乎原封不动的伊汝站在眼前。连第四纪冰川都在黄山留下擦痕,好像漫长的二十年,却不曾在他身上留下什么痕迹似的。所以大家一时怔住了,尤其那位女同志。

"伊汝,是你！"终于有人激动地叫出声来。

"不错,是我,'冰冻三尺'！"

许多人笑了,对于"冰冻三尺"这个外号,不仅老同事,甚至没见过他的人也听说过。据说——干吗据说,实际也是如此,伊汝十六七岁,个子还不及马枪高的时候,就在边区的《晋察冀日报》上发表战地通讯。五十年代,他是报社的台柱。那些年,他的足迹遍及全国,第一个五年计划的重点项目,国家工业建设头一批新兴企业,都被他那支流泻出热情的金星钢笔,鼓动人心地描写过。甚至还去过朝鲜,和世界闻名的战地记者贝却敌一起,采访过板门店的和平谈判。所以那些年轻的同行,不由得怀着好感、惋惜和同情,甚至在某种程度上,带有一点敬意瞅着他。

这个在藏族、蒙古族、哈萨克族的毡房或帐篷里,都能讨得一碗马奶和油茶的伊汝,是个能很快和陌生人熟悉和亲切起来的"职业记者",一个挨一个地和那些虽不认识,却是充满友情的新朋友紧紧地握手。他也走到那张靠窗的桌子前面,还未伸出手去,那个女同志站了起来,把苗条娟秀的身子迎着他,她摘掉铬黄色眼镜,露出了一张熟悉的漂亮面孔。

"凌淞——"

她没有开口,只是嫣然一笑,这种亲切的笑容,表明了他们是相当熟稔的,无须用语言来表达见面时的热情。他记得,二十多年前,正是诗人常说的青春放光的年代,每当替她润饰完文稿以后;什么润饰啊,简直是大段大段另起炉灶地改写,而终于发稿、终于见报,她总是这样笑的。然后,她还会毫无顾忌地俯在他耳边告诉报社的内部新闻,她那秀发撩弄着他,她那银铃似的笑声惊扰着他,她那浓馥的香水气息刺激着他。曾经使他困惑,可又躲不开,因为她是他最要好朋友的妻子。而她的丈夫却那样信赖他。因为做丈夫的了解自己的妻子,远不够一个成熟记者的水平,然而她像所有爱出风头的女性一样,喜欢做一个知名的女记者,所以伊汝连自己也奇怪:"怎么我身上也有她那么一股素馨花的香味?"

看来凌淞在编辑部众多女性中间,她是穿戴得最高级、最阔绰的。但是摘掉眼镜以后,逝去的年华在她脸上留下了掩饰不住的鱼尾纹。不过,她很懂得修饰,合身的衣衫又增添几分神采,比她年龄要显得年轻多了,尤其是莞尔一笑的时候。

整个办公室里的同事,包括认识的和不认识的,谁不知道凌淞一九五七年丈夫死后和伊汝的那段往事呢?这类事情是不胫而走的,而且像报纸合订本似的,不论隔多久,只要一翻,哪年哪月哪桩事,历历在目。但伊汝才不去想那些;有些值得永远记忆,有些应该彻底忘却。他没有必要陷入这样的困境。握了握她的手,客气地:"你好——"

她还是喜吟吟地一笑,在这种时候,她那表情真是无言胜似有言。不过伊汝却回过头问大伙:"毕竟同志在哪屋办公呢?"

对于这位齐天大圣的去向,众说纷纭,因为好几天没见这位眼睛高兴得眯成一条缝的领导了。近来报纸在群众中信誉日见高涨,零售数量增多和非公费订户扩大是一种"盖洛普"反应,很说明问题,也许又去组织几篇有分量的文章去了?最后,还是凌淞知道内情:"我听何大姐讲,毕部长好像去什么地方了!"然后,她抬起胳臂,用手拢拢那样式做得相当考究的发髻,问道:"你认识他们家吗?新搬了,可不好找!正巧,我这篇稿子完工——"她把一篇补白性的有关月食的科学知识稿件交给了组长。伊汝想,大概最近会有一次月食。不过,隔了这么多年,凌淞还只是搞这种应景文章,看来长进不大,大概把力气全花在卷头发上面了。她那明亮的眸子盯着伊汝,鼻翼微微颤动,那微张的嘴唇里,明灿灿的皓齿带着笑意,显然有一句没有明说的话:"你应该请我陪你去!"聪明、漂亮的女性,喜欢用眼睛说话。

"谢谢,告诉我地址吧!别看我是柴达木人,在这里,方向绝不会弄错,路也一定能找到。"伊汝出报社以后觉得这样说完全必要,因为有些是属于应该彻底忘却的东西。

城市大致倒还是原来的样子,只是街上的人没命的多了,对生活在柴达木二十多年的伊汝来说,在那个辽阔的荒原里,甚至走上几十里,也难得碰上一个人,哪怕是远远的一声狗叫,也会觉得亲切异常的。现在一下落在密密麻麻的人堆里,他有一种仿佛跌进了盐湖似的沉不下去,又浮不上来的憋闷。

一直到何大姐给他打开门,他才如释重负地透了口气,这位性格泼辣的老大姐头发都白花花的了。

她问:"你没接到老毕电报,叫你买飞机票快些来?"

"买了,后来又退了。一位叫旺堆的藏族老大爷说,牦牛没有马快,一步一步也能走到拉萨。可小伙子,好多骑手都是从马背上滚下来的。我想想倒是有些哲理——"说着说着伊汝自己也乐了。

"出息,我记得你当年最不怕死,哪儿枪响往哪钻。"

"我已经欠了二十多年的账,剩下的日子就得一个钱当两个花,怕死和珍惜生命的价值,是不同的事。部长呢?"

"他等你几天,看你不来,一个人走了。"

"去哪?"他发觉毕竟同志还是那副不肯安静的脾气。

"谁晓得,老啦老啦,弼马温的劲头倒上来了。"

伊汝理解这位老领导:"人民的声音在吸引着他。"

"谁知道,许是找寻什么东西吧? 也不知丢了什么? 老头子现在恨不能一腔子血都倒出来。看,忙得连胃病药都忘带,去没个影子。"随后她问:"去报社了吗?"

伊汝嗯了一声,望着这间除了书、除了几张字画外的空空如也的屋子,还和多少年前一样,这是毕部长的老作风。

"看到她了吗?"何茹关切地注视着这个不亚于一个家庭成员的伊汝,这种友谊来自战火纷飞的年代,所以她以老大姐的口吻说:"凌淞和你一样,也走了一段弯路。生活,有时就像环行路似的,绕了一个圈子,又碰上了头。怎么样,你?"

"我揿揿喇叭,这是司机的礼貌,然后错车开过去。"

"混账——"何茹半点也不客气地训着,尽管刚见面不超过五分钟。

伊汝笑了,大概每个人对他人的关注方式,是全不会相同的。他想,要是那位弼马温部长迎接他时,准是一身烽火,满脸硝烟地招呼:"回来了吗?好,给你这支枪,再给你两个手榴弹,上!"倘若郭大娘接待他,一定是亲切地捉住他的手:"受伤了吗?孩子,疼不疼?别怕,大娘这就给你换药,放心吧,回到你的家来了。"可是何茹,使他想起那位旺堆的妻子,一位经常给他背牛粪来的,世界上再没有比她更心好的藏族老阿妈了。她问过:"伊汝,你打算终身做一个喇嘛吗?"看来,何茹首先关心的,是不让他当喇嘛。

她就是那样一个人,像所有妻子似的,总要对丈夫施加一定影响,所以使得毕部长通常一个跟头,顶多翻十万八千里。唉,谁能没一点过错呢!月亮还有被云彩遮住的时候,对了,何况还有月食呢?他不禁想起郭大娘讲的天狗吃月亮的故事,也许在那个时候,萌出了回羊角坳的主意吧?

但是,微笑着的凌淞轻盈地走来了,穿着白色的紧身羊绒衫,越发显出她那窈窕的体态优美动人,高领裹住她那纤细的脖子,脖子上是一张沾着朝露的花朵般的脸庞,这张脸朝他逼近着,躲也躲不开,冰凉地贴过来了。他连忙晃了晃头,惊醒了,原来不知什么时候在哼唧的车声里打开瞌睡,把脸贴在车窗玻璃上了。

一个可笑的梦,然而也不完全是梦,梦在一定程度上是现实的反映。他问自己:难道不是这样吗?

老爷车大约早就在这个前不把村、后不把店的路上抛锚了,有的乘客都爬到路旁梯田的高坎上吧嗒着烟锅,瞧着远天,似乎在说:"姑娘,你慢慢鼓捣着吧,我们不性急的。一头骡子有时还尥蹶子呢,何况车!"也有的乘客围着那位女司机看热闹。她正蹲在车头上,打开盖板在寻找故障发生在什么地方。那应该说是秀丽的脸上,又是油污,又是汗水。她又抬起脸朝车内喊着:"妈,你再踩一下!"

伊汝发现,原来在车厢里,除了他,就只有一位坐在驾驶座上的妇女,短发、宽肩膀、和她女儿一样。可能一脚踩错在刹车上了,那司机像豹子似的蹦起,吼着她妈:"轰油门——"但是老道奇像一头疲懒的牲口,哼了两声,又没有动静了,急得那年轻姑娘恨不能钻进车头里去。伊汝有点同情她,这台应该报废的车,像病入膏肓的患者,再高明的医生也束手无策。教过他修车的师傅曾经教导过他:有本事别往老爷车上使。那意思是说弄不好会丢脸的。伊汝赶路要紧,也就无所谓面子,决定下车去帮帮忙;再说,在柴达木二十年围着钻辘转,有天天躺在地沟里脸朝上修车的经验,也未必会丢丑的。他刚下车,那一串送煤进城,然后拉化肥回来的大车队,正从他面前经过,车把式还记得他这个打听路的外乡人,笑着:"老哥,俺们没说错吧,不会误了你晌午饭的,哈哈……"一挂响亮的鞭梢,扬起一路尘土,蹄声得得地走了。

难道不是这样吗?太阳都当顶了。

"心心,你还有个完没有完?"那位妇女沉不住气了。

女司机抬起头:"妈,人家不急,就你急!"

那个妇女从司机座侧门爬下去,"他们不急,他们等着,我还要翻山赶路呢!"看来,她是说什么也不耐烦等车修好了。伊汝一惊,这声音怎么听来这样耳熟呢?

"妈——"女儿责备地叫了一声存心拆台的妈妈。

"心心,你慢慢修吧!我走了!"她急匆匆地说着走开。

伊汝多么希望她把脸调过来,然而她仿佛故意地把背冲着他,而且半刻也不肯多停留地离开了。等到他走到车头前面,那个妇女已经迈着碎碎的步子,走出好远,留给他一个似曾相识的背影。

这时候,可怜的老道奇像胸部有积水的病人,哮喘着响动起来。心心胜利地挺直腰板,举起梅花扳手向她走远了的母亲示威地挥舞,然后赔不是地招呼乡亲们上车。山民们的耐性与容忍也着实让伊汝惊奇,谁都不曾埋怨,反倒安慰着:"俺们不像你妈那样沉不住气,这回该保险了吧?"但伊汝明白,行家似的提醒道:"走不多远的,还得熄火!"

心心瞪圆了眼睛:"咦,你这个人,吉利话都不会说,不上车我可开走啦!"她跳上驾驶座,向他呲呲鼻子。

他笑笑:"请吧!"扬起手。

果然,没走几步,老道奇又耷拉脑袋了。心心跳下车,笑着跑过来:"你这个人哪,真藏奸,存心看我的笑话,你大概是汽车公司派来监视我们这个农工商的吧?"

哦?又是这个来自亚德里亚海滨的新名词,伊汝乐了。后来他才知道确实是拖拉机站经营的短途运输,为的是把乡亲们从肩挑背驮的沉重负担下解放出来。抗日战争时期,伊汝背过公粮,知道那步步登高的山路是个什么滋味?真是一颗汗珠摔八瓣,每一步都得付出巨大的毅力啊!这个女孩子的赤诚坦率的态度,以及对待他那亲切的笑声里,存在着的一股不可抗拒的魅力,于是只好被她拉着拽着,来到车头跟前。不过,他到底是个二十年工龄的修理工了,有点老师傅派头了,坐在前车杠上,并不着急马上动手,而是掏出了那两块烤白薯,一块留给自己,一块递给了心心:"来,先吃一点,干起来有劲!"

她一点也不客气,接到手里就啃了一大口,还没咽下就嚷嚷着:"糖瓢赛蜜,俺们羊角垴的——"

通常她说"我""我们",这回冒出个"俺们",伊汝惊讶地望着她:"你是那个小山村的人?"

她吃得太猛,噎住了,说不出话,只好点了点头。

"那么你妈也是羊角垴的了?"

她哈哈大笑,觉得实在是个相当可乐的问题。然后,她告诉这位外乡人:"就连这糖瓢赛蜜,也是我妈培育出来的新品种。你知道,在羊角垴,管这种蜜甜蜜甜的白薯叫什么?'妞妞',我妈的名字!"

天哪!伊汝怔住了,他连忙朝那个走远了的妞妞望去,她已经走到半山腰了,只能看到一个小小的人影,可是看得出来,她还在一步一步吃力艰难地攀登着。伊汝猛地转回头来。呆呆地凝望着心心,不由地想:"她都有这样大的女儿了,怪不得她总背冲着我,怪不得她急急忙忙离开我……"

他咬了一口白薯,确实是非常非常的甜,然而,再甜的滋味,也压不住他后悔的心情。不该来的,是的,何苦再去扰乱她的平静呢?

三

窗外,月色溶溶,树影婆婆,伊汝在公社的招待所里,怎么也合不住眼了,也不知是妞妞和她那招人喜爱的女儿心心,引起了他的惆怅;还是终于得知像他母亲似的郭大娘离开人世的消息,无论如何也压抑不住心头的哀思;或者,隔壁房间里那位客人的鼾声,使他想起了毕部长,一个真正的布尔什维克多年的遭遇,使得他毫无一丝睡意。要是过去年代里,那还用得着说吗?这样朗朗的月色,肯定会爬起来穿上衣服翻过主峰回羊角垴的。把子弹顶上膛,跟着毕部长大步流星,一口气不歇地直上峰顶。在那莲花瓣似的泉水池里,喝上几口清甜的凉水,消消汗,接着直奔羊角垴而去。一路上,敞开衣襟,任习习凉风吹拂着,毕竟的话就多了起来,什么保尔和冬妮娅的爱情啊,什么克里空是哪出戏的人物啊,为什么说阿Q是中国农民的灵魂啊……这种轻松情绪是完全可以理解的,因为马上就要到家了,郭大娘在等着,妞妞在等着,何况还有那枣儿酒呢!啊,那简直是诱人的佳酿香醪,往心眼里甜,往骨头里醉。然后,听吧,毕部长那如雷的鼾声,就会在炕头上响起。

伊汝失眠了,隔壁的鼾声更扰得他无法入睡。但是,他想,比起弼马温部长的呼噜,要略逊一筹了。最早他跟毕竟来羊角垴开展工作,那时,他实实在在不比儿童团长大多少。记得只要雷鸣似的鼾声一起,那屋里的纺车就会嗡嗡地响起来。妞妞,那阵子还是个梳着羊角辫的妞妞,她笑着说:

"毕部长,你的呼噜真好,俺娘见天多纺几两线呢!"

"多嘴丫头!"慈祥的郭大娘笑了。

毕竟乐了,眼睛眯起来:"大娘,你就包涵着点听吧,在延安,我都找那些外国医生看过,不行,胎里带的毛病治不了,你就等打败了日本鬼子吧!"

"怎么?"妞妞问:"那时就不打呼噜啦!"

他戳着她的鼻子:"就喝不成枣儿酒,离开羊角峁啦!"

郭大娘说了一句伊汝在以后才觉得大有深意的话:"只怕到了那一天,想听也听不到了。"

"确实也是这样的……"伊汝记得五七年一次支部生活会上,就从这呼噜开头讲起来的:"现在,甭说郭大娘再听不到毕部长的雷鸣鼾声,就连我,给他当了那么多年秘书的人,那鼾声对我来讲,也像河外星系发出的脉冲信号一样,要用射电天文望远镜才能接收到了。他太忙了,会议会议会议,运动运动运动,剩下一点点时间,何茹同志还要他干这干那,要他穿拷花呢大衣,要他学跳华尔兹,就是不替他想想社论怎么写?四版上那篇捅了马蜂窝的小品文怎么收拾?所以这回郭大娘从羊角峁来看看他,连坐稳下来和大娘谈五分钟的时间都挤不出来,而且把大娘好不容易带来的四瓶枣酒、柿饼、核桃,连同大娘一块交给了我,唉,冰冻三尺,非一日之寒啊……"

他终究是跟毕竟多年的人,"为长者讳"这点品格还是具有的,伊汝并不曾讲毕部长怎么特别为难地,掏出一把十块钱的票子,塞到伊汝手里时的情景:"你把郭大娘接到你那儿去,你也抽出十天八天时间陪陪她,编辑部我告诉一声就行了。她想吃什么,想要什么,你尽量满足她。没办法,何茹怎么也不大乐意郭大娘住在家里。这酒你拿去喝吧,现在夫人有了新规定,非要在巴拿马博览会得奖的酒才许可喝。"

伊汝想象出那个泼辣的何茹,会怎么样向毕部长施加压力,他推回那把钞票:"我也不是没有钱!"

毕竟叹了口气:"分明我也知道,那也未必能减轻我的不安。"接着他愤慨地说:"我们能打败鬼子、打败敌人,可对小市民庸俗意识无能为力。"

"怕未必全是客观因素吧?"伊汝同情地望着毕竟,倒不是他比他的老领导高明。那时,他也正面临着一场情感危机,那个新寡的凌淞,正如一棵能缠死老树的古藤一样,紧紧地依附着他,硬逼着他在她和羊角垴的妞妞之间做出抉择,所以伊汝才会有这种感慨吧?

那到底是解放后第三次进城看望毕部长了,郭大娘是完全能够体谅他的人。她随着伊汝来到报社后楼的单身宿舍,一边爬那五层楼,一边说:"我知道,伊汝,如今老毕是大干部了,进来出去的全是屁股后头冒烟的,我一个穷山沟的老婶子,在那明堂瓦舍的四合院里住着,是有点不适称。"其实,伊汝知道,如果四合院里没有部长那位娇妻,毕竟养郭大娘一辈子,也决不会多嫌她的。然而回想起来,解放后她头一次进城来,就把何茹给得罪了。她首先错认保姆是何茹的母亲,一把拉住就不放,夸赞她生下的这个漂亮姑娘——还用手指着何茹,怎么有眼力,挑上了毕部长这么个好样的;他除了打呼噜而外,再也没比他好的了。打呼噜有什么呢?多听听就惯了。老毕进城这些年,晚上纺线听不到那呼噜还怪空得慌呢!这终究是个误会,何茹性格也是爽朗的,哈哈一笑了之。但郭大娘这位军烈属,这位子弟兵的母亲,还以为这些人是当年住在羊角垴的八路军,紧跟着竟摇摇头端详着何茹:"你年纪轻轻,能吃能做,怎么还雇个老妈子呢?"又扭过脸来直截了当地批评毕竟:"这可不是咱们八路军行得出来的事!"这下惹恼了何茹,她是个说翻脸就翻脸的女人。伊汝记得,毕部长嘿嘿一笑的时候,何茹的脸起码拉长了一寸。第二次进城,是一九五四年,伊汝记得那正是国泰民安的年头,郭大娘背来了几乎整整一驮子东西:小米、红枣、山药、地瓜干、枣儿酒、摊好的煎饼、煮熟的染成红色的鸡蛋、羊角垴所有能拿得上台面的东西,都搬进了毕部长的四合院。因为郭大娘甚至比终于生了个大胖小子的何茹还要高兴,也许她的老伴、儿子都牺牲在革命战争中的缘故,对于那裹在襁褓中的新生命,又是爱、又是亲,乖乖长、乖乖短地搂着,就像她当年疼爱着伊汝这个小八路似的。伊汝看到何茹的脸上,出现了一种恐怖的灰色。他知道,甚至像他这样被何茹看作小老弟的,不怎么见外的人,一进四合院,都恨不能跳进消毒水的大缸——如果有的话,杀死浑身的细菌,以免传染给那可爱的小宝宝。好,这位来自羊角垴,有大脖子病、柳拐子病等病例的穷山沟的老大娘,这还得了,她叫着大嫂——那老保姆早辞退了:"快抱去喂第二遍奶!"

大嫂看看钟:"还差十五分钟呢!"

"今天提前,四分之三的奶、四分之一的水、十五克糖、一西西蜂蜜——"

郭大娘还是有生以来头一回听说奶个孩子,有这么复杂的学问。不过这些量度名词,使她想起来什么,连忙回过头去:"咦,妞妞呢?"

伊汝一头跳到天井里,心想,敢情,都够一头毛驴驮的土特产了,大娘是弄不动的,原来是她!这时,那个腼腆而并不忸怩,短发宽肩膀的妞姐,正站在花坛旁边,注视着那一丛正盛开的浅蓝颜色的花。花坛里有着各样的花,粉的、红的、黄的、白的,只有这一丛与众不同的花特别引人注目,引起了妞姐的关切。也许她在这个城市里、在这个庭院里,感到自己很像这种蓝色的花,有些不大合群吧?

那一回住的时间很短,主要是妞姐惦念着她的种子,夏秋之际,正是扬花授粉、含苞结穗的关键时刻,无论如何也不肯多待。尽管只是住了几天,何茹的脸一天长似一天,就在她俩回羊角堖去以后,何茹朝她丈夫总爆发了。正好伊汝来问一篇稿子的事,赶上了这场兴师问罪的暴风雨。一个使敌人闻风丧胆的游击队长、一个口若悬河的宣传部部长、一个堂堂大报的主编,对于夫人一点办法也没有,除了唉声叹气。何茹连这位小老弟也不放过:"听说,你还打算娶那个呆头呆脑的姑娘?"

"她呆吗?何大姐!"

"你都是个小有名气的记者了,这样的爱人,拿得出手吗?"她不顾毕竟的阻拦:"我偏说,我偏说,你管得着吗?"

伊汝竭力使这场暴风雨停歇,还等着发稿呢!便笑着问:"何大姐,怎么拿不出手?我问你,你们院里花坛上那种蓝颜色的花,叫什么名字?"

不但她,连学贯中外古今的毕部长也说不出。

伊汝为妞妞自豪:"你们看,她知道。"

何茹负气地说:"你愿意娶她,我不管,反正我不愿找个婆婆——"因为郭大娘出于一种好意,一种极纯朴的山沟里老妈妈的好意,曾向何茹建议过:一个孩子怎么能不吃妈的奶呢?也不是没有奶水;正因为做母亲的血变成了奶,把孩子喂大了,才叫一声娘的:"要是照你们这么做,那不是奶牛要成了人的干妈了吗?"哪曾想这番话把何茹气了个两眼发黑。

直到她们走的前一天,伊汝才抽出时间陪妞妞去逛这个城市。不过,她一定要去报上登载过的,那个新建的植物园去。但那是个不开放游览的科研单位,只好凭着记者证左说右说才进去。羊角垴是个贫瘠的山区,无霜期要短一些,妞妞从来也没见过那暖房里亚热带植物浓翠欲滴的绿色,她那文静的脸上,露出了惊诧的神色。她告诉伊汝:"我长这么大,还是头一回见到蓝颜色的花!"

"在哪儿?"伊汝连忙四处寻找。

她甜甜地一笑:"是在毕部长家院子里,你知道那种花叫个什么名字吗?啊,还是个记者哪!连那都不明白,我从大辞典上把它找到了,你猜叫什么?一个怪好听的名字!"

伊汝望着她那恬静的脸,等待着。

"勿忘我!"她轻轻吐出了这三个字。

"哦!你是怕我把你忘了,妞妞!"

她在那结着相思豆的南国红豆树下,笑着,然而是深情的,像过去在莲花池主峰上的清泉水边一样:"如今你是大人物了,我常常在报纸上念到你的名字!"

"可是你知道吗？妞妞，我常常在心里念着你的名字！"

但五七年那次只是郭大娘一个人来了。因为在这之前，她得了一场重病，差点没到阴间去同她那牺牲的老伴、儿子团聚。也许意识到在世的日子不多了，把积攒下的抚恤费二百多元，买了口棺材。然后，就剩下一桩心思，把伊汝和妞妞这两个孤儿的婚事了掉，这眼睛大概也就可以闭得上了。伊汝的父母都是烈士，是红军东渡黄河时牺牲的。而妞妞的爹妈则是羊角垴附近，靠挖煤为生的穷汉，所以她有一副能干活的宽肩膀。那种小煤窑瓦斯含量相当高，两口子不幸双双熏死在峒里。郭大娘刚送走参军的儿子，回来路上，看见妞妞里一半外一半躺在峒口，已经快要死了，这才抱了回来，成了她的异姓闺女。所以第三次来搬到五层楼上伊汝的单身宿舍住，倒对她的心思。

她又像当年子弟兵在羊角垴住的时候那样，把那些编辑、记者、美术员、摄影师、校对员、译电员……的被窝褥子，枕巾褂裤，一个房间挨着一个房间，该拆的拆，该洗的洗，该补的补，忙得个不亦乐乎。无论谁把臭袜子藏掖到什么地方，她都能找出来洗干净给补整齐——那时没有尼龙袜，补袜子是单身汉的一大愁事。然后再赏给你一顿臭骂："真出息，你们这些识文断字的，还不如我们家老黑！"

有人去请教伊汝："大娘家的老黑是谁？"

"哦！那是她家喂的一条黑老母猪！"整个单身宿舍爆发出一阵大笑。郭大娘望着这些年轻人，似乎又回到烽火弥漫的年代，只是如今年轻人都不大唱歌了，这使她遗憾。那时，八路军走到哪村，唱到哪村，都能把人心里唱出一团火来。

好多人怎么参加革命的？都是被八路军的歌子唱去的。于是她恳求伊汝："你跟大伙儿一块唱个'风在吼'吧！多少年也听不着了。"好在大家都会的，又是这样一位革命母亲的请求，就兴高采烈地分部轮唱起来，唱着唱着，年轻人注意到这位妈妈的脸上，是笑着的，但是止不住的热泪，却在那张笑脸上簌簌地跌落下来。可是谁也没有注意到，站在门口的毕竟，也悄悄地抬起手，拂去脸颊上滚烫的泪珠。

大伙发现总编辑出现在这灯光黝黑的走廊里，全少是破天荒的事。人们笑笑，离开了伊汝的房间。毕竟看得出，这种笑是谨慎的，敷衍的，是一种对付上司的笑。当屋里只剩下他们三个人的时候，他叹了口气，对伊汝说："上回你说得对，不完全是客观，应该从主观上找原因，难道我们身上不正是丢掉了一些可宝贵的东西吗？"

"你指的是什么呢？毕部长！"

"有酒吗？"他望着桌上伊汝给郭大娘买来的扒鸡，油嫩光亮，不觉嘴里有些涎水了。

"我这儿可没有巴拿马赛会获奖的名酒！"

郭大娘又像在羊角垴的家里，望着他们吃小米捞饭时的样儿，看他们就着鸡腿，喝着枣酒，谈论着她有时听懂、有时听不明白的一些题目。什么传统啊！作风啊！什么和人民的血肉联系啦！一会儿又冒出个斯大林和安泰；斯大林，郭大娘是知道的，在电影里都看过那个叼烟锅的人，可安泰呢？她想，没准是个老干部了，能见到那样大的外国人，恐怕未必吃过S县的小米捞饭了。

"大娘，生我的气了吧？"毕部长眼睛又眯起来了，这份高兴,不是来自枣酒、也不是来自扒鸡,而是他像一名实习医生那样,终于找到了患者的病因。发烧是表面现象,而病毒感染才是肌体受到损坏的内在因素。"你骂我一顿吧,老坐小轿车,不接地气,就不容易听到人民的声音,就昏昏然,大概总有三十八度五了吧?"

郭大娘不完全明白他的话,但那总的意思分明是领会了:"一家人能不有个长长短短的吗? 只要不生分,那总还是嫡亲骨肉。"

"人民总是原谅我们!"这位老布尔什维克捶着自己的脑袋。

在支部生活会上,伊汝继续发挥着他的观点:"……说实在的,进城以后,我们心里还有多少地盘留给根据地的乡亲、留给群众、留给人民呢? 慢慢地就把那些用小米养我们的、用小车推我们的,用担架抬我们的,把我们认作儿子、认作丈夫掩护过的老百姓忘了。而我们党正是靠这些老百姓打败了敌人,夺取了胜利,所以党章、党纲千叮咛、万嘱咐要密切联系群众。因此我想,要丢掉了这个优良传统,会不会有那么一天,人民群众要唾弃我们? 危险啊,同志们,我在给自己敲警钟。有一种花,是蓝颜色的,叫作勿忘我,我每当看到这种花的时候,就觉得好像那朵蓝色的花在问我:你把我忘记了吗? 是的——"他望着斜坐在对面的凌淞,她那时刚解决了组织问题,也许是党的生活会,她觉得没有必要搞服装展览,穿得像中学女生那样朴素,胸前别着一朵小白花,表示她深切怀念那死去的爱人。他心里笑了笑,接着说:"有时也会迷茫、也会糊涂的。"直到下班铃响,会议结束时,大家收拾东西乱糟糟的情况下,她突然塞过来一张纸条:"不反对吧?我来看看大娘!"

凌淞推开玻璃门下台阶时,还回过头来瞟他一眼,似乎在问:"欢迎我吗?"伊汝只好摊开双手,表示出"请便"的意思。原来她爱人活着,或者在医院里躺着的时候,她和伊汝确实有些不拘形迹,那份亲昵、那种接近,使得伊汝真有点吃不消。后来她爱人已经无望,而生命的残灯只剩下一丝光焰,却又不肯轻易撒手而去的几个月里,因为他和他都是毕竟的秘书,又是知己的朋友,所以那一阵子,他和凌淞交替守候这位奄奄一息的人。她不止一次地向他哭诉:"他受罪,我更受罪啊!"

"你不应该催他死嘛!"伊汝觉得她的感情是不可理解的。

他注意到她看她丈夫时,那双美丽的眼睛是冰冷冰冷的,而一旦转向他,那明亮的眸子又闪烁着热烈的火花。也许她喜欢修饰,直到她爱人咽气那天,她那头发一丝都不乱。

当她成了未亡人以后,就开始注意和伊汝保持一定距离了。然而伊汝何尝轻松些,那总在捕捉他的眼光,使他觉得自己很像一头被猎人追逐的猎物,不论逃跑到哪里,那双魅人的充满诱惑力的眼睛,仿佛黑洞洞的枪口一样,总瞄准着他。

终于他那高跟鞋噔噔地走到单身宿舍的门前,而且向所有五层楼上的单身汉居民们打招呼,伊汝这才感到被动,这无疑是一种宣传攻势,在造舆论,弄得满楼轰动以后,她才推门进来。那份对郭大娘的热情、亲切、礼貌、真诚,别说羊角埫的这位军烈属,就连被撂在一边的伊汝,也至少半信半疑看待她的来访。他的致命伤是重感情,而重感情的人,往往容易轻信。直到说了好一阵子话,郭大娘也从"同志"的称呼发展到"闺女长、闺女短"的时候,凌淞突然想起:"瞧我这记性,大娘你爱看苦戏吗？我这还有一张《秦香莲》的戏票,你快去看吧！"伊汝这时开始嗅出一丝阴谋的气味。

一听说苦戏,一听说包公铡陈世美,又是这知疼知热的好闺女特地想着,那还犹豫什么。凌淞还给她多塞两块手绢,好在剧场里擦眼泪,叫辆三轮车给送走了。

她重新回到房间里,伊汝这才发现站在他脸前的,是一个真正的美人。白色羊绒衫在脱去外套以后露了出来,裹住她那浑圆的肩膀,丰满的胸部和柔软的腰肢,那两只水汪汪的大眼睛,盯着他:"伊汝,你下午讲,有一种花叫勿忘我,你看我像不像？"

他摇摇头。

"那么你的勿忘我,该是刚才大娘讲的那个妞妞了,不过,你比较一下,我美,还是她美？我好,还是她好？"

伊汝不习惯这种咄咄逼人的进攻:"凌淞,也许你比妞妞美一千倍,好一万倍,但是价值观念在爱情上是不存在的。好啦！凌淞,我尊敬你,也感激你,我们会做一个很好的朋友,而且你也一定会寻找到你的幸福！"

"不,我只爱你,这是命中注定的,即使他不死,我也要离婚嫁给你的。没有办法,我第一眼见你,你从朝鲜前线回来,那罗曼蒂克的样子,就把我吸引住了。以后,你帮我改了多少篇稿子,每一次都在心里留下一个烙印。起先我还过意不去,后来,我坦然了,有什么值得说一声谢呢?你在给你未来的妻子效力,因为我早晚要属于你的。我早就觉得他是骷髅,而你才是人。我爱你,爱是残酷的,没有办法,我知道我对不起那个妞妞。但是你是我的,今天我到你的房间,也是向所有人宣告,我是你的。如果你不反对,明天我们就结婚。一个女人有权利得到她的爱情,她的幸福,她所爱的人!"于是,她走过来,紧紧地搂住伊汝,把那张闪着泪花的脸贴过来。

四

一清早,伊汝就被枝头檐间的麻雀喧闹声吵醒了。对于这种灰不溜丢、叽叽喳喳的,和人类有着亲密来往的鸟类,他怀有一种特殊的好感。它没有美丽的羽毛,也没有婉转的啼声,然而他喜欢这些跳跳蹦蹦,永远也不大肯安静的小动物,因为麻雀曾经是和他同命运的朋友。当满城掀起一个消灭麻雀的运动,上至国家机关,下至学校街道,人人手执长竿在轰、在赶、在打,使得它们疲于奔命的时候,伊汝的"冰冻三尺"理论,也开始在大字报、批判会上受到"义正词严"的责难。到了一九六〇年,正式宣布对麻雀"大赦",不再把它列为四害之一,那一年,伊汝也被宣布解除了"劳动教养"。他总结过:"是这样,麻雀糟蹋粮食,但也捕捉昆虫,我'冰冻三尺'尽管言论、文章有毛病,但也曾为革命出过力,至少,在给人民修车吧!"这么多年,他修过多少车啊?"解放""黄河""菲亚特""日野""五十铃""吉尔"……也许是他那使人喜欢的柔和的眼神,也许他是个天生的汽车钳工,好多老师傅把一些看家的绝招,悄悄地传授给他。但是昨天那辆道奇,可使他费了点难,要不是为了农工商,他才不会钻到车底下,又滚了一身油污呢!

心心马上喜欢上他了,一口起码两声师傅。当伊汝终于拆东墙补西墙地把车修好以后,她高兴得蹦跳起来,用拳头擂着伊汝,脸笑得像一朵花。他望着这个野小子式的姑娘,心想:"怎么没有一点你妈的文静呢?倒像个活猴!"到了莲花池,她定要拉他翻山去羊角垴,到她家去。他很想同她一路做伴走,但是他改变了主意,决定在莲花池歇一夜。一个将近五十岁的人,是应该懂得"慎重"这两个字的分量了。

他走出房间,在招待所的院子里,那些山区的麻雀一点也不怯人地跳着、飞着,似乎还在议论他:"这个家伙,大概没有睡好吧?"是的,他眼皮有些发胀,那位鼾声不亚于毕部长的人,在隔壁房间里吵扰了他一夜。现在,伊汝踮起脚隔着窗户看进去,那位老兄显然睡了一夜好觉,精神足足地起早出门办事去了。生活里就有这样的事,也许并不是有意地,把别人伤害了,当人家抱怨的时候,却瞪起眼珠子,不允许发牢骚。难道能因为不是有意,那伤害的事实就不存在了吗?不信,你失眠一夜试试?扩而言之,假如你用二十年时间,证明"冰冻三尺"并不是一句错话,就能明白伊汝为什么第一次捧着邓副主席在十一大的闭幕词,会吧嗒吧嗒掉眼泪了。他是搞过文学工作的人,懂得用上"恢复"这两个字,绝不是一个泛泛之词,要不是丢掉,或者失去一部分党的优良传统和工作作风,干吗谈"恢复和发扬"呢?

现在,他在攀着这座莲花池主峰的时候,已经忘掉了一夜失眠的苦恼。清凉的晨风,带着早霜的寒气和松林的清香,使他精神爽朗。遥望着峰顶,迈着大步爬上去。

他看到一个人影,是的,一个人在佝偻着身子俯伏在那莲花瓣的泉水池里。绝不是什么错觉,二十年柴达木的风沙,并没有使他的视力衰退。他加快步伐,在这样的清晨赶山路,最好有个旅伴,唠着庄稼、天气,唠着过往的云烟、人事的盛衰,路会在脚下不知不觉地短起来的。这是二十二年以后,头一回翻这座主峰。当年最后一次离开羊角垴时,那位深情的山村姑娘,就站在那个人影站着的地方,凝望着他一步步地离开。那时,不论是妞妞,还是伊汝,都深信不疑隔不上十天半月又会重逢的;而重逢时的欢乐——喜气洋洋的庭院,红彤彤的新房,热气腾腾的锅灶,迎亲的鞭炮,接新人的唢呐……使得这两个年轻人分手时,竟丝毫也不觉得有什么离别的痛苦。他走了两步,回头看看,妞妞还站在那里微笑,走了一程以后,那短发宽肩膀的身影,依旧伫立在山峰顶巅。他用双手合拢在嘴上,朝她喊着:"回去吧!妞妞,顶多半个月,完成任务就回来。"

群山也附和着:"就回来!""就回来!"回声在山谷里震荡。

然而这一别,竟是二十二年!

也许那时候人的思想要单纯些,怎么就没想到手里捏着的,报社催他返回的加急电报,是某种不祥的预兆呢?自从在支部生活会发表了"冰冻三尺"的议论,自从那天晚上好容易挣脱凌淞感情的罗网——只差一点点哪,拿司机的行话说,要不是油门开足,排档吃准,加上轮胎绑上了防滑链,就会在那百分之七或八的结了层薄冰的上坡路滑下来。于是,当郭大娘从戏院带着一双哭红了的眼睛回来,骂着那忘恩负义的陈世美,喜新厌旧,铡还便宜了他,该千刀万剐的时候,想不到伊汝在收拾她的和他的东西。

"干吗?"

"回羊角坳!"

"干吗?"

"结婚,我该跟妞妞成家啦!"

郭大娘高兴得合不拢嘴:"该这样,该这样,我早说过的,伊汝要把妞妞忘啦,天都不能容的,要不是妞妞,伊汝两条命都没啦!"

是的,妞妞救过他两回命,一次是从还乡团手里,她像一头豹子似的拼死搏斗解救了他;一次是在龙潭口战斗中,在死尸堆里硬把他寻找到。想到这里,他老老实实,一五一十把十分钟前发生的一切,告诉了郭大娘——他的母亲。如果不这样,也就不再是伊汝了。

凌淞在离开这屋以前,曾经以讪笑的眼光,以哀的美敦的口气告诉他:"圣人,从明天起,整个报社都会知道我在你这儿过夜的。"于是,郭大娘和伊汝就像抗日战争时期,得到情报,鬼子要来扫荡,搞坚壁清野一样,准备撤走了。不过,谢天谢地,用不着埋、用不着藏,门上挂把锁就行。他们背着该带的东西,到毕部长那四合院,向他辞行。但是遗憾,只有何茹一个人穿着睡衣躺在沙发上看外国画报——那时还不大兴内部电影这名堂。她先看见伊汝,倒是蛮高兴的,因为他曾经是她和毕部长谈恋爱的中间站,书信往来、约会地点、馈赠礼品,都得由他经手。说实在的,所有当秘书的都没有这项任务,要操心首长的婚姻,然而伊汝的工作手册里,总有一个代号叫X的,那就是何茹。她感谢他,因为那时别看毕部长以打呼噜享有盛名,但想把这个呼噜抢到手的还大有人在。因为伊汝投她的赞成票,她现在才在这四合院里悠闲自在。可是一看到这位小老弟身后,一双解放脚,一副黑腿带,一件家织布的大襟褂子,一条裹着脑袋的羊肚手巾,顿时间,脸上的笑容倏地消失了,趿拉着拖鞋站起来让座。伊汝讲明来意以后,她便说:"还用等老毕吗?他那种大尾巴会一开就没个完。"

郭大娘说:"等等他吧!"一来是那场重病使她明白,这次来了,下次未必还能再来;二来八年抗战,起码有一半时间,毕部长是在她家住着的,她把他当自己的兄弟那样看待,所以这次临走以前,实际也是临死以前,即使听不到他的呼噜,哪怕让老姐姐再看上一眼,走了,心里也是充实的,连面都不照,该是多么空落落的呀!

何茹从抽屉里拿出两张五元的票子,用指头捻着递给了郭大娘:"我就不远送了,拿着吧!路上花,再扯几尺布做件褂子穿吧!"

伊汝深深地被激怒了,他看着郭大娘的手在颤抖着,那种对于山沟人的侮辱,那种对于纯真高尚感情的污蔑,着实伤了这位军烈属的心。当年她被敌人捆绑吊打,要她讲出党的地委宣传部部长的下落,她宁死也不开口,差点拉出去枪毙。这种和共产党、八路军同生共死的精神,难道是今天这两张五元钱的钞票能够买来的吗?

一路上,郭大娘的脸也没见过笑容。直到羊角垞,直到那由盆子、罐子、玻璃瓶、木桶组成的种子实验室,看到了那张文静的脸,才像雨后新霁的天空一样,第一次出现了预示晴朗天气的红霞。

"妞妞,你看我把谁抓回来了?"

她半点也不惊奇,难道他会记不得那淡蓝色的勿忘我花?

"咦!俘虏呢?"郭大娘回过头来。

也许伊汝想到终于和心爱的妞妞结婚,有些不好意思,就像过去八路军进村那样,放下背包,抄起扁担水筲,到井台挑水去了。那天晚上,他们娘儿三个,团坐在炕头吃小米捞饭。破天荒地,伊汝吃一碗,妞妞微红着脸给他盛一碗。山村的习惯,做丈夫的从来不自己打饭;他先还抢着不让,但郭大娘拦住了:"应该的,应该的,你们早就该是两口子啦!"

有些美好的记忆,哪怕在漫长的一生中,只有一天、两天,或者三天,也永远不会忘记。然而就在第三天的傍晚,在归窠的鸦噪声中,报社的电报来了。

在莲花瓣似的水池边分手时,他说:"你看,这多不好!"

"那有什么,你也不是不会回来。"

他感谢她的信任:"你不会以为我在骗你吧?妞妞!"

她那诚挚温存的妻子般的脸上,闪出最亲切、最信赖的眼光:"净说些傻话,人家把身子都给了你,还有什么不相信的呢!"

那是伊汝一生中真正的爱情,唯一的爱情。

伊汝急匆匆地赶回报社,只以为又是什么紧急任务。他是出了名的快手,常常出现这样的情况,深夜,大样发回来以后,不知哪位领导会突然间对哪篇文章不感兴趣,也不说撤,也不说留,只是打个问号。为了安全起见,毕部长只好皱着眉头下令拆版,这时他准会喊:"给我把伊汝从被窝里拖来,弄一篇不痛不痒的,去掉标题留空,一千五百字的文章!"于是睡眼惺忪的伊汝必须在半个小时里赶出来。也许这就是报人的乐趣。办报有时如同玩蛇一样,弄不好就会被咬一口,而这一口往往是致命的。毕竟后来终于给弄到祁连山的南部去,就是一个例子。兴高采烈的伊汝在报社走廊里,猛一下看到一张《"冰冻三尺"是怎样出笼的?》大字报标题,眼睛都直了,虽然还未点名,以××来代表他,但"冰冻三尺"是他嘴里说出来的,还能有错?再加上凌淞写的一张《坚决与××划清界限》的"检查",他觉得天好像黑下来了。不过,他还是谢谢她的,尽管她说他乘人之危,利用她感情上的脆弱,提出一些非礼的要求,表现出绝非正人君子的行为等等,总算没有把他描绘成强奸犯。那样的话,他就不是去柴达木的汽车修理站被"劳动教养",也许去劳改队了。

据何茹这回告诉伊汝,凌淞后来在五八年嫁了一个比他大二十岁的老头,钱倒是蛮多的,但幸福和爱情是不是也那样多呢?就不得而知了。可是,老头在运动一开始受到冲击,不久就心肌梗塞,倒在牛棚里,现在也平反了,补了万把块钱……听到这里,伊汝说了一句何茹觉得莫名其妙的话:"我也不想修喇嘛寺!"

"糊涂虫呵!糊涂虫!你们都是一个模子倒出来的,老头子又弼马温上了,儿子呢,偏要在林区养他的意大利蜂。你哪?小老弟,也不接受老大姐的好意……"

有的人也在走,不过是原地踏步,总不离开那起点,伊汝望着这个代号为X的老大姐,后悔当初投她的赞成票了。

等他爬到顶峰,那个人已经一路下坡直奔羊角垴去了。步子迈得很大,显然走热了,远远地看见他敞开了衣扣,衣襟在山风的吹拂下飘扬着。不知为什么,这背影看来有些眼熟,他掬起一捧又凉又甜的水,润润嗓子,然后望着那个快进村的人,不禁纳闷:他是谁呢?

五

他觉得——然而又似乎绝不可能的——有点像那位弼马温部长。他又手搭凉棚仔细看看,然而遗憾,那身影穿过挨着村寨的坟茔墓碑,很快进村了。

他从那些坟头上飘扬着的,新插上的白幡和纸钱,这才想起,今天正好是阴历七月半,怪不得昨晚上月色那样好。

伊汝想:那闪过的人影,没准就是弼马温部长。这位齐天大圣,能行得出这种事来。他记得,当他头上顶着"右倾"的桂冠,在祁连山南草地一座战备粮库劳动改造的时候,在叛匪的马蹄声得得传来的紧急关头,他,一个"非党员"——那时就发明出这种"挂起来"的党章上没有的处分,竟爬上了粮垛,撇开那个只知道摇电话讨救兵的领导人,振臂高呼:"当过共产党员的站出来!这是人民的粮食、国库的粮食,一粒也不能让叛匪抢走!只要我们那颗共产党员的心不死,就得保住粮食!有枪的,有手榴弹的,走在前头,什么武器也没有的,找根木棒,同志们,跟着我上!"

这个弼马温活了,拖着两条浮肿的腿,肚子里只有酱油汤和一小钵子双蒸饭的毕竟,从粮垛上跳下来,手里握了根草地上打狼的大头棒子,走在最前头,向马蹄声迎去。伊汝正好那次去看望这位老领导,赶上了,他有点不好意思,因为他已经正式被开除出党了。不过,在死亡面前,他那颗从来没死的共产党员的心怦怦跳了。从驾驶台里找到发动汽车的摇把,也挤进那一串戴着"右倾"桂冠的厅长、局长、秘书、干事行列里去。

"打——"走在最前头的这位"非党员"的毕竟,举起大棒,雷鸣似的吼着。

那股偷袭的匪徒,看到这支严阵以待的队伍,犹豫了一阵以后,调转马头跑了。当他们回到粮库时,那位负责监督改造这帮"老右"的领导人,还在捧着电话叫喊:"快派队伍来,快派队伍来……"

毕竟就是这样的性格,连把他在那茫茫的柴达木盆地找到,也是怪不一般的。因为伊汝一九五七年离开报社,来到盆地,除了给妞妞写了封信,说他对不起她,让她不要等,只当他死了的诀别词以外,就开始过着与世隔绝的生活,和所有熟人都不联系。一九五九年年末,毕竟因为给内参写了两篇反映人民声音的情况报道,加之报纸对那些高产卫星总放在二三条位置来刊登,他就被发配到草地来了。他知道伊汝在柴达木,可没有具体地址。草地和柴达木相距千里之遥。于是,这位弼马温写了总有百十条小纸条,贴在所有柴达木来拉粮的车屁股上:"伊汝快来找我,我在某某粮站。"

半年都过去了,伊汝有一次修车,拆大厢板,才发现这位老首长工工整整的钢笔字。一直等到麻雀不与苍蝇蚊子为伍的时候,他搭了辆顺路的车子——司机对高超技术的修理工,是敬若神明的——来看望毕部长。两个人见面的时候,一个忍不住哭出声来,一个眼睛眯成一条线,高兴地笑着。毕竟张开臂膀:"来,伊汝,咱们连续拥抱三次!"然后,他从贴心的口袋里,掏出一个小布包:"大娘半年前从羊角垴来我这里了,在这儿住了几天,我们谈了许多许多。临走时,她说:'我这辈子是看不到那一天了,我活着一天,给你们烧香,我咽了这口气,到了阴间,也保佑你们平安无事地熬到那一天。'说着,她拿出两个布包,那是她把她的棺材卖了一百八十块钱,分成两份,一份给你,一份给我——"说到这里,那个布尔什维克也忍不住放声大哭了。

"党不会忘记我们的,人民不会忘记我们的,伊汝,记住啊,永远要记住,人民是我们的亲爹娘。"

他打开那个布包,里面整整齐齐放着九十块人民币,如同捧着一颗滚烫的心。不过,这回伊汝没有哭,而是沉思。母亲,大地,人民,安泰,共产党……这一系列词汇在他脑海里转着。

分手的时候,伊汝分明看出他有什么话要讲,但他咽住了。他似乎建议他应该回羊角垴一趟。干吗?伊汝心想,帽子是摘掉了,可是悬心的日子并没有过去,为什么还要别人陪着自己一块过这种忐忑的岁月呢?何况自己早就写下了诀别词。他望了望祁连山的积雪,努力使那颗突然热起来的回乡念头,冷却下去。转回身,那颗总惦着他人的心,又关切到毕竟两条臃肿的腿上,便说:"老部长,男怕穿靴,女怕戴帽,你要当心你的身体!"

"不怕,我们会熬到大娘说的那一天!"

这个布尔什维克尽管守着粮仓,有那么多的落地粮、仓底粮,别人都是合理合法似的享用,而他却一堆一堆地扫好,簸扬干净,送回垛上去。自己每顿吃那一小钵子双蒸饭,饿了就喝酱油汤充饥。

伊汝把身上带的粮票统统搜罗出来,统共十二斤多一点,乘着临别前的最后一握,塞在老首长的手里,然后跳上了汽车。他倒没有见外,只是担心地问:"伊汝,你呢?怎么过?"

"没关系,我在哪家毡房、哪座帐篷都能讨到一点吃的,你多保重吧!"车开动了,他朝这位老上级挥手。

毕竟向他喊着:"记住,伊汝,人民永远也不会忘记我们的!"

那个人影完全有可能是他,伊汝这样想,七月半,按照旧风俗,是给死去的亲人上坟的日子,也许他是特地来看望去世多年的郭大娘。何茹不是说了嘛,他要寻找一些什么丢掉的东西。然而,当伊汝下了山,再走几步就要跨进羊角坳那座阔别二十余载的小山村时,他迟疑了。心心,那个活泼可爱的姑娘,使他在这最后一刻,犹豫着是否应该去惊扰那有了这大孩子的母亲?于是,他找了块石头坐了下来,呆呆地望着这个几乎没有什么变化的山村。这二十年,他随着车队去过不少地方,他理解,人民的生活远不是那么富裕的,真使他一个当过八路军的人,心情感到沉重。特别像这样为革命贡献过力量的老根据地,基本上仍是老样子。那些吃过S县的小米捞饭的将军们、部长们,不知道还记得起地图上这很不起眼的一点不?不过,一想起从那卖白薯的老乡,从心心嘴里讲出来的,那个来自亚德里亚海滨的新名词,就觉得羊角坳明天也许会更好的。

他坐了好大一会儿,太阳从头顶上慢慢地偏了过去,有两次,他几乎站起来要往回走了。然而,不看看妈妈的坟墓就离开,不望望那些看他长大的乡亲就离开,伊汝就不是郭大娘心目中的伊汝了。于是站起来,抖掉身上的尘土,听凭着那两条腿,走进了在村子中心的一座小院里。依旧是那矮矮的山墙,依旧是那一排花椒树;大门口那棵枣树,长得更高更大了,树干上还留着这个调皮的小八路刀砍斧刺的痕迹。据说,只有这样鞭打它,才能结出更多更甜的枣。他自慰地笑了,也许正因为如此,才受那二十多年的磨难吧?院里静悄悄的,门上挂着把锁。接着他似乎下意识地伸出手去,在那枣树树干的一个疖疤洞里,摸到了钥匙。没有变,还是老规矩。但是他正要开门,突然觉得有点冒失,这已经是人家的家了,闯进去合适吗?可是当年毕部长在草地分手时,好像有句什么郭大娘不让告诉的话,要说又止住的情景,涌现在眼前,于是打开了锁,吱呀一声推门进去。

屋里还是老样子,盆子、罐子、瓶子、大缸小桶,育着各式各样的种子,不过,桌上压了张纸条,他拿起看了,是妞妞的工整笔迹,那是老八路毕竟手把手教出来的。

我和心心去后寨买给妈上坟的东西,饭在锅里,你自己热着吃吧!要回来得晚,你到妈坟上来吧!

很显然,这是妞妞给她丈夫留的便条,伊汝不由得凄苦地一笑。隔着门帘,就是里屋,早先是郭大娘和妞妞住的;那时,他和毕部长住在现在成了育苗床的外间大炕上。窥看人家夫妻俩的私室,伊汝觉得是很不礼貌的。但是,那门帘却是半撩着的,尽管他目不斜视,仍旧不由自主地瞥了一眼。他发现那收拾得整洁干净的炕上,一双双新鞋齐齐整整地摆在那里,就像抗日战争期间妇救会给前方战士做的军鞋那样,收集到一起准备送走似的。

难道还有做军鞋这一说吗?他终于走进里间屋,站立在炕梢,望着那一排尺寸相同、样式统一的布鞋。最使他诧异的,每双鞋里都有一个年号,1957,1958,1959……他数了数,不多不少,正好二十二双。天哪!伊汝差一点栽倒,跌坐在炕边做饭的小灶坑里,碰翻了锅盖,一大碗煮熟的白薯焖在锅里,上面也有一张纸条,笔迹潦草,而且有几个字被水汽浸润的模糊了。不过,他还是辨认了出来。

爸爸:
　　这就是你站(赞)不决(绝)口的糖狼(瓤)赛蜜。你知道这种最甜最甜的白荍(薯)叫什么吗?她的名字叫"妞妞"!
　　　　　　　　　　　你的女儿心心

这时,他走到外屋,才发现墙上还挂着他在朝鲜采访时,和法国记者贝却敌一块在板门店谈判会场前照的相片,他穿着军大衣,没有戴帽子,头发像公鸡尾巴似的翘着。而就在这张照片旁边,有一张奖励优秀拖拉机手的光荣证书,上面的名字赫然写着"伊心心"三个大字。

妈呀!伊汝跌坐在那里,好半天他起不来。望着那些盆盆缸缸里正从泥土中钻出来的嫩芽,他不禁想:只要一粒种子埋下去,土地母亲就会长出一棵苗来,爱情也是这样。他无论如何也不能沉沉稳稳在这屋里坐等了,心急火燎地冲出了屋子,跑出了院子。太阳已经偏西了,他得赶到龙潭口去。毫无疑问,郭大娘一定会埋葬在那里。那一仗,她丈夫、儿子都牺牲了,就地埋葬在那战场附近的山头上。于是他用急行军的速度,往那儿赶去,十来里路呢,而且还要翻山。不过,现在他的脚步轻盈多了,心里也松快多了,甚至耳边似乎响起了当年走这条路时,常常哼唱的小调:"军队和老百姓,本来是一家人,本来是一家人哪,才能够打敌人……"他想,不知为什么,这样的歌子现在很难得听到了。那是多么简朴的真理,难道不是一家人吗?他现在马上要见到的,亲手在绝望里缝制了二十二双鞋的妇女,是他的妻子;而一定曾给她妈妈在生她时陷于难堪境地的拖拉机手,是他的女儿;那位埋在地底下,把一切不幸和痛苦都揽在自己身上的军烈属郭大娘,不正是他的亲娘吗?她肯定是怕他牵挂、怕他分心,才不让毕部长告诉他,有一个等待着他的妻子,有一个从未见过爸爸的女儿啊。她像亲妈似的了解这两个孤儿呵,尽管她死了,看不到这一天,但她确信会有这一天而闭上眼睛的。马上,一家人就要团聚了,可太阳却落在西山后面去了。

冰冻三尺,非一日之寒,然而,只要有诚心,再厚的冰也会融化的。他一路想,一路走,当最初的暮色,在波涛起伏似的苍山上,抹了一笔深沉的色彩以后,龙潭口到了。

阴历十五,又叫作望,西边太阳还未落山,东边的月亮已经爬了上来,晚霞满天,暮霭沉沉。正在他寻找郭大娘坟墓的时候,他先听到一声:"爸爸!"紧接着看见心心飞也似的奔跑着。就在她跑来的方向,伊汝看到妞妞正站在坟边,还是那张文静的脸,还是那副信赖的眼光,似乎继续二十二年前分手时的谈话:"我说过的,你不会不回来的,看,你不是回来了嘛!"

心心附在他的耳边说:"爸爸,昨天妈妈猛一下都不敢认了,说你一点没有变,半点没有变!"

"怎么会变呢?心心,在你名字里的这两颗心,是永远也不会变的!"

这时候,可以听到不远处走来的一个人应声说:"不会变的,而且一定会好起来的——"

"毕部长——"伊汝和妞妞几乎同声地叫了起来。

他几乎是蹦跳着跑过来,这个弼马温部长呵,都忘了自己是六十多岁的老头子了。他一只手拉过妞妞,一只手抓住伊汝,那一双眼睛又紧紧眯着,这回连一条缝都不留了。

心心突然高声叫着:"快看哪!妈妈,爸爸,月亮,看月亮……"这时,附近的山村,有敲锣的,有放炮的,似乎还有人喊:"看哪!天狗吃月亮啦,天狗吃月亮啦!……"这偏僻的太行山区里,还保留着那些古老的,带有纯朴气质的风俗习惯。

黑影开始侵入了那晶莹玉洁的月亮,顿时间,群山暗淡了些。那黑影吞蚀的面积越大,似乎整个天地也越发阴沉。到了六点多快七点的时候,坐在郭大娘坟头上的这一家人都陷入了黑暗里,仿佛跌进了漆黑的深渊,不由得想起"四人帮"横行时,那些逝去的年头。是的,再也比不上那惨淡的日子里,丢失掉更多的东西了。

好了,到了七点一刻,虽然有点云彩遮住,月亮开始摆脱那些黑影,发出了一点光彩,正好照在心心那一对既像妞妞,又像伊汝的眼睛上。

八点半钟,一轮更加明亮,更加皎洁,也更加佼俏动人的月亮,悬在半天。似水的月光,泻满了整个大地、整个山林。心心蹦跳着喊了起来,好像对在地下闭上了双眼的她奶奶喊道:"过去啦!过去啦!月亮又亮堂堂地照着我们啦!"

是的,在太行山,今夜好月色,明朝准晴天。

戒 之 惑

一

北京有座西山,西山有座戒台寺。

在《帝京景物略》一书中,戒台又作戒坛。"出阜成门四十里,渡浑河,山肋迤,径尾岐,辨已。又西三十里,过永庆庵,盘盘一里而寺,唐武德中之慧聚寺也。正统中,易万寿名,敕如幻律师说戒,坛于此。"

这是相当宏伟、古老的寺庙建筑群。

三十年前,或许还要早些,熊老板那时是大学生,曾经和三五同学,蹬着自行车来游玩过。当他再次来到这座寺庙时,仿佛那是昨天的事。

二

戒是一种约束。

佛家讲戒,是为了清心寡欲,洗却凡尘,进入修心炼性的超脱境界,尔后有可能成祖成仙。然而,谈何容易,戒所以为戒,正因为不戒;若是世人都戒,也就无所谓戒了。唯其不戒,这才有戒。

熊老板讲得他的部属茫茫然。

很好笑的,是不?他问。

大家出于对领导同志的尊敬,一笑,不置褒贬。

他接着谈他的,官做到这身份上,就比较随便和自如了。

可是,在这个凡俗的大千世界里,欲望是芸芸众生、饮食男女的几乎无法抑制的本能。因此,不戒或许更接近于人的本性,有无可指责的一面,但也有不可恣肆的一面。所以,戒更多体现一种人格力量。

他笑了,笑得潇洒。到戒台寺来的游客,未必想到戒,未必懂得戒。

言下之意,只有他例外。

三

于是,也就不奇怪他的部属的不理解了。

干吗要选择戒台寺,作为今年春游的景点呢?

第一,挺远;第二,基本上很破旧;第三,几乎没有什么可看可玩的。

人们都埋怨姚苏:"看你相中的这好去处!"

"怪我吗?怪我吗?"然后诡秘地说:"是熊老板定的。"

一提熊本良,大家便哑巴了。

中国人的最可爱之处,就是乖。

四

公司惯例,每年春秋两季,郊游一次。熊老板出手大方,他在这些无关紧要的地方,从不苛刻。郎总在世的时候,他批了条子以后,便不再过问。去什么地方?怎么个玩法,所有细节,郎总都设想得细致周到。熊老板有时有了兴致,与大家同乐。但多半他忙他的,由郎总率领全公司的员工家属去度过欢乐的一天。

但可惜,郎总去世了。

据说,姚苏要接他的班,或者还有王端。这些年轻的工程师,哪有郎总的魄力,以及在熊老板面前说话算话的分量,只好托于倩去探询熊老板的意见,拖了好久,几乎春天快过去了,才有了回话。

"小于,老板说去哪儿?"

"戒台寺!"

大家都挺败兴,那个破地方,有什么玩头?

姚苏挺高兴,因为熊本良要去,他有机缘表现一番,特别是决定人选的关键时刻。

五

并不因为熊老板三十多年前去过戒台寺,他才有旧地重游的雅兴。

他知道,他作为这样一个不大不小的单位的头,突然有这些异端的想法，萌发出来，是很可笑的。那天，他回答于倩，说是最好去戒台寺以后，信口讲到像我们这样六根未净，俗眼凡胎，与佛法无缘的人，也许能在那里参悟到一些什么时，他的这位身段挺不错的秘书，面露闻所未闻的骇异表情。

不过，他相信自己确实悟到了什么叫作戒。

六

他悟到了，戒不容易，不戒也不容易。

他的朋友、同学、同事，也无妨说是一辈子的劲敌，躺在病床上的郎林也悟到了。

可许多事，总是这样，明白了，也晚了。

在郎总生命的最后一刻，两人握手言和。

"原谅我！"熊本良说，差点屈下一条腿。

郎总并非回光返照，一直到断气，始终像平素一样清醒："细想想，本良，咱俩这多年争得太狠太苦，有这个必要么？马上我两眼一闭，还不是什么都等于零。"

他同意这个垂危的副手所表达的看法。早先，在大学里同窗共读的时候，他俩简直像暹罗双胞胎似的亲密无间，后来，谁晓得他俩成了较量甚至厮杀了数十年的对手。真没意思，彼此后退一步，本可以活得从容些，轻松些。"这是命运！"他只能这样归结。

七

人要死时,镜头便倒映过去。

"你还记得戒台寺,那年春天——"

"咱们骑自行车去的。"

"就那一回,你输给了我。"病人还能记得起来那些往事。

人,就是这样,记不住的,怎么也记不住的,但忘不掉的,也是无论如何也忘不掉的。

熊本良承认,不但输掉了那场竞赛,还输掉了爱情。

郎林笑了,不过笑得很费力;熊本良想笑,笑不出来,一脸苦相。病房里的第三个人,便是郎林的妻子。她望着一个是丈夫,一个是情人的这两个男人,一言不发。

"蒋曼,你还记得?"他问他的妻子。

她说:"我记不起来了!"

他叹惜:"这座庙大概很破旧了!"

"听说在修缮。"

"本良,现在回味起来,戒台寺的这个戒字,挺有学问。"

他回答:"也许一切烦恼,都由戒与不戒而生!"

郎林感叹:"咱俩从来没这样心对心地交谈过!"

也许面对着死亡,老熊悟了,"其实,到此时,相对无言,也能沟通的。"

"我去不了戒台寺了!"

八

熊老板要到戒台寺来,当然不是完成老朋友的嘱托,郎总并未提出过要求。如果说是一种歉意的表示,那也十分牵强。他们俩,拿未亡人蒋曼的话说,没有一个人称得上是完全的借方和贷方,谁都有一笔欠对方的账,只不过该多该少的问题。再说,事情过去,也就算过去了。

她认为,夹在两堵墙中的她,才是真正的悲剧。既不敢大胆地爱,也不敢放开手不爱。一辈子稀里糊涂,不是帮着情人反对丈夫,就是支持丈夫收拾情人。我也说不好这是我的幸福,还是不幸?她告诉熊本良,我爱你,是真的,但也爱他,自然绝不是假的。同样,有时我恨他胜过恨你。不过,有时我真想杀死你然后自杀,大家心净。"你去吧,我不去!"她谢绝了他的邀请。

她这种恨到绝情的说法,让他一惊。

幸而她脸色平静,那张皎洁的和她年龄显然不相称的姣好的面庞上,毫无嫉恨的表情。于是他把话扯远。"郎林提到了戒台寺,恐怕还是缅怀我们三个人那毫无芥蒂的年代。"

"我现在只想把一切都忘了!"

"到美国去?"他知道她在办离境手续,因为他批的。

"签证下来就走,跟女儿生活在一起!"

"郎林知道他并不是她的血统上的父亲吗?"

"他是我的合法丈夫,我有义务告诉他所有一切!"

"哦!天!"熊本良一屁股跌坐在沙发里。"他全都知情?"

蒋曼点点头。

"不去戒台寺?"

"我怕回忆!"

但他一定要去,郎林说得有道理,戒是一门很深的学问,过去,我们都太肤浅。

九

虽然公司里的员工,一听说去戒台寺春游,就皱眉头。要是郎总健在,是他拿的主意,大家准会叽叽呱呱,七嘴八舌。这固然可以说是他的民主作风,但也可以看出他的性格柔弱的一面。不像熊老板那种大手笔,说了就算,不算不说。大伙儿乖乖地分乘若干辆车,浩浩荡荡地出发了。

谁也不敢抗命,真怪。

这倒不一定表明他像猫对耗子那样,对全公司员工具有威慑力。但他的统治(或者称之为绝对领导)近乎专横也许并非过分的指责。甚至郎林几次要跳出去,几次要搞颠覆,终其一生也在熊老板的掌握之中,俯首听命。

上上下下都知道他是个铁腕人物。

但是,天地良心,他一点也不声严色厉,面露凶神恶煞的样了,相反,和蔼可亲;但老百姓的想法他是不闻不问的,我行我素,他永远是他,不变。

所以,公司里的员工宁愿亲近郎总,而疏远他。甚至背地里议论,或者在肚子里嘀咕。其实,他的位置,应该是郎总的,论真才实学,熊老板百分之百的花架子。所以出类拔萃的美人儿(至今风姿不减)嫁给了郎总,完全合乎当时的价值观念。大家心里明白,只不过熊老板手段高明,予取予夺,斩伐无情,才压在郎总头上,舒舒服服地当他的第一把手。这不是命运,而是熊本良纵横捭阖的本领。

大家觉得挺莫名其妙地,干吗屁颠屁颠地从城里坐大客车,来到他要来的戒台寺,就为了吃一顿不甚丰盛的野餐?因为这座庙宇经不起多逛,别无可玩的去处。只好去领食品和饮料,只好找个地方坐下来,只好努力把这些干的稀的统统装进胃里去。

过去,郎总在,这个面色十分严峻,工作十分认真的人,总是想方设法让春游游出点乐趣来。他也敢做主,因为非权力之争方面,熊老板绝对退后半步。吃好玩好,人们总是很开心。如今,临时执政的姚苏,也许名不正言不顺,放不开手脚;也许讨熊老板的好,抠抠搜搜。啃干面包,咽茶叶蛋,怎能比得上郎总的肯德基炸鸡和美尼姆斯的点心呢?当然,民以食为天,但吃之外,还有个心情好坏的问题。

大家首先觉得没有必要来戒台寺春游。其次,既然春游,就没有必要洗耳恭听熊老板讲什么戒台寺的戒。

但谁也不表示愤怒,这就是中国人的伟大了。

看起来,最懂得戒的,还是老百姓。他们至多腹诽而已,可又管个屁用?

十

这一次,熊本良是真诚的。

无论如何,郎林的死,触动了他。

到戒台寺来,如果不是忏悔,恐怕也是有些反思。他在想,戒也好,不戒也好,难道不可以换一种生存方式活下来吗?该戒的不戒,不该戒的倒戒了,人变成不是自己本来的样子。要是不那么紧张激烈,非得像掰腕子一样把谁扳倒不可地,而是平和地、相安无事地生活,又有什么不行呢?一定要剑拔弩张,把弦绷得那样紧,永备不懈吗?

郎林在弥留之际,提到了戒台寺那次春游,绝不是无缘无故的死前谵妄,他显然是在期望,要是允许重新生活一次,一切从头开始,那么,保持那次春游时的并不一定谁要吃掉谁的关系,谁要忍气吞声慑服于谁的关系,该多好?

蒋曼对他说过不止一回,你没有必要如此戒备郎林,这个人即使有野心,也不大。

他能不相信这个女人的话吗?他爱她,而且尊敬她,如果不是她,早二十年,他就会把郎林踢走了。贴上八分邮票,把反叛他的人,邮到天涯海角。这事他没少干过,绝对做得干净利落,不露痕迹。这多年来,他对于不驯服的部下,这是比较客气的手段,道不同不相与谋,礼送出境这一招不灵,才会使更厉害的撒手锏。独有郎总,好好赖赖共事了一辈子,真是令人不解的例外。谁说熊老板无容人之量,郎总没少给他捣乱,不稳如泰山地坐在总工的位置上吗?后几年,郎总不愿当作样板,索性跟他闹,甚至意气用事,干脆请调。这时候,熊本良宁肯调整关系,也不松口让他离开公司,此刻,倒半点不是蒋曼的缘故了。

熊老板只好对他的情人解释,许多情况下做出许多哪怕是伤天害理的事,都是身不由己的。这一点,你得理解,整人的人,未必存心要把人整死的,但若不这样做的话,他倒有可能被人置之死地。

"包括你丈夫,他也不能例外,一样要收拾他手下那些小知识分子!"

"不,他没有你这样心毒手辣!"

他笑了,这种健壮强悍的男子汉所特有的爽朗的,肆无忌惮的,甚至毫无害羞的笑,对女人是很有感染力的。"蒋曼,即使你不替他辩护,我也会做出我对他的判断,他未必肯安分,未必肯久居人下。他自负,有才华,智商高。可缺乏一种魄力,男人的雄心勃勃的敢作敢为的勇气。"

"你有?"

"不但有,而且多得差一点要把你从他身边夺过来。但我没有这样做,说明我的理智,也说明我的感情。"

她相信他不是最坏的坏人,这些年来,提供过多少次可以整垮对手的合理合法,而且良心不至于太不安的机会,他放过了郎林。同样,她也提醒熊本良:她丈夫在能够把他干掉的时候,并且不止一次,因为他也不永远走运,总抓到好牌,不也在关键时刻,放他一马吗!

"谢谢你,蒋曼,我知道,亏了你爱我!"

"不,还是要感谢郎林这人天性良善的一面。"

"难道我不是?"

"实质上你是很卑鄙的,我知道。但是我爱你。"

他又笑了,笑得她心乱如麻。

她说,女人最强大的力量是爱,但女人的致命伤也是爱。爱的代价,就是痛苦。爱得愈深,那么,痛苦也愈甚。

十一

三十多年前的戒台寺,几乎没有什么游客。

断壁残垣,草长树深,荒凉得几乎到了白昼见鬼的程度。谁发起这次自行车远足的呢?自然是郎林无疑的了。因为在他的记忆里,除了这个学识丰富的家伙,告诉他有关戒台寺的历史和一切以外,他对它的认识只知道是一座古老的庙宇而已。

甚至熊老板现在对围着他的部属,讲戒台寺的戒,也还是年轻时从郎林嘴里听到的那些。

如果那时他是蒋曼,怕也会毫不犹豫地爱上这位高才生的。

郎林除去善良外,还有真诚,热情。

他那时未能获得这位漂亮女同学的爱,也并没有不服气,甚至为这样优秀的组合,最佳的匹配,衷心祝福过。他从来不相信自己十恶不赦,虽然他做过许多缺德的事。甚至怎样乘人之危,把蒋曼弄到手,那样卑劣,那样粗暴,等等。当然,还不尽于此。但他觉得他心还不是太坏,至少有段时期,像大多数人一样善良、单纯、正直。

"身不由己啊!"他只有在她的怀抱里,才肯吐露真言。他喜欢这样譬喻。空空荡荡的餐桌上,现在仅剩下一只可怜巴巴的馒头。不是一只手,而是几只手,都想把它抢到。蒋曼,你说,假如你很饥饿……

她承认,学问是一回事,人品又是一回事。但生活,但竞争,则又是另一回子事。

她那时真是无可挑剔的美。

甚至现在,最好的属于女性的光辉岁月,已经远离她而去,但仍旧令他沉醉。爱,使女人年轻,他深信。

十二

他记得读过一篇小说,忘了是谁写的。

熊老板三天两头出国,总要带一些旅途的消闲读物,当然是蒋曼给他准备。有高级翻译职称的她,自然是他的陪同,倒谈不上利用职权之便。随着年龄增长的成熟,恋情的牢固,特别是熊本良滴水不漏的缜密,他宁肯在飞行途中聚精会神读小说。他觉得作家用"永远的"这个词汇来形容一个女人,给他感触太深,引起了强烈共鸣。

蒋曼就是永远的。谁都不能不承认,她是永远的不变的漂亮女人。三十年前如此,三十年后仍复如此。那矜持的,郁郁寡欢的一静如水的面容,几乎从未留下岁月流逝的痕迹。何况她那优美的无与伦比的体态,简直很难令人置信,她虽然到这人生过半的年纪,仍使人感到青春并未失去。连他的秘书,那个身段不错的于倩,也难以掩饰纯系女人本能的羡慕。难道,时间对她来说,是停顿的吗?

经历了三十年风风雨雨,故地重游,那种感慨似乎更加强烈了。假如能够戒所戒,而不戒所不戒,求其自然、自如、自由,和佛所说的自在,摒除一切的障。那么,他得到她,她也得到了他,或许还可省却此后一切的孽。

"那么,错由我始?"蒋曼自责地说。

他知道,历史是一条不复的河,一个人只能顺流而下,谁也无法改变。责备谁,都有欠公允。既可以说,谁都有错,错多些,或错少些。也可以说,谁都没有错。蒋曼,你信不信?身不由己!我丝毫没有抵赖的意思,我并不好。

那时候,也在这戒台寺,他应该当仁不让地去追求她的爱;而她,也应该撇开表面的声名,和爱情以外的附加值,认真地选择一个事实上更强的男人。

所以,过去了许多两个人都感觉到不大惬意的婚姻生活以后,虽然维持着各自的家,虽然自觉地警惕着不逾越人为的鸿沟。但上帝保佑偏偏赶上了一个波澜起伏的时代,或许他应感激整个儿的道德沦丧,才不害怕灵魂堕落。就在郎林关进牛棚以后,他粗鲁地,甚至胁迫地得到了她,他不讳言他下作,无赖。那个多少有些耿直,不肯阿附强权的工程师,本来也许他能够帮点忙,不致受缧绁之苦。但他为了达到目的,就不择手段了。"我是畜生!"他承认。他把刀放在了她的手里,"现在,你愿意怎么惩罚我都可以,杀死了我也绝无怨言。我等这一天,等了多少年,不管怎样我等到了,死而无憾!"他引颈就戮地等待着。

想不到披着挣扎撕裂的衣衫,几乎裸呈着胴体的蒋曼却举起那把锐利的刀,刺向自己雪白的胸部。他横挡过去,用胳膊挡住刀刃,也不顾鲜血顺手流下,抱住了她。最初的不愉快,像冰块似的在这肌肤的接触中消融了。

"当啷"一声,蒋曼手中的刀,跌落在水泥地上。她不再抗拒,更无憎恶,反转来把脸紧贴着充满如此强烈的男性气息的胸膛上。两个人搂抱在一起,几乎同时地意识到其实是久别重逢的欢乐。这种过去曾经分别在各自的梦里,遐思里,幻觉里,出现过的场面,倘不是在当时人兽颠倒的氛围里,是很难把罪恶与幸福,爱情和仇恨,如此扭结起来,成为真实。

只有那把沾血的刀,是这场苟且的爱的见证。

十三

熊老板是崇尚在人与人的交往中,以兵戎相见的。

所以,刀不仅仅具有象征意味。他的哲学是:你不把对方逼到墙角里就范,那么,对方在下一个回合中,就要取你的首级。

只有对蒋曼,或者还有她的丈夫,刀才成为多余之物。因此,他敢对她声言:"我本不坏!"

她也相信,他最初不是这种恶从胆边生的,说是怙恶不悛,也不过分的人。否则,她难以想象她的初恋,是他而不是后来的她的丈夫。即或是女人易被感情蒙蔽,也会识别最起码的好和坏。她会为抛弃一个明显不过的坏蛋而惋惜许多年,成了一块心病吗?

然而,他为了生存,为了权力,为了他位置的牢固,按他情人的有赞许也有嘲讽的话形容,简直成了三头六臂,一天二十四小时眼都不眨一下的人。她说,你甚至在我丈夫身边,都埋下姚苏这样一个耳目。你提倡告密,鼓励叛卖。王端,拿过国家奖的,不就因为不对你效忠,而把那年轻人,打入阴山背后去吗?你不认为这样活着,太累吗?

他也奇怪自己,不知为什么,独独在这个女人跟前,就像完全被解除武装似的,只有举手投诚的分。他知道他相当的不轻松,上面下面,左邻右舍,几乎无一处可以真正依托,时常在腹背受敌的威胁之中。也只有单独和她在一起的时候,哪怕默默无言的相处,才能获得片刻的宁静和用不着像狗那样睡觉了也要竖起耳朵彻底安心的休憩。他对她什么都不隐瞒。你说得一点也不错,蒋曼,并非所有女人都像你这样明智、冷静、有头脑。包括我们的爱,一开始你就规定了结局,谁对谁也不承担义务,没有任何契约的拘束。因为你说你同时是妻子、母亲和情人,只能给我三分之一的爱,而不可能更多。我佩服你的清醒,能够适度地不互相冲突地扮演三个角色。

"是啊!刚才你是以妻子的身份,指责我扔给姚苏一块骨头,而给王端以大棒。假如从情人的角度,那你更该嫉妒我把王端的未婚妻,那个身段不错的于倩,调来当秘书——"

蒋曼说:"因为我只给你三分之一,所以我从不要求你百分之百。"

"你的清醒,真让人害怕!"

"任何有眼睛的人,都会看出你对那个女孩子的意图。你其实比我清楚,恶,是鸦片,上了瘾就不可遏制。假如你居然不把于倩弄到手,我倒觉得不可理解。因为一枚失控的球下滑,若是毫无阻力,它会加速运动,这是再简单不过的物理现象。"

他似乎在潜意识中,又找到了一条要到戒台寺的理由。

难道,欲望注定是罪恶吗?那尊在莲花座上重新粉饰过金身的我佛如来,微笑着,没有明确的答复。

十四

"你觉得这样好吗?"

"我没想那么多!"

"人们用那样的眼神,在打量你!"

"我才不管别人说我好,说我赖,我按照我的信条生活,我不需要一个教父告诉我,哪步该走,哪步该停?"

"恕我多嘴!"

"你能不能多点男子汉的劲头,你看,老板,挥洒自如,那才叫够味!"

"他,我绝对不敢恭维。"

"因为你是毫无抗争能力的弱者。"

"哦!天!"

"这是所有弱者的共同心态,怨天怨地,就是不怨自己。"

"你对老板,崇拜得也太过分了吧?"

"我还想嫁给他呢!"

王端觉得天空一下陡然黑了,一朵云恰巧飘过来,遮住了头顶的太阳,他的脸,涌上来血,像一只紫茄子。

于倩绝不是不认真地:"如果他张嘴,我毫不犹豫答应!"

这个获得过国家科技奖的年轻人,挺学究气地做法律咨询状。"可他是有妇之夫!"

"我不在乎。"

"哦!"他闻所未闻,只能痛苦地呻吟。

她扭动她那柔软的腰肢,显示那不错的身段,摆出姿势,让他为她拍照。"如果有强烈的,让我服服帖帖的爱,我不管什么大老婆,小老婆,也不管什么婚姻这类形式!"她给她的老同学,并未十分明确关系的未婚夫,讲述她心目中的男人,应该是什么样子的。"女人需要男人什么呢?耳鬓厮磨吗?No!卿卿我我吗?No!真正的男人,应该具有强烈的去征服一切的雄性动物本能,和绝不容忍在自己的领地范围里,有第二个竞争者的存在。"

"这就是世界!"她的总结。

"玉兰花已经谢了,还有什么照头!"眉飞色舞的姚苏,走过来,朝他们俩招呼。"Hi! 二位学长!"

于倩说:"我追求的正是这份遗憾!"

他知道她现在的背景,显然在讨好她:"那是当然啰!公主嘛!美学境界是要高人一等的呀!"

凑巧,这三个人聚在一起的镜头,被从殿堂里走出来的熊老板一眼看到。当年,他和郎林、蒋曼不也这样开始进入生活,扮演人生一个角色的吗?

他不由得惊叹,历史自然不会倒退,但却总是不停地反复。有时候,反复(哪怕是短暂的)甚至比倒退更难让人忍耐。

十五

"这么说,你是一定要去马萨诸塞的了?"

"难道你不愿意我去看望我们的女儿?"蒋曼特别强调了"我们的"这个定语。

"当他知道了她并不是他的亲生骨肉时,他一定不但挫折你,还要挫折无罪的婴儿吧?"

"我说过了,他比你善良些。"

"女儿知道这一切吗?"

她摇了摇头。接着,她说:"也许有一天,我会告诉她这个幸与不幸、爱与不爱交织在一起的故事。"

"你后悔了?"

"你知道,我并不懦弱,也不怕承担任何谴责。只是应你政治斗争的需要,你必须爱护你的羽毛,才遮掩到人不知、鬼不觉的程度。现在,他也死了,我感情上最重的负担也消除了,我不愿意再活得那样麻烦,我想把过去都忘得干干净净,我打算画一个句号,一切重新开始……"

他恍然大悟:"你为那个死去的人在一直爱我?"

她平静地回答他:"早先不是,后来却是。"

他有些愠怒:"怪不得他在临终时,并没有把你,把孩子,托付给我。你和你死去的丈夫,显然是商量好的。"

她还是那样淡淡的。"人之将死,其言也善!他在最后一刹那,向你伸出讲和的手。你还要求这个被你骑在头上一辈子的可怜人,怎样再向你表示?他提到了戒台寺,难道还不够明白,那时我们有后来这些隔阂吗?"

他从不相信别人的解释,尤其当他认定以后。越是信誓旦旦,他越是疑虑重重。但这一次例外,不光因为她是他至爱的一个漂亮女人,而是一种悟性。

戒是一门很深的学问,他信。

十六

"嗨!老板,你不肯赏脸,跟我们年轻人合个影吗?"于倩像扭股糖似的缠着熊老板。

"老天拔地,何必让镜头感到痛苦?"

"No!老板,你风华正茂!唉!王端,你傻愣着干什么?快给我跟老板照一张。"

他望着那个仿佛害了牙疼病的年轻工程师,正因为是郎总的得力助手,所以也是死者生前竭力推荐提拔的。唯其如此,他偏别扭着。这个小伙子不如姚苏那样机灵,会来事。懂得总工程师的位置空下来以后,公司的目标是要给年轻的人压担子,这机会决不能错过,千方百计在赢得他的好感。王端显然不愿意于倩这样发贱的姿态留在底片上,在磨磨蹭蹭,等她稍稍端庄些再照。

她急了:"怎么搞的,叫我浪费表情!"

熊老板低声问她:"听说他是你的未婚夫?"

于倩没好气地回答:"目前大概算吧!"

他笑了:"过了目前,那么下一个呢?"

"也许是站在他身边的那位!"她也格格地乐了。

"你真是开放型的女孩子,最终呢?"

她抬起头来看他:"也许就是你,老板!"她忘了是在说悄悄话,大声讲了出来,听的人没法不莫名其妙。

等于倩照完,姚苏也抢着站在熊老板身边,但王端冷冷地说:"对不起,没胶卷了!"挎起相机,扬长而去。熊本良很奇怪自己,对这个小伙子缺乏礼貌的举止,竟然能够宽容。要放在过去,准教他吃不了兜着走。

十七

老百姓终究是老百姓,他们也许未必都知道老黑格尔这句名言:存在的总是合理的。但他们的比较注重现实的生活哲学,很快地对不愉快的,不甚愉快的,或者稀里糊涂的、勉强愉快的局面,能忍自安地适应。戒台寺怎么说来,空气总比城里清新些吧!仅这一点点优越性,大家也就心满意足了,在吃光喝光自己那一份配给品,给佛门制造一地垃圾以后,该琢磨回家了。

"怎么样?大家玩得尽兴了吧?是不是该打道回府了呀?"

熊老板问着渐渐聚拢在一起的他的部属。

其实,他对一般干部还是比较宽松的,只是有可能构成对他威胁的至要人物,哪怕是臣服的、苟安的、不愿惹事的,决不有片刻放纵,一言一行,都在他严密监视之下。所以,他尽管想幽默一下,但人们依旧拘拘束束地。结果打算笑一笑以回应,还未等到咧嘴,就被他下面接踵而至的言语吓呆了。

他说,他明天要准备出国,第一站巴黎。第二站伦敦。这倒没有什么新鲜,他一直满天飞,除了南极、北极之外,足迹遍天下。蒋曼要去美国探望女儿,改派于倩陪同,大家也早听说。有个身段挺不错的年轻人陪同在旁边,至少可以使他精神焕发。这都无所谓,也不往心里去。接着,他突然谈到郎总,谈到和郎总三十多年前,也来过戒台寺。这就使人不禁纳闷,无缘无故提郎总多少有点蹊跷。谁知他话锋一转,宣布接替郎总这个职务的人选。叽叽喳喳的人群一下子鸦雀无声,谁都认为板上钉钉,从他嘴里说出来的名字,必是姚苏。因为这个聪明伶俐的年轻人,已经是临时执政。

结果,却是站在人群后面,拿照相机拍摄晚霞的王端,是未来的总工程师。

在人事上,熊老板向来说了算数。他怕大家没听清楚,再报了一下这个获得国家大奖的家伙的名字。这或许是这次要到戒台寺春游的高潮,甚而至于有人认为果然不虚此行了。

十八

现在,远离尘嚣的戒台寺,已经落在车队后面很远很远了。

高楼大厦的北京城,黑压压、雾蒙蒙地已在眼前出现。坐在奔驰车里的熊老板,突然想起什么,提醒坐在他身边的于倩,"我长途飞行时,有个习惯,希望能读点文艺作品,松弛一下,你能给我准备上 本两本吗?"

香喷喷的于倩,妩媚地一笑:"我不晓得老板你爱看什么?我那儿,手头上只有几部爱情小说,行吗?"她把"爱情"这两个字说出口的时候,简直像唱一支小夜曲那样悦耳动听。

他笑了,这是一种富有感染力的笑。

虽然戒台寺给他留下深刻的印象,虽然他也悟到了什么是戒?明白了什么是戒其所戒,不戒其所不戒?但谁不是活生生的人呢?想到这里,随缘而化,熊老板倒又觉得更加的豁然开朗了。

他回过头去看,西山,已在辉丽的晚霞中。

涅　槃

[内部资料]

[非绝密档案]

第 一 件

提审记录　编号　C56384／2

上海法租界巡捕房,民国二十四年六月十八,刑庭实习推事李提摩太(震旦大学法学士),中文译员关唯徵,录事杨正连。

李提摩太(以下简称李):犯人姓名?

吴广梅(以下简称吴):我叫周立娟。

李:年龄?

吴:十七。

李:籍贯?

吴:江西南昌。

李:我们已从国民政府江西省政府那里调查过了,你说的那个地址,只有过一个叫吴广梅逃跑的小妾,从来没有一个叫周立娟的女人。你到底是谁?

吴:我不懂大人的话,先生!

关唯徵(以下简称关):你别装了,小姐,你什么都明白,我们什么也都明白。

吴:你们抓错了人,先生,我是冤枉的,那天我到极尔非司路找我的同学去,碰上了巡捕抓人。

关:你少废话,现在要你回答的是,你来上海干什么?

吴:我来求学!

李:可你一天书也未念过。

吴:去年夏天我没考上,今年打算再考。

李:你实说了吧,谁派你来的?

吴:我不懂大人的意思。

李:你很清楚,现在,你回答我,那么吴广梅是谁?

吴:我不晓得!

李:你不必狡赖了,现在有人证明你就是那个共产党的联络员吴广梅,你住在乍浦路桥的时候,租房契上就用的是吴广梅的名字。

吴:冤枉,大人!

关:行了,你别装腔作势了,算你走运,赶上了李提摩太先生,最年轻的推事,他让我晓谕你,你是个小喽啰,是棋盘上一个小卒,吃了就吃了,那些共党头子,连眼也不眨的。你本来不愿当特别党部主任叫什么勾子九的小老婆,跑出来,你寻找自由,推事是同情你的。你遇到了共产党,被他们利用,也不是不可原谅的。但你犯不着为他们送死!小姐,你只要讲出他们在法租界里的机关,在什么地方? 使用什么样的接头暗号？你只要说出来，你就没事了，会放你出去的。

吴：我越听越不明白了，先生！

关：跟你讲实在的话吧！现在上海市警察局正向我们租界要求引渡你呢！你会知道，共产党落到他们手里，不死也得脱层皮的。

吴：我叫周立娟，先生，你们肯定误会了。（下略）

第 二 件

移送苏州反省院的报告（编号 沪特字第一三三号）

已呈 戴雨农局长阅批，立即执行枪决的一干人犯中，有共党上海地下印刷所人员吴广梅，化名周立娟（女，江西南昌人，曾在匪区受训后来沪），与正在缉捕中之共党头目何大路，曾同居于乍浦路桥香水弄转运传单印刷品，拟羁押后再做处置。

上海特别市沪西警察分局特警三课陈金水拟稿。

第 三 件

复印件（上海《申报》民国二十五年四月十八日）

标题 昨夜南市突击搜捕 今晨闸北缉犯落网

（本报快讯）多次煽动纱厂罢工，并被通缉在案的共党要犯何大路，已在警局一次代号为"夜半歌声"的行动中，当场抓获。何犯供认不讳，他目标在于推翻政府，实行共产。他当场要求警方释放与他同时被捕的参加秘密印刷的人众，并否认与去年极而非司路一案主角吴广梅曾联手制造"大世界"传单案。经记者再三问及,周立娟是否即吴广梅时,何仅笑嘲曰,错抓错捕和屈打成招,系警方家常便饭,不值一哂。然后押于囚车中,沿路高呼口号不屈而去,现关提篮桥监狱,不日将开庭审判云云。

第 四 件

编号:关卷第四之五。

审干办注:经陆大河确认,系一九三六年写给组织证明吴广梅党籍的信。

由狱中送出的密件(笔迹漶漫,难以辨认)。

三哥,××××家中谅×无恙?我的肺痨,××非一日之灾,早有发×,××已无传染性,请×管放心!××表×妹在×州好吗?弟×次不幸罹病,非她之过,外人言,不足×信。弟阿陆顿首。

第 五 件

编号:关卷第八之四。

一九三六年秋,原中共闸北区委朱阿宝致原民丰纱厂支部方琳的信(系方琳于一九五〇年肃反运动中交出,应吴广梅同志的要求,经技术鉴定,认为是可信的)

审干办注:朱变节,解放前随毛人凤逃赴台湾。方自首脱党后,嫁给纱厂老板,一直在上海。

方小姐：

前次在小沙渡和你谈到的,从苏州来的一位亲戚周立娟,如今生计困难,望你暂时收留她,在你那儿帮助料理家务。此人能干可靠,你可绝对放心,就当自家人一样无需见外。范大哥已经说了,虽然娘家一时还不能认她,早晚也要认的。她在苏州的几个同房间的朋友,也说她经过多次体格检查,都没有问题。等我同娘家联络妥当,她就可以回老家了。

朱阿宝上
三月二十一日

第 六 件

国家×部教育司长范之舟一九五〇年亲笔证言。

(无编号,无日期,范于一九六八年被关牛棚后跳楼自杀)

关于吴广梅同志被捕后,经上海法租界捕房移转国民党方面,并未有任何出卖变节行为,当时中共地下党沪西工运支部做了结论,并恢复了她被捕被关后失去联系的党籍。此事亦可向陆大河同志了解,他是她的入党介绍人,一直在一起从事地下印刷工作。

嗣后由于抗日形势的发展,和他们身份业已暴露,不适宜继续在白区工作,是我请示上级,决定她随一批文化人撤出上海的。

×部机关党委组织部盖章。

第 七 件

最高指示：

"金猴奋起千钧棒　玉宇澄清万里埃"

红三司革命造反派斗斗批联络站查证：范之舟是隐藏的胡风反革命集团成员，漏网右派，混入党内的资产阶级分子，一直包庇托—陈反动派陆大河，和叛徒吴广梅。从抄家中所查获的他与胡风、老舍在重庆抗战文协门前合影，可以证明四十年代，他与胡风就勾结在一起了。吴广梅于一九四三年在反扫荡中负伤，许多人死于此次扫荡，她不但苟活了下来，还被范之舟利用他手中的权力，将她调到后方养伤，并想尽办法使她与陆大河重归于好，其目的昭然若揭，他们沆瀣一气，狼狈为奸，其目的在于巩固他们这个反革命小集团，是打算长期潜伏下来的美蒋特务组织。

批语：

×部风雷激战斗队向革命小将致敬！热烈欢呼毛主席派来的红卫兵，揪出埋藏在我们部里的赫鲁晓夫式人物范之舟！将无产阶级文化大革命进行到底！

又一批语：

×部井冈山造反总部严正声明，我们和革命小将心连心，坚持反对舍卒保车，抛出范之舟，让走资派蒙混过关，打倒保皇派！将无产阶级文化大革命进行到底！红卫兵万岁！毛主席万岁！

第 八 件

未编号的几件提审记录：

甲十二——

最高指示：

"假的就是假的　伪装应该剥去。"

提审人：风起云涌战斗队第一号勤务员王东彪。

牛鬼蛇神，死不改悔的大叛徒，大破鞋吴广梅。

王东彪（以下简称王）：你要明白党的政策，坦白从宽，抗拒从严！

吴广梅（以下简称吴）：我没有什么好说的了，你们愿意怎么办就怎么办吧！

王：你不要负隅顽抗，我们掌握住你的全部材料——

吴：（笑）那你们这几个小屁孩子，还问个什么劲？该杀就杀，该关就关好了！

王：你好好交代你和陆大河的关系。

吴：我已经把该讲的都讲了！

王：你是不是他的老婆？

吴：我们曾以夫妻的名义一块工作过，后来我们也曾经同居过，这都是白纸黑字，组织上完全清楚的。

王：然后呢？

吴：我到前线去了，就跟他分手了。

王：就这么简单？你不要包庇你的老情人，他是托派，我们已经掌握。

吴：他不是托派，他在上海做地下工作的时候，和托派分子有过来往，这是事实，但他绝不是托—陈派，以后有过结论的。

王：可就是肃托时你离开他的。

吴：那是组织上的决定。

王：可是后来给他澄清了，范之舟把你从前方弄回来养伤，你为什么不继续跟他同居，却和另外的人乱搞上了呢？

吴：跟没骨头的人过下去就算不是乱搞了吗？

王：他不是反革命！

吴：年轻人，他是什么人？我知道，我现在不想谈他，可以吗？

王：你从前方回来时，他已做结论，不做托派处理，重新安排了工作，你没有理由离开他。

吴：他不是托派，不等于我还会爱他。

王：为什么？

吴：你们对一个人的私生活如此感兴趣，不觉得低级趣味吗？年轻人！

王：我看对你不进行适当帮助教育，你是不会老实的！

（下缺若干页，有撕毁痕迹）

附件：

吴广梅认罪书——

最高指示：

"冻死苍蝇未足奇。"

我承认我态度不好,不应该对抗毛主席派来的红卫兵。革命小将未对我采取逼供讯行为。

吴广梅　手印
一九六八年五月一日

甲十三——

最高指示:

"下定决心,不怕牺牲,排除万难,去争取胜利。"

提审人:工革联贾尚泉,上总司曹丽芬。

三反分子、叛徒、特务、暗藏的反革命分子吴广梅。

贾尚泉(以下简称贾):你在参加革命以前,在南昌是干什么的?

吴广梅(以下简称吴):你既然从江西跑来调查,你不会不比我清楚,你就实说你的来意吧!那时我十七岁,想做什么祸国殃民,反党反人民的事,还嫩点——

贾:看来你果然不老实,你别以为你还是什么敌后武工队长,日本鬼子、汉奸走狗一提你的名字就怕你,而对我们神气活现。告诉你吧,我们是毛主席的赤卫队,不吃你这一套,老实回答问题。你是老表,我也是老表,两个老表就较量较量吧!

吴:我现在已经被几批造反派,批斗得腿脚不利索,浑身伤痛,我服了还不行吗?你们这些人干脆要武斗,不要文斗算了,我不想再说什么了,你们要打就请动手吧!

贾:我们截至目前,可没有碰你一指头,不过,就是打死你这个地主资产阶级的小老婆,也是革命行动吴：我不是什么小老婆，我是被强抢霸占然后逃出来投奔革命的。

贾：我们调查过南昌一霸,国民党部主任勾子九的后代,那些被镇子女说,他们家谱上没你这位姨太太的名字,也不知道你。

吴：勾子九讨的小老婆比他养的狗还多,这真是笑话,我要上那个臭家谱？你们究竟站在谁的立场上？替谁说话？

曹丽芬（以下简称曹）：毛主席说："扫帚不到,灰尘是不会自己跑掉的。"你嚣张什么？林副主席教导过：好人打好人,误会；好人打坏人,活该！不给你一点教训,你是不会开窍的。

贾：我们是讲政策的,我们主张触灵魂,不触皮肉,不过灵魂触不动,适当触皮肉,也是允许的。这回你明白了吧？

吴：我向毛主席低头认罪！

贾：勾子九是蒋介石中统特务系统复兴社南昌的头,你既然不承认是他的小老婆,那么,你肯定就是受他的指派,打入我革命队伍的谍报人员,两者必居其一。承认吧,那时蒋介石在庐山办训练团,你从南昌到九江,然后到上海的,你敢说你没有上山受训？你敢说你不负有特殊使命？

吴：对不起,我神经有点错乱了！

曹：老实交代吧！毛主席教导我们："死硬派之所以只能吞吞吐吐,而不敢明目张胆,是有原因的。"现在我懂了,天下的造反派是一家,天下的反动派也是一家！为什么连李提摩太都放你一马？

吴：谁？

曹：你别装蒜了！

吴:我真想不起。

曹:我提示你一下,你在极而非司路飞行集会被捕以后审你的那个法国人。

吴:对!那又怎么样呢?

曹:看你这张脸,就知道你极端仇恨革命造反派。可你却能同地主,恶霸,托派,法国人睡觉,真无耻!可也不奇怪,这就叫"亲不亲,阶级分",否则,别的抓起来的人,都在龙华枪毙了,你却能到苏州反省院去。

吴:胡说八道——

(因反抗革命造反派,提审中止)

附件:
吴广梅悔过书——
最高指示:
"小小寰球,有几只苍蝇碰壁。"

我承认我在上海大世界散发传单,和随后于上海沪西区,虹口区等地制造飞行集会,是忠实地执行立三左倾路线,是胆敢和毛主席对抗。犯下了反对毛主席,反对毛主席正确路线的滔天罪行。

我罪该万死!

我感谢革命造反派对我的挽救!

吴广梅　手印
一九六八年五月十日

甲十四——

最高指示：

"斗争,失败,再斗争,再失败,再斗争,直至胜利。"

提审人:红红红,全无敌,东方红联合揪斗司令部代表郭小毛。

出卖地下党组织的大叛徒吴广梅。

郭小毛(以下简称郭):你知道我是谁吗?

吴广梅(以下简称吴):我关在牛棚里,只有一套《毛选》,和看守我的专政队员,其他我什么都不知道。不过郭代表你,当然是大名鼎鼎的啦!

郭:你听说过揪出了六十一个大叛徒吗?

吴:知道一点,不多。

郭:那是我们红红红,全无敌,东方红跟随红三司蒯司令为毛主席革命路线立下的丰功伟绩。这你该明白我们来的目的了吧?

吴:我的全部历史,过去都对组织上讲了。

郭:先不要封口。

吴:革命小将,无产阶级造反派,多次批斗,多次游街,多次过堂,多次审讯,我就差这辈子吃过多少饭,拉过多少屎,放过多少屁没交代了。

郭:看起来这场史无前例的文化大革命,对你没有什么触动。

吴:不瞒你说,我也悟透了,中国人死都不怕,还有什么好怕的呢?

郭：大家都知道，你吴广梅不是简单人物。

吴：什么简单不简单，我只是一个普通共产党员，做党要我去做的工作。

郭：听说你在国民党监狱里英勇不屈，听说你打伪军，锄汉奸，让敌人闻风丧胆；听说你率领数万民工支前，立下过汗马功劳；听说你身上有日本鬼子、国民党，和美国佬留下的光荣伤疤。

吴：我半点也不用谦虚，既然你讲了，我也不必自我介绍了。老实说，要不是我们这些人拼死拼活，流血流汗，你能有今天吗？别人我不了解，你郭代表要不是新社会，你能念书上学，还不得和你爹一样，担着剃头挑子，走街串巷？

郭：诸位，不要动武！真理在我们手中。吴广梅，你懂什么叫"土豪劣绅的小姐少奶奶的牙床上，也可以踏上去滚一滚"吗？这就叫"天翻地覆慨而慷"，"换了人间"。在你眼里的痞子，如今就要骑在你脖梗子上拉屎。这是伟大的红司令给我的权力，不然谁敢揪你这个共产党的特大叛徒！

吴：你可真能抬举我！

郭：不要嬉皮笑脸，告诉你，我们造反派有毛主席给的一双火眼金睛，把你看得透透的。你为什么这样拼命表现，一句话，因为你心里有鬼，你一参加革命，就把我党地下印刷所和党组织给出卖了。这是你的老情人陆大河，化名何大路的托—陈分子供认的。

备注：

吴广梅请罪书——

最高指示：

"捣乱,失败,再捣乱,再失败,直至灭亡。"

我,吴广梅……(有血迹,无下文)

第 九 件

几份外调材料:

乙三——
陆大河证言的一部分。

毛主席教导我们,"共产党人应该襟怀坦白。"他老人家又说:"舍出一身剐,敢把皇帝拉下马。"通过文化大革命,在无产阶级革命造反派战友的关怀下,我又一次沐浴在党的雨露阳光之下,我的思想水平在不断提高,因此,对于三反分子吴广梅产生了新的认识。本着"对事不对人,认党不认亲"的精神,在白区地下工作期间,我承认她是相当坚定的,我们的感情是在这样的基础上建立起来的。但是,她被捕以后,在苏州反省院期间,以周立娟的身份被释放,我就不敢保证她是否有变节行为了。

后来,由于叛徒出卖,我在一次地下集会中被捕入狱。

这个地点十分保密,能了解我的行动规律的,只有两个人,一个是当时闸北区委的朱阿宝,一个便是她。因此,这两个人当中必有一个是叛徒。长期以来,我都认为是朱阿宝干的,他是一个很典型的流氓无产阶级,生活腐化,挥霍党的有限经费,与不三不四的女人开房间,而且屡教不改,最终投靠军统,逃亡台湾。他将我出卖,自然是顺理成章的事情。但现在,文革使我擦亮眼睛,明辨是非,大胆怀疑,为捍卫党的无限纯洁,我认为,吴广梅关在反省院里,为了自己能够活下去,威胁利诱之下,也不是不可能告密的。否则,她的同案犯都牺牲了,她能活着出来?为此,我请求革命造反派对这个旧案重新甄别。

我在白区工作期间,曾与个别托派分子有过来往。无组织联系,有思想影响,吴广梅是知道这个事实的,但她帮助我向党隐瞒了这段历史,在肃托运动中,她与组织采取对抗态度,自己不检查,也不让我检查,为此,我们感情分裂。

从这一点看她,她很可能与党不是一心一德的。

备注:

最高指示:

"我们大多数干部是好的和比较好的。"

陆大河同志是我部首批站出来亮相,并被结合进革委会,是坚持毛主席革命路线的领导干部。

　　　　××部委抓革命促生产大联合办公室　公章
　　　　　　　　　　　　　　　一九六八年十一月八日

外调人员:
机关党委　组织干事于小兵　签名
借调助勤人员　水暖工马红田　签名

（差旅费超支部分一千四百二十三元八角二分准予报销）

乙四——

方琳证言的一部分。

我是一九三六年自动脱党的，蒙党宽大为怀，解放后仍允许我在中学教书，直至退休。对于吴广梅（当时化名周立娟）的情况，我不敢对造反派有一丝隐瞒。她从苏州放出来，到上海住在我家中，没有任何令人怀疑的地方。最让我佩服的，她自始至终，未曾向我透露她的党员身份。据我回忆，她是一个很有斗争经验的同志，好几次大搜捕，都是在她掩护下逃脱。她全力保护组织，保护同志，宁肯牺牲个人，也在所不惜，是我至今也不能忘记的。

我后来信教了，是一个教徒，主不允许我说违背良知的话。

如果查出她那时有任何背党行为，我愿与她同罪。

　　　　　具结人　方之颖（原名方琳）　手印
　　　　　　　　一九六八年十月五日

外调人员：

清理阶级队伍办公室　副主任舒来诚　签名

以工代干　五交化公司采购员姜国军　签名

（出差费用四千一百八十元，已报。所欠借款八百二十元，同意由工会救济）

乙五——

关唯徵证言的一部分。

这件案子年代已久,细节已记不起来,何况我偏瘫多年,卧床不起,我也快要死了,我没有什么顾虑。你们提到的李提摩太推事,是确有其人的。他是法国人,刚从震旦毕业,到我们捕房实习。他年轻,相信法律,不买国民党方面的账。有些共党案子他倒不是偏心,他反对共产,但在法律上他比较认真,不肯轻易判决。所以,未等实习期满,他就离开捕房了。

我记不得周立娟或吴广梅这个姓名,那时,我参与过多起审理共产党的案子,我有罪,我对不起人民。我在劳改释放后一直规规矩矩,街道可以给我证明。

  交代人 关唯徵 手印
  代笔人 关秉仁(关唯徵之孙)
  一九六八年九月二十日
上海市黄浦区蓬莱街道革委会 公章

外调人员:
党委组织部 科长孟祥惠 签名
宣传部 内部图书资料员 俞雅茹 签名
(因关唯徵于解放后被劳改过,为寻找他的踪迹,从青海到四川,由重庆到武汉,再转赴桂林、广州等地查询,累计行程两万公里,舟船费、火车卧铺票费、飞机票费、招待所宿费,

以及出差补助,共用去人民币九千九百一十二元)

第 十 件

关于吴广梅于审查期间患病的医生报告——
经会诊:轻度脑溢血。

反修医院急诊值班大夫　丁若芸
一九六九年四月八日凌晨一点

第十一件

山东沂蒙地区革命群众来京上访,要求将吴广梅抬回老革命根据地养病的报告(全文过长,不录)

经请示中央文革小组,口头答复:"岂有此理!"

第十二件

一九七〇年七月一日关于对吴广梅叛党立案调查的决定(略)

第十三件

一九七二年在宽严结合宣判大会上,所公布的关于对吴广梅按人民内部矛盾处理的决定(略)

第十四件

一九七五年关于给吴广梅平反的决定(略)

第十五件

一九七八年关于为吴广梅同志彻底平反,并推翻一切诬蔑不实之词的决定(略)

第十六件

一九九二年四月三日深夜零点二十六分,紧急电话通知——

送话人　×部委分党组秘书严秀丽。

受话人　×部老干部处王斌。

鲁副部长要我马上通知你,关于吴广梅同志的悼词已经由组织部门向党组做了汇报,大体上没有什么异议。为稳妥起见,历史的复杂性,和一些很难用三言两语就能够说清楚的是非,请将文中"坚定的马克思主义者"的"坚定的","久经考验的无产阶级革命战士"的"久经考验的"这两个定语删去,以免横生枝节。即使这样,吴大姐辉煌的一生、战斗的一生,一个真正共产党员的一生,也仍是我们大家学习的榜样。

猫不拿耗子

王教授抓科研,王处长管行政。

两家比邻而居,王教授住五〇三,王处长住五〇四,无论大人,无论孩子,彼此来往都很亲切。王教授虚怀若谷,王处长平易近人,是构成两家友好的基础。处长家的孩子管教授叫王伯伯,教授家的孩子管处长叫王叔叔。称呼起来,非常亲热的,五百年前是一家嘛!

王处长管的事多,管的人也多。王教授只管一项科技攻关专题,领导两名助手,虽然也带几名研究生,上大课时阶梯教室坐满了学生,但并不归他管。王处长则不同了,从盖教学楼和家属楼的施工队,到教工食堂和学生食堂的炊事人员;从文书收发、教材印刷,到园艺绿化、门卫传达;从招待所到留学生宿舍,无不在他的管辖范围之下,很忙,非常忙。相比之下,王教授可算享清福了,如果他不用和助手一起在水槽里,洗那些实验室瓶瓶罐罐的话,他还能轻松一些。

王处长当然很羡慕王教授,王教授也相当同情王处长。王处长不但在办公室里坐不住,回到五〇四号家里,也很少有清闲的时候。一顿饭不来上三两通电话,是饶不了他的。

王教授家也有电话,那是亏了王处长的帮忙才装上的,外号却叫《沉默的人》,那是一部外国影片的片名,因为电话很少响铃。同样,两家安的音乐门铃,也是一个热闹,一个冷清。王处长家的门铃旋律,是贝多芬的《欢乐颂》,几乎一天到晚,欢乐不断。而教授家门铃乐声,是人人都熟悉的《祝你生日快乐》,但响的机会不多。细琢磨也有其道理,一个人一年只有一次生日,哪能天天过生日呢!所以教授家的门铃,便成为《沉默的人》,而且沉默得有道理,很有分寸。

不过,偶尔也有频繁响起《祝你生日快乐》的时候,那都是找错门的。于是王教授就得客客气气地对来访者说明:我虽然也姓王,可不是你要找的王处长。你大概头一次来,你大概不认识王处长。那好,我告诉你,隔壁这一家,就是王处长家,你按那扇铁门上的电铃就可以了。于是,贝多芬的《欢乐颂》响了,王处长家又来客人,又不得安生了。教授实在有些替他累,既不能为他分忧,又不好意思挡驾。看到那些求职的、谋生的、要房子的、夫妻两地分居要求调到一起的、没有城市户口的,以及教授也认识的至今未能把上山下乡插队的儿女办回来的,一张张可怜巴巴的面孔,他也心软了。

他知道,而且他也相信,王处长绝不是铁石心肠的人,能帮忙总是尽力帮忙。虽然,似乎他的口碑不算十分好,但教授跟他是近邻,能理解他,大有大的难处。本来就一碗粥,供一个和尚吃,大概勉强可以充饥。现在,有七个和尚,或者八个和尚张嘴等着,那怎么办?王处长诉过苦:教授,除非把我剁碎了,唉唉……

他叹气。

教授也陪着叹气,而且很快给自己找到了心理平衡的慰藉。虽然,王处长有权有势,日子过得很好,人人争着巴结他,讨好他,但他累得真要死,忙得连喘气的工夫都没有。结果,背后还有人非议他。而且还有竞争者认为他的差使是个肥缺,构成对他的威胁,弄得他好紧张。这样,王教授觉得自己这一介书生、两袖清风的日子,倒有其难得清闲自在的优越性了。很少有人敲门,很少有人打电话,几乎没有任何人来求过他,托过他。甚至也不用担心他那还要在实验室里洗瓶瓶罐罐的项目被谁抢走,如果真有见义勇为之士,他恨不能立时三刻将这份工作拱手让人。

于是王教授就比王处长多一些闲情逸致:譬如养君子兰啊,这玩意儿如今行情一落千丈,过去价俏的时候,倒有人送给隔壁王处长家的,现在教授家阳台上也有好几盆;譬如养小金鱼,当然在公园农贸市场,很看中那些热带鱼,花花绿绿,煞是好看,但一次性投资太多了些,太太不批准预算,而且那些小生灵,娇生惯养,也太"布尔乔亚"了。结果,花数元人民币,购鱼缸一口,小金鱼数尾,放在书桌上,看那摇头摆尾、悠然自得的神态,教授便想起庄子《秋水》篇里有段有名的濠上对话。惠子曰:"子非鱼,安知鱼之乐?"庄子曰:"子非我,安知我不知鱼之乐?"也就很觉得怡神悦性的了。

王处长有时也来串串门,对教授的雅兴和闲心,面有羡色。但未谈上几句话,屁股还未坐热椅子,他家孩子就过来叫他回家,又有客人来找他了。教授真是打心里可怜他:"为人莫当差,当差不自在呵!"教授夫人什么话也没说,只是一笑。猜不出她是赞成先生的看法呢,还是反对先生的看法。

不知什么时候开始的,或许去年,或许前年,教授的兴趣从花草虫鱼,发展到养猫上面来了。如果说,养花养鱼,还是属于教授个人自得其乐的事情。那么,一只大狸花猫和它下的几只小猫咪,几乎成为全家人的开心节目。第一,猫通人性;第二,猫有实用价值,可以灭鼠。

王处长后来才晓得教授喜欢养猫。你怎么不早说,他埋怨教授,我随便一张嘴,还愁搞不到纯种波斯猫?

他谢谢邻居的好意,连忙说,够了,够了,如果再养波斯猫的话,我这教授,就该越教越瘦,该破产了。他太了解这种名贵的猫了,和热带鱼一样,都不够"普罗"化。倒不是敝帚自珍,他挺钟爱他的猫。有一出戏,叫《狸猫换太子》,说明它谱系的久远。何况不挑食,给什么,吃什么,挺能跟主人同甘共苦。最让人满意的,是这只大狸花猫和它的儿女,非常尽责,为患已久的鼠灾,总算被它们平靖了。

教授家其实和处长家一样显得狭窄,不过,处长家是电器多才挤,教授家是书籍多而造成的挤,这就是知识多带来的累赘了。王处长已经许诺了,等家属楼盖成了,两家搬过去,还是邻居,互相有个照应。所以,教授就把一时用不着的大部头精装书,暂时挪到阳台上堆放,横竖早早晚晚要搬家的。弄不清该死的耗子是出于对知识的仇恨呢,还是认为知识分子软弱可欺,竟在书堆里絮窝下崽,把好端端的书,咬啮得乱七八糟。教授下决心养猫,也是对鼠类如此荼毒文化的反抗。

终于有那么一天,教授发现他的狸花猫在阳台上,同它的儿女们,大嚼特嚼一只硕鼠,显然像享受一顿美餐那样喵喵地叫着,跳着,撕扯着,抢吃着。教授高兴极了,喊他老伴来看,喊他孩子来看。拍手的,叫好的,把阳台连阳台的王处长家也惊动了,连忙跑出来看,以为教授家出了什么惊天动地的事。

"猫抓耗子!"

"太棒了,多大?"

"尾巴有半尺长!"

"乖乖——"

"太可恶了,把书都咬了!"

"别提了,"王处长站在那边阳台上感触颇深地说,"我们家也是五鼠闹东京呢!"突然,他忽发奇想,"教授,干脆,就像外国足球俱乐部租借运动员那样,弄一条猫到我们家来镇压镇压,怎么样?"

邻居开口,怎么好拒绝呢?好好,当下就应承了。

这里教授全家开了个会,决定把大狸猫的头生子,叫黄黄的二大猫派过隔壁去,它不但能爬墙上树,甚至有飞檐走壁的绝技,而且它一直有翻到那边阳台的企图。教授相信,王处长家阳台上的耗子,不但多,还要大,黄黄此去,保证不辱使命。

过了半个月,教授听到自家阳台上,又有咯吱咯吱咬骨头的响动,一看,大狸猫和剩下的两只小猫咪,正在分吃一只大耗子。因为抢食的黄黄出差不在了,这里一母二女细细咀嚼,吃得很斯文。

教授问看热闹的王处长:"怎么样?黄黄立功没有?"

王处长摇头,一脸失望的样子,他告诉教授,有一天他亲眼见一只小耗子,从黄黄鼻子底过去,它居然视而不见,听而不闻。哪怕扑一下,吓一下,让耗子魂飞胆丧也好。站着,连动也都不动,碍着教授面子,他不好再说下去。

这下,教授觉得挺丢人,这个不争气的黄黄。当天,就调防了,把大狸猫送去换回黄黄。这可是一枚重磅炸弹,教授对王处长保证,不出半月,静候佳音,肯定是一场歼灭战,不获全胜,决不会罢休的。大狸猫堪称灭鼠圣手。

黄黄回到教授家,也没什么觉得惭愧的样子,和小猫打成一团,开心得很。而且,没过几天,它居然在厨房碗柜下捉住一只小耗子,再小也是可以洗刷它无能名声的证据,教授从它口中将耗子抢出来,拎着尾巴,兴冲冲地到隔壁去请邻居看这份成果。

王处长半天没有反应,显然在思考一个什么问题。

"怎么回事?"

王处长当然不愿意让教授伤心,更不好意思说大狸猫的坏话,只是万分纳闷地说:"不知为什么,在我们家,猫不拿耗子了呢?"

王教授随王处长走进客厅,那只大狸猫卧在沙发上,懒洋洋地,似睡非睡。它当然认识教授,只是把头略微抬了抬,算是打了招呼。几天不见,它显得丰满,毛色也鲜亮了。教授走近沙发,把小耗子在它脸前抖了抖,它看看,丝毫不感兴趣。要在过去,早鱼跃而起,得小心别让它把手抓破。他把这一口就可吞了的耗子,放在它嘴边,谁知它闻了闻以后,不但不吃,而且厌恶地跳下沙发,迈着四方步,走了。

真怪,猫不拿耗子!

应该说很有学问的王教授,百思不得其解。

淡 之 美

淡,是一种至美的境界。

一个年轻的女孩子,在你眼前走过,虽是惊鸿一瞥,但她那淡淡的妆,更接近于本色和自然,好像春天早晨一股清新的风,给人留下一种纯净的感觉。

如果浓妆艳抹的话,除了这个女孩表面上的光丽之外,就不大会产生更多的有韵味的遐想来了。

其实,浓妆加上艳抹,这四个字本身,已经多少带有一丝贬义。

淡比之浓,或许由于接近天然,似春雨,润地无声,容易被人接受。

苏东坡写西湖,有一句"欲把西湖比西子,淡妆浓抹总相宜",其实他这首诗所赞美的,"水光潋滟晴方好,山色空蒙雨亦奇",也是大自然的西湖。虽然苏东坡时代的西湖,并不是现在这种样子的。但真正懂得欣赏西湖的游客,对那些大红大绿的、人工雕琢的、市廛云集的、车水马龙的浓丽景色,未必多么感兴趣的。

识得西湖的人,都知道只有在那早春时节,在那细雨、碧水、微风、柳枝、桨声、船影、淡雾、山岚之中的西湖，像一幅淡淡的水墨画，展现在你眼前，才是最美的。

水墨画，就是深得淡之美的一种艺术。

在中国画中，浓得化不开的工笔重彩，毫无疑义，是美。但在一张玉版宣上，寥寥数笔，便经营出一个意境，当然也是美。前者，统统呈现在你眼前，一览无余。后者，是一种省略的艺术，墨色有时淡得接近于无。可表面的无，并不等于观众眼中的无，作者心中的无，那大片大片的白，其实是给你留下的想象空间。"空山不见人，但闻人语响。"没画出来的，要比画出来的，更耐思索。

西方的油画，多浓重，每一种色彩，都唯恐不突出地表现自己，而中国的水墨画，则以淡见长，能省一笔，绝不赘语，所谓"惜墨如金"者也。

一般说，浓到好处，不易；不过，淡而韵味犹存，似乎更难。

咖啡是浓的，从色泽到给中枢神经的兴奋作用，以强烈为主调。有一种土耳其的咖啡，煮在杯里，酽黑如漆，饮在口中，苦香无比，杯小如豆，只一口，能使饮者彻夜不眠，不觉东方之既白。茶则是淡的了，尤其新摘的龙井，就更淡了。一杯在手，嫩蕊舒展，上下浮沉，水色微碧，近乎透明，那种感官的怡悦，心胸的熨帖，腋下似有风生的惬意，也非笔墨所能形容。所以，咖啡和茶，是无法加以比较的。

但是，对我而言，宁可倾向于淡。强劲持久的兴奋，总是会产生负面效应。

人生，其实也是这个道理。浓是一种生存方式，淡，也是一种生存方式。两者,因人而异,不能简单地以是或非来判断的。我呢,觉得淡一点,于身心似乎更有裨益。

因此,持浓烈人生哲学者,自然是积极主义了;但执恬淡生活观者,也不能说是消极主义。奋斗者可敬,进取者可钦,所向披靡者可佩,热烈拥抱生活者可亲;但是,从容而不急趋,自如而不窘迫,审慎而不狷躁,恬淡而不凡庸,也未始不是另一种的积极。

一个人活在这个世界上,不管你是举足轻重的大人物,还是微不足道的小人物,只要有人存在于你的周围,你就会成为坐标中的一个点,而这个点必然有着纵向和横向的联系。于是,这就构成了家庭、邻里、单位、社会中的各式各样繁复的感情关系。

夫妻也好,儿女也好,亲戚、朋友也好,邻居、同事也好,你把你在这个坐标系上的点,看得浓一点,你的感情负担自然也就重;看得淡一点,你也许可以洒脱些、轻松些。

譬如交朋友,好得像穿一条裤子,自然是够浓的了。"君子之交淡如水",肯定是百分之百的淡了。不过,密如胶漆的朋友,反目成仇,又何其多呢?倒不如像水一样地淡然相处,无昵无隙,彼此更融洽些。

近莫近乎夫妇,亲莫亲于子女,其道理,也应该这样。太浓烈了,便有求全之毁、不虞之隙。

尤其落到头上,一旦要给自己画一张什么图画时,倒是宁可淡一点的好。

物质的欲望,固然是人的本能,占有和谋取、追求和获得,大概是与生俱来的。清教徒当然也无必要,但欲望膨胀到无限大,或争名于朝,争利于市,或欲壑难填,无有穷期;或不甘寂寞,生怕冷落,或欺世盗名,招摇过市。得则大欣喜,大快活,不得则大懊丧,大失落。神经像淬火一般地经受极热与极冷的考验,难免要濒临崩溃边缘,疲于奔命的劳累争斗,保不准最后落一个身心俱疲的结果,活得也实在是不轻松啊!其实,看得淡一点,可为而为之,不可为而不强为之的话,那么,得和失,成和败,就能够淡然处之,而免掉许多不必要的烦恼。

淡之美,某种程度近乎古人所说的禅,而那些禅偈中所展示的智慧,实际上是在追求这种淡之美的境界。

禅,说到底,其实,就是一个淡字。

人生在世,求淡之美,得禅趣,不亦乐乎?

不 沉 湖

我不信佛,也不信鬼神。但这一次,我倒真是很虔诚地要到不沉湖朝圣去了。

——你莫笑哦!

我坦率地跟你讲,去的目的,是为了还愿,一个夙愿。这种行为,本身就是带有一些宗教色彩的,对我并不怎么合适。可是,无论如何,我作为一个人,一个男人,一个不以背信弃义为荣的人,履行早先曾经对一个女人许下的诺言,那是义不容辞的。

很难说那是所谓的"爱"的交往,但是一次短促的、特殊的感情接触,大抵上是可以这样认为的。如果是"爱"的话,一辈子的白头到老的爱,和仅仅只有一天,但却是铭记不忘的爱,又能有什么质的差别呢?

可我惭愧,连她的名字,也叫不上来。

还愿,只不过是当时心中的一个念头,并没有当着她的面说出来。可她完全领会到了我的心思。她不是个普普通通的女人,恐怕也非凡俗之人,因为我越来越相信她的陡然出现,她对我那份特殊的感情,多少有些神奇和不可思议。

我从来没见过一双女人的眼睛,有她那样聪慧明洁的,仿佛有股洞穿人心的超能力。她看着你,就知道你在想些什么。

当时,我只是在心里感激,"有一天,我要回报——",她马上止住我:"不必了,你——"

——你肯定不信,哪有这事!

我没有必要骗你,也许她有这份睿智,不但知道我在想什么,甚至我的过去,我的现在,甚至还有我的未来,从她微笑的神态里,很清楚,是了如指掌的。那雨,那风,那黑喑,那前途未卜的列车,从她坐到我的身边起,我们就像认识了多少年的朋友,一直紧挨着,到分手时为止。虽然,仅仅只有二十四小时。

尽管延误了好多年,这份感激,应该谢还给那位有着怜悯心肠的非同一般的女人。她出落得非常美丽,是那种不让你产生亵渎念头的美丽。我从一开始就认准她是佛门弟子,因为她总掐着一串檀香木的念珠。她没有承认,也没有不承认,在那个毁绝一切的年代,对她这个独身旅行的女人来说,或许这是最好的回答。

——你说呢?

她站在岸边,这样与我告别:"你就放心走你的吧!菩萨保佑!"

我简直不知该怎么感激她的大度,她的慷慨了,而且更讶异世界上居然还存在这样一丝难得的良善?所以从心里许诺:"有一天,我要回报您的这份慈悲!"

"不必了,你!"她说,"以善求善,本是很平常的事情,你不必挂在心上,走吧!汽船快要开了!"

"我能问一声,您怎么称呼,您住在哪里吗?"直到离别时,才想起来问她。

她没有直接回答,只是用手指着湖心里影影绰绰的山,微笑不语。

"那叫什么湖呀?你告诉我湖的名字——"

也不知是她说,还是别人信口讲的,我脑海里印下了"不沉湖"三个字的印象。除此之外,对她和她那个虚渺世界中的一切,便一无所知了。在我记忆中的她,缥缈而来,飘逝而去,也许是一位尘外之人吧?但愿如此,菩萨保佑。

——我只能这样原谅自己,谁要处在可怕的忙乱逃命之际,也会顾此失彼的。

载满逃命者的汽艇,很快地加足马力离开了孤岛。在风雨里,那双聪慧的眼睛,一刹那间,杳无影踪。

可我从此再也忘不了这双眼睛,她似乎在冥冥中注视着我走过此后二十多年失败和成功的路,现在,我头发都白了,但存留在我脑海里的那双眼睛,仍旧年轻而光彩。

——我想,应该寻找自己心中的圣地,你说是不是?

时光过得真快,我如今已是年过花甲的人了,但在那泽国中最后一眼的告别印象,尤其是仅有一条生路的选择情况下,你留在岛上她活,她留在岛上你生,这种强烈的诀别场面,是怎么也不会忘怀的。

可令人遗憾的是,直到我收拾行装,准备去还愿的时候,甚至还不知道有没有这个不沉湖,这湖到底在哪里,她会不会还在那个地方?

——你会说,这算什么行程啊?连目的地都在懵懂之中。我承认,这在别人眼里,很难理解。可是,话说回来了,现实生活里又有多少能被人理解的呢?反正,既然许下了愿,就不能食言而肥。如果再拖下去,到了腿脚不利索的那天,岂不是悔之莫及?

我无论如何也要登程出发了。

"就这么走啊?"妻问我。

"我想我能找到那位保护神,那位天使,那位二十四小时不曾离开我的女人。"

在我心目中,那水波浩渺的不沉湖中,应该有一座山,一间庙,或者一个她修行的地方。在此以前,我查过地图,向人请教过,他们也对这个湖泊的名字,既生疏而又仿佛熟悉。"是吗?不沉湖,好像听说过的!"及至仔细问起来,在哪儿?怎么去?又不甚了了。

大概在这个世界上,人们既不可能全知,也不可能全然无知。这便形成了佛经所说的"障",像一扇玻璃屏风似的,隔着有感觉的人和被感觉的事物。于是在生活里,有时好像都知道,然而又并不全知道。世界就不说了,即使站在对面的一个人,你能说你对他了解吗?于是似乎很明白,其实又并不真正明白,便是人与人之间的那种模糊混沌的认知了。

妻忍不住疑问:"你这个不沉湖,有点像神话、童话,或者古古怪怪的传说,也许你听错了,说不定没有这个湖吧?"

"也许没有,也许有,也许就在有和没有之间,这都说不定。但我不管那些,是一定要去的!"

妻在笑我,不过,她和我一样感激那位旅伴,要不然,当时不知会有什么无妄之灾降临到我的头上,那是一个制造苦痛的年月!

妻埋怨我:"你应该打听清楚她的姓名。"

"你还看不出来,她不是那种施恩图报的人,告诉你姓名干吗?"

"问一问总可以的!"

"可汽艇已经解开缆绳……"我又记起那双美丽的,示意我不必多问,也不必为她担心的眼睛。

妻说:"过去快二十年了,她还会在吗?"

"在不在,都不是主要的,还愿本身,是一件庄严的事情,你说是不?"

"总不能毫无把握地去呀?"她虽然犹疑,还是送我上路了。

——我向你承认,我很少这样坚决过,不是顿悟,而是觉得既然不可能摆脱"障"和"碍",又怎能把什么都搞得绝对地清楚明白后再行动呢?即使一盆清澈见底的净水,也会存在着光线的折射,而使物体有所变形。那么以为是,其实不是;以为不是,没准反而是,是非判断的失误,不是家常便饭吗?人活了一辈子,细细寻思,完全理智的时间,怕是很少很少的;谁能不掺杂进个人的感情看问题呢?这种心中的"障",会把任何判断,弄得不甚准确的。包括自己认为清醒的那一刻,也许正在犯大糊涂。人们嘲笑没头的苍蝇,往玻璃窗上一趟一趟地乱碰。说不定嘲笑的同时,自己也在碰着人生的墙壁而无知无觉,这类钉子,我们之中,谁不曾遇到过呢?

干脆走起来看,人生,其实很多时候就这般茫然地行进着的。

我是在那次恐惧的旅行中,遇到她的。

人在难中,忍不住有一种求援的急切之心。我如此,她也如此。

是缘分,是天意,或者就是面对死亡时,物色的同伴,或者就是她出于女性情感的支配,从列车紧急刹车那一刹那起,她把她的生命和全部托付给了我。

列车行驶在三江两省的中途,由于特大暴雨造成江水流溢,冲决堤防,洪流肆虐,切断了铁路交通。我和她恰巧同在这趟列车的同一节车厢里,那时我是获准回家探亲,期满后返回我劳动改造的工地。可我对她,从哪里来,到哪里去,至今也是懵懂着的。幸而刹住了车,否则列车差一点要跌进湖里去。就在这差点颠覆的恐怖时刻,东倒西歪的旅客,有的从开着的车窗甩了出去。若不是我一把抓住了她,她很可能像许多人那样碰伤。

她有一股气质的美,包括她那幽幽袭人的檀香气息。可我直到出事以前,并没有注意到她这个人的存在。直到列车终于停稳的那一刻,大家完全慌乱了,眼看着洪水淹没了路基,茫然无措时,我才发现这双美而慧的眼睛,她正端坐在我的邻座,和我挨得那样近,以致我有点不自然。我惊讶了,这位柔弱洁丽的旅伴,好像从天而降在我面前似的。她的眼神一直没有离开过我,也许,她就是为我而来的?

——这当然是事后的想法了!

随后,列车长要旅客尽快离开列车,到前面不远处的一个小车站暂时避一下。在风雨中,我和她高一脚,低一脚地走着。这个身轻若燕的女人,要不是我扶持着,早被狂风吹落到波涛汹涌的湖里去了。

"抓紧我的手——"

"知道了!"

"踩着枕木好走些!"我提醒她。

"你心里有愁闷的事吧?"

她很聪颖,要不然就是一种神奇的感知,她从我焦灼不安的情绪,就大致明白我的身份和难处。

——这大概应了一位哲人的话,男人注意女人的外形,女人注意男人的内心。

也许造物者——上帝也好,神和佛也好,不会把至善至美统统赏赐给你;同时,即使落入万劫不复的黑暗王国,也会有一线光明昭示给你。因此,在最坏的年代里,有美好;同样,在最好的年代里,也未必没有令人沮丧、扫兴、失望和愤恨的一切。她不像别的旅客那样惊惶失措,尤其到了小站以后,坐到我身边来的时候,她像有了依赖的女人那样,无暇旁骛,只管忙着晾湿衣服,绞干头发,还帮我收拾物品。她发现我在看着她,也为自己这种女人式的忙碌,低头笑了。

我绝没有想到,天灾以外,碰上了人祸,我落入了从未遇到的窘境,碰上了我平生极少有的麻烦。大概是还在列车上的时候,小偷划破了我的挎包,盗走了钱包,而且一路走过来,包里的干粮全丢失掉了。

"完了!"我瘫软在那儿,急得快要吐血了。

刚才那充满笑意的眼睛,立刻涌上来全部的温柔,安慰着我,关切着我。

这个无名的铁路中间站,连个站名也没有,就叫三十二公里。这里地势略略高些,但也有限,四周原本是湖泊沼泽,现在成了一望无际的汪洋,洪水正上涨着逼近过来。旅客们离开了危险的列车,挤在这孤岛似的车站上,难道会安全吗?

如果不来救援的话,早早晚晚,不饿死,也得溺毙。

我倒不是怕死,而是恐惧不知是怎么样一个死法,还有这么一位显然不能置之度外的女人。她还像在车厢里一样,似乎认准只有我能保护她,在站房里,尽量坐得离我近些。别的人弄不清楚我们是什么关系,但认为我们是同行的伴侣,大概不错。在生死关头,也顾不得这些了。

于是,我也释然于怀了,不知为什么,那张脸,那双眼睛,也许还有那股香味,或者仅仅因为她是一个异性,让我在困厄和更可怕的死亡威胁面前镇静下来。

哪个男人不获益于他所爱、所敬、所慕的女人呢?

人和人在一起,是缘分。她说这话的时候,我想她并不希望这种感情接触,只有不到一天的时间。但无论如何,那二十四个小时,是我生命中最漫长的一天,我得到了她,转眼又失去了她,而且,连我自己也好像永远地失去了一些什么,再也找不回来了。

——这也是我执意要去的原因吧?

妻在车站送我时这样祝福:"那你就去吧,愿你能找到那位善心的人,否则你的心不会平静的。"

这句话击中了我的心。

于是,我往南方那两省三江的一个湖区去了,因为,要找到施惠于我的那位旅伴,前提是先要找到她说的那湖。在地图上,那里有星罗棋布的湖。然后找到湖中的山。如果她是我想象中的佛门弟子,也许她就在那山上的庙宇里,青灯古佛,禅坐修行。也许她并不是,只是一个善良的女人,一个心地再好不过的女人,一个肯为感情而奉献的女人。

无论是与不是,她离那个小车站,应该不是很远。她当时用手指着湖心里虚无缥缈的山影,我有着极深刻的印象,这是我唯一能够确定的一点。

但二十年后,当我风尘仆仆来到这里,我发现,一切都不是原来的样子了。

湖水碧蓝,小站依旧,但铁路上的员工和附近乡下的老百姓,不知道这方圆数十里,或者再远一点的地方,有一个叫作"不沉湖"的湖,而且是湖心里有一座山,山上有座庙的湖。他们一致认为我找错了,也许湖的名字以讹传讹,说不定是"白藤湖"吧?

尤其我反复提到的山,他们更不可理解。天晓得嘛,山是搬不来的,长在那儿,想搬,也搬不走的。确实也是如此,展目四望,一马平川,不要说山,连个稍稍凸出的土丘也找不见。

怎么能错呢?不可能的。就是这个站房,就是这把长椅,如果不是我的感觉出了毛病,就是神经过敏了,我嗅到了一股檀木的香味。

——天哪,这也太玄了一点!

这香味太熟悉、太亲切了,这个无名无姓,也无来历的女人,在我身边熬过最不安的一夜。也许女性有一种习惯于被保护的天性,她安静地把头靠在我的肩上睡着,那些纷乱和喧嚣,好像与她无关似的,形成一个属于她的不受干扰的空间。她有时醒来,细声细语地和我说两句话,有时屏息静气听站外的狂风暴雨,那张天使般的脸,和从她身上散发出的那股庙宇里香烟缭绕的气味,使你生不出任何邪念来。尽管她大概怕在睡梦中,我把她撇下,还揽着我不放。

"你在闻什么?"她睁开眼,看我在皱鼻子嗅着。

当我努力追寻这股淡淡香味时,它又飘然消逝了。

她褪下了手上的念珠,递给我:"你是在找这吗?"

"你信佛啊?"

她没有给我一个肯定和否定的答复,不过,她说得明白:"我相信菩萨会保佑我们平安的。"

也许天亮的缘故,人们看到了继续上涨的水势和不断涌到孤岛上来逃难的老乡,于是,不甘心在这小站上坐以待毙,重新开始昨天下车后心急如焚的奔走呼号,其实,谁都明白,再跳,再叫,也根本不起任何作用。那次是大面积的水灾,省会、县城都被水包围着,这困在小站上的几百口子,根本照顾不过来。可人们围着那小站站长和唯一通往外界的一部电话,要他向上级呼吁,赶快救人。甚至把话说到这种程度,难道要让我们喂鱼吗?

昨晚上失落钱包的惊慌和紧张,到了此刻,即使还未缓解,也不在心头惦记着了。那唯一能往铁路局联系的电话,可能电线杆被洪水冲倒了,即使这里喊破了嗓子,也无回音。这样,这里便成了真正的孤岛,站长也慌了,好几百个旅客,还有比旅客更多的老乡,除了吃人以外,这里找不到一粒粮食。那我即使钱包没丢,也无法果腹呀!

那是我生命中最长的一天,但也是度日如年的一天啊!

如果没有她,我不知道怎么熬过那如同世纪末的一天。

其实还没有到达饥饿的程度,人们已在为一口饼子厮打。这种恐惧的预感,像瘟疫一样传染着。要比别人活得更长,就得把别人可以填饱肚子的食物夺过来。于是,人和人的关系,变成了在一块骨头前的狗和狗的关系一样,真可怕!

她从昨晚下车起,一直安安生生地坐在我的身边。或许她当真是出家人,无凡俗牵累,几乎没有行李杂物,因此,和我这个被丢了包的人一样,没什么怕偷的,但也找不到可吃的了。

肚饿,加之无望,和并不遥远的死亡威胁,浑身上下,有一种寒战的感受。其时正是夏末秋初,不该这么凉。但是不停地下着暴雨,天、地、湖都黑成一片,怎能不从心里往外冷呢!

饥饿能使人铤而走险,但对我和这个女人来说,只有相濡以沫地挨靠得紧一些,望着那湖水一寸寸地爬上站房。

"如果水漫过来,你千万抱住椅子别撒手!"

"我拖累你了!"她抬起头来望着我。

"别往湖心里漂,顺着铁路,我们就能活!"

"我跟着你,菩萨会保佑的!"

直到说不清是下午,还是傍晚——那一天太长了——终于传来了汽船的马达声响,这意味着得救了。

——人是多么容易死,又多么容易活呀!

然而,二十多年以后,当我向站上问起当年这场水灾的时候,不知是灾难太频仍了,还是人们太健忘了,竟无一人能够记起七十年代这里发生过的灾情。

人们只是一再辩白,老先生,这里不是不沉湖,你弄错了,你要找的地方,肯定不是这儿!

——我也有点怀疑了! 也许从来就不曾存在过不沉湖?

汽艇是铁路局派来的,人们简直疯了一般地扑向水中,往船上爬。谁都想逃命,这也是没有办法的事。但一个个都被堵截下来,有的老乡还被推入水中。押船的人员申明,只接原来乘坐列车的旅客,一个个排队凭火车票上船。

糟糕!

已经准备去站队的她,回过身来。"你的票被人偷了怎么办?"

如果索性失去生还的希望,和这个半路相遇的女人,守着那把长椅,在水天相接的汪洋中漂泊,生死未卜的话,那我也不会想那么多活下来以后的事了。可是,老天开眼让你活了,于是,活着的烦恼,要比死的苦痛更为难受。

第一,车票丢了。

第二,不能搭这条船到对岸车站,那我就不能如期返回单位。

——正常人不大体味得出迟到或者误假,能够对人有多大影响,但如果你是一个戴"罪"之人,便能理解对于无端而来的惩罚,那份恐惧是什么滋味。

多少年以后,我看到一部写劳改营的苏联影片,叫作《两个人的车站》,到最后那手风琴拉响的一刻,我突然意识到那不就是我经历过的遭遇吗? 坐在影院里的我,再也忍不住,差点失声哭了出来。这种从心底涌上来的痛苦,正是因为我自己有过那次切身体验的缘故。

其实,天灾意外,本是造成误假延期的正当理由,对正常人来说,是不用担心的。但当时的我,是无辩护权的被告,永远是错的。何况那是一个对我这样的人愈苛刻,愈刁钻,愈能给以生理、心理的伤害,就愈被人喝彩的年代。一些恶膨胀的畜生,以制造别人的痛苦来取乐,视作"革命"的时尚。尤其怀着阴暗的难以描述的对于文化和文化人的憎恶心理的人,会变本加厉地折磨踩蹦。这是我无数次尝受过的事,我会猜不出那些人将怎样收拾我吗?

——那是中国土地上,最集体无意识的一刻了,幸而它成为历史。

"怎么办?"她走回到我的身边。

其实,我一句关于误假的话也没说,关于可能遭受到的惩罚,更是只字未提。但她说了"你不回去,他们不会找你麻烦吗",对我的实际处境,她好像全明白不过的了。

"你快走吧!"我催她赶紧上船。

就在最后一刻,汽艇马达又隆隆响起时,真是想不到,已经上了汽艇的她,又从跳板上走回岸边,把脱身孤岛的凭证,也就是那张火车票给了我。

——那双深情的眼睛看着我,她的意思太明白无误了,不许说不!

——那双慧而美的眼睛,一直看着我走过跳板,还在深情地望着。可汽艇刚刚离岸,她就无影无踪了。

我不信佛,但我相信这世界上,总会有泯灭不了的善,这是无论怎样的恶,也毁绝不了的。要不是这点善,那世界岂不成了连鸡毛都浮不起来的三千弱水,谁都会沉下去,万劫不复了吗?那么,这个世界上,也许永远没有什么不沉湖了!

还是同样的夏末秋初的季节,重游故地,又回到三十二公里的小站上。

然而,没有不沉湖,没有不沉湖里的山,没有山上的庙,也没有明丽圣洁的她,甚至连那场灭顶之灾,好像也从人们的记忆里消失了。

——这倒也是早就料到的结果。

我还有什么好寻找的呢?

于是,沿着走来时的那条乡村小路,又往回走去,人生就是这样走来走去,走到了尽头。虽然这是意料之中的结局,可我就这样来了又去吗?我望着村边那些香樟树、垂杨柳、草垛和湖里飘拂着的芦花,如果我没有记错的话,当时,大水淹没了一切,只能看到顶端的一小部分。若是汽艇不来或者晚来的话,也许我和她,正抱着那张长椅,在这里挣扎着呢?

她说过的,人和人相遇,是缘分。但仅仅不足二十四小时的缘分,却让人一生为之魂牵梦萦。

"喂,喂,让开路!"

一个驾着牛车的老汉,在我身后,用那粗哑的嗓子吼我。

"对不起!"我闪在了村路旁边,让车过去。

"吁——"他把牛喝停下来,也许对我的举止,觉得有些奇怪,问我:"你在这儿看什么?"

"我想起有一年发大水,这些树都泡在水底下——"

他没有兴趣听我说这些闲篇,扬起鞭子,要走。

我突然想起,这把年纪的老汉,也许能提供一些什么线索。我叫住了他。请他抽了支烟,就坐在地头聊了起来。

"湖里涨水？涨什么水？"他老了，有点懵懂，有点颠三倒四，"这里不算什么稀奇，三天两头地涨，春天叫桃汛，七八月叫秋汛，鱼都游到锅里来——"

我打断了他："老大爷，你还记得七十年代，有一次，大水漫进了那边的火车站？"

"断不了淹的呀！这儿是有名的三江两湖的锅底啊！就车站地势高点，一发水都往那儿逃命！一年两趟三趟都有过的。"

这种交谈，我不感兴趣了。"大爷，你忙你的去吧！"

他的烟还没抽完，不想马上去干活，继续唠叨下去："那也叫作孽啊！几百口子人堵在站上走不了，赌等死，可谁也不想死，好容易来条船，都想早早脱身。可有走的，也有走不了的，那叫可怜啊！有一年，我也记不得是哪一年了，有一个年轻女人，她把票弄没了，上不去船，那跟她一块的男人，就自顾自地走了，真惨哪，把她丢下了！"

他说得我头皮发麻，我抓住他。"大爷——"迫不及待地追问着，"后来呢？怎么样？我跟你打听的就是她呀！"

"还有什么后来啊！她只能站在那边等——"

"等什么呢？"

"不是等船，便是等那个人呗！"

"一直等？"

"可不吗？"

"那时，天很黑了！"

"黑得邪乎。"老汉突然瞟我一眼，"你在？"

我没有回答他的这个问题。"你先说她，大爷，结果——"

老汉有些稀里马虎,并不在意我当时在场不在场的事,而感慨起来:"有什么结果呀!各人管各人,谁还顾得上谁,许是风啊浪啊——你不知道有多大,翻江倒海呀!——兴许把她裹进湖里去了吧?"

"真的?"我声音大得把那头牛都吓一跳。

"谁知道——"他接着又说了一句,"保不齐——"他把烟蒂掐灭在车辕上,吆喝了一声,那牛默默地往前走去。

我站在那或许是"不沉湖"的湖边,心在战栗,而且,比二十年前的那一天,更感到出奇地冷。

——也许,你会说:"压根儿就不存在一个不沉湖。"

——也许,你还会说:"你从来也不曾有过这次不沉湖之行。"

那么,我写这不沉湖和诸如此类的玄妙,又是为了什么呢?

卖 书 记

说来,买书不容易,卖书更难。

买书,常常为买不到好书懊恼,为失之交臂而遗憾,为掏不出那么多钱而诅咒书价之暴涨、出版社之黑心。然后羡慕鲁迅先生每年的书账,都是好几百大洋地花,而且能买到那许多有价值的书籍。现在,哪个以文字为生的作家,敢这样大手大脚地买书呢?也许有钱的个体户能一掷千金,可他们又并不需要书。于是,只好一作王小二过年之叹,二作阿Q式的自慰,与其现在买了将来保不准还会卖,那还多一事不如少一事。

无论如何,买不到书,顶多是恼火骂娘而已。

可是卖书,特别是卖自己不想卖、不舍得卖的书,那种心痛,虽比不上卖儿卖女,但看到自己珍藏的书、报、刊,被撕碎了包咸菜,被送进造纸厂,扔进水池子里沤泡,那滋味实在是扯心揪肝的。

其实,我不是藏书家,只不过自己悔不该做了不该做的知识分子,而且还是更不该做的作家,不能不有那么几本书而已。当然,你是个臭知识分子,你是个臭作家,你就不可能没有喜欢书籍的臭毛病。有时候读到黄裳先生的购书札记,也是很神往的。如果口袋里的钞票除了买烧饼外,尚有余裕,未尝不想到琉璃厂去转转的。找到一本你一直在找而找不到的书,那种快乐,也只有同此癖好的人才能体会。然而一想到有一天你很可能还要卖掉或者扔掉这些书的话,也就兴味索然了。尽管如此,买书之心不死,见书店而不进去,总觉得若有所失地不安,这大概就叫作毛病了。

谈起卖书,话就更长了。先后,我一共有过三次说来痛楚的卖书体验。如果按时间划分,恰巧是五十年代、六十年代和七十年代。

五十年代,我把我怎么也割舍不下的一些书,带到了北京。单身汉,住集体宿舍,属于你的空间,必然是有限的。你的书塞在你的床底下,尚不至影响别人革命,一旦超越这个范围,别的革命的同志就会以革命的眼神示意你要自觉了。若是说:"你都看些什么书呀?"那还算是客气的。如果说:"你怎么净看这些小资产阶级情调的书呀?"那恐怕就要有些小麻烦了。也许中国人从孔夫子开始,就生就一种诲人不倦的好习性,特别愿意帮助人,挽救人,给人指点迷津。于是我只能诚惶诚恐地使我的书籍体积缩小,免生枝节。

共和国最初几年,真是一个充满了革命罗曼蒂克的时期,误以为美丽的幻想和憧憬,会在明天一早打开门时呈现在眼前。虽然我并不乐意精简我那可怜巴巴的百十本书,但相信这只是暂时的失去,等到那盼着的一天,甚至会得到更多。那是我一个永远的梦,能拥有琳琅满目的几架我心爱的书籍,此生足矣!于是我把好不容易背到北京来的,解放前在上海读中学时逛四马路旧书摊上买的,在南京读大学时转四牌楼或夫子庙的小书店里买的——一个穷学生当然不可能买到什么珍、善本书,不过也是爱不释手的——几本破书,以革命的名义淘汰了一批。

那时东安市场内,即现在一进门的公厕方位,有一条买卖旧书的小胡同,鳞次栉比地排满了书摊。我那些书自然是不值钱的,三文两文便卖掉了。我始终遗憾,有一本外国作家的短篇小说集,书名是什么,我记不得了,作者叫什么,我也忘掉了,但那是一位南欧作家,大抵是不会错的。该书文笔之幽默,让我至今还有深刻的印象。还能想起其中一篇的内容,描写人们在知道了彗星要和地球相撞以后,面临大毁灭时,怎么恣意享受人生最后一刻的形神状态,猪宰了,牛杀了,酒喝光了,房子也给点燃了,本不相爱的男女也匆忙结合了。等到那恐惧的一刻过去,人们发现自己还活着,才知道那该死的世纪末是怎样把大家坑了! 人们傻不唧唧地集体受骗和集体上当,这不是第一次,也不会是最后一次,那份笑不出来的幽默,真是极上乘的。可书像那彗星一样,杳无踪影了。

以后,我再没有看到这本书的出版,所有的外国文学家辞典里,也找不到这位作家的一点线索,真不该卖掉那本书。

记得有一本三十年代编的当时名家小说,沉甸甸的,很有些分量,论斤约了,实在对不起那些前辈。至今我还后悔不迭,要留在手边就好了,可以看到一些作家早期作品中的离经叛道精神。这和他们晚期为人为文不知是真是假的那种皈依正统的心态,两者之间所产生的难以置信的差距,很有些令人匪夷所思的地方。

虽然有的篇目，如郁达夫的《迟桂花》，总算在很后的后来重新问世，但像叶灵凤、邵洵美、洪灵菲，甚至张资平那些也曾盛极一时的作品，就湮没在历史的积淀里，很不容易看到了。我还记得似乎是沈从文的一篇把妻子典租给别人，去给人家生儿育女的凄凄苦苦的小说，嗣后再出他的集子时，也没有被收进。还有一篇丁玲的短篇小说，题名忘了，描写一个三十年代年轻的文化人去狎妓的故事，似乎在肮脏的亭子间里，颇委琐的场所，似乎是一个非职业性的妓女，只求快些了事。谁知这个男人对女性胴体及有关部位的崇拜，却是非常弗洛伊德的。那些赤裸裸的描写，应该说够大胆，够不让后人的。

八十年代初，在大连棒槌岛遇到这位前辈作家，我差一点就想请教她写的这篇刻画性心理的作品了。话到嘴边，我迟疑了，这本书我三十年前就卖了，读这本书更早，是四十年前当中学生时的事了，万一记忆出了差错，岂不是惹得老前辈不愉快吗？好像这篇作品，也未再印行过，不能不说是遗憾。一篇作品能给人留下这样久远的印象，我想一定是有它的自身价值的。

当时，我卖掉这些书，倒也并不怎么心疼。

问题在于《拟情书》《查拉图斯如是说》和其他几本《世界文库》，一定要我弃之若敝屣，实在难以取舍。尤其那本《拟情书》，是用草纸印刷，估计是抗日战争期间在大后方纸张匮乏情况下出版的，若保存到今天，倒不失为作家、翻译家、出版家为传播文化所做出的努力的佐证。我是在上海当时叫作吕班路的生活书店里买的,那是抗战胜利后不久的事。时至今日,这两书也见不到,尼采的书不出,尚可理解,不知为什么,《拟情书》似乎至今未被出版社看中,或许嫌那种表达爱情的方式陈旧了些? 难道爱情还有古老和现代的区分吗?

我一点也没有怪罪那些过分热情帮助别人的人的意思,他们(也包括她们,女同志要偏激起来,绝对不怕矫枉过正的)在小组会上,在生活会上,在学习会上,在支部会上,就有人对于我下不了狠心与过去决裂,表示痛心疾首的。那时候开会是生活的主要内容,比赛谁更加革命些,则更是主要内容的内容。而革命,对某些积极分子来说,很大程度上是革别人的命。

"还有工夫去研究怎样写情书? 这种小资产阶级的尾巴怎么下不了狠心一刀两断呢?"一位穿列宁服的神色严肃的女小组长语重心长地教导我,"我真难以理解你们这些知识分子,怎么感情总是不对头呢? 看起来,对你们的思想改造可不是一天两天的事啊!"她那摇头的样子,使我明白,如果我不想不可救药,只好忍痛把书当破烂卖给敲小鼓的了。但我纳闷,这是一定要割掉的尾巴吗? 后来,我们各奔前程了,这位女同志虽然憎恶《拟情书》,但她能使两个老同志为她犯了男女关系的错误,受到处分,我就有点不甚理解了。反正我相信,不是前面的她,就是后面的她,有一个不是她,这是毫无疑问的。

如果她还健在,她能看到这篇《卖书记》,也许她会做出一个正确的答复。

第二次卖书,是六十年代饿肚子的结果了,不但卖书,说来也无所谓丢人的,甚至连并不多余的衣物也变卖了,有什么办法,饿啊!辘辘饥肠光靠酱油冲汤是解决不了问题的,越喝越浮肿。夜半饿醒了,就得琢磨家中还有什么可以卖的。救命要紧,压倒一切,人到了危殆的时候,求生的欲望也益发强烈。

卖,凡能变成食物的,都可以出手。

我真感谢中国书店的收购部,当时能以六折的价钱收购完整的不脱不缺的期刊报纸,真是起到了救人一命,胜造七级浮屠的作用。舍得也好,不舍得也好,我和我的妻子,为了糊这张口,将保存了好多年的杂志,用车推到现在的西单购物中心的原来商场里的中国书店,全部卖掉了。

当时,最凄怆的莫过于那套《译文》了,也就是现在的《世界文学》,当我从小车往书店柜台上装的时候,心里说不出是什么滋味。我把朋友的一份友情也变卖了,这是我直到今天也还不能释然于怀的憾事。

因为茅盾先生在解放后将《译文》复刊时,适我在朝鲜前线,没能及时买到,等我回国后订了这份刊物,总是以未有最初的几期为憾,像王尔德的《朵连格连的画像》就在复刊的前两期上。于是我好一阵子满北京城地找,希望补成全璧。人世间的许多事情就是这样别扭,想得的得不到,想推的推不掉,人际关系也是这个道理,你把他当作至交,他却在背后干出卖你的勾当,而且令人厌恶的是,这类人言必马列,正襟危坐,其实肚子里装的龌龊,比墨斗鱼还要黑,绝对可以做到吃人不吐骨头地心毒手辣。相反,也有血性汉子,或许说些话,做些事,并不尽合你意,但在关键时刻,他的肩膀决不脱滑,使你觉得这个世界尚有好人在、真情在,否则,也着实让人绝望的了。

1957年,由于我写了一篇《改选》,有位作家(后来证明不过是个作家混子而已,这大概也是个规律,一个作家倘写不出作品,或压根儿也不会写作品,便只好像天津三不管、北京天桥那种地痞加流氓似的靠耍嘴把式来霸占地盘。过去这样,现在也还是这样,古今同此一理)恨不能把我送去劳改,他好立功受奖。这位写不出作品,却想靠吃蘸人血馒头发迹的老兄,一面假惺惺地如何如何对我表示知己,一面到处搜集材料,欲置我于死地。就是那位曾经将他自己的《译文》前几期让给我的老同学,在这位小丑作家前去向他调查我的时候,很说了几句公道话,惹得这个反右英雄回机关来破口大骂,声言凡与我有来往者,皆可打成右派云云。这样,我的老同学受了我一点政治上的牵连,在那时的中国,自是意料中事。

就是那位老同学,知道我在找《译文》,便说:"你要哪一期,你拿走好了!"

"你呢?"我看他书架上整整齐齐地排列着从复刊第一期起的《译文》,有些不忍心。

他说:"既然你喜欢……"他就是这样一位敢把心掏给你的人。

所以,当我站在中国书店的柜台前,由于生计所迫,不得不卖掉这套《译文》的时候,我犹豫了。这其中的几本杂志包含着朋友的一份心意啊!也许我应该留下来,以便将来使他那一套《译文》得以完整地保存。可是,中国书店的收购条件,必须是不缺期的才能六折,否则,就要你把书往磅秤上堆了。

原谅我吧!老同学!我太需要钱了,因为我太饿了。

后来,我从外地又回到北京来,他却由北京到外地去了,难得见面一次,话题也不免太多。但这件绝非小事的细节,我总是忘了告诉他一声。当然,他那豪爽任侠的性格,即使知道,至多也是一笑而已,才不会放在心上。去年,他因病辞世,我收到讣告,马上想到了那几本被我卖掉的《译文》,未能使他了解此事,成了我永远的遗憾。其实,六十年代那最饿的日子里,他和我一样,也浮肿来着,也冲过酱油汤喝来着,想到这里,除了遗憾,更有不能释然于怀的歉意了。

第三次卖书,便是七十年代那轰轰烈烈岁月里的事了。

如果说,五十年代卖书,只是为了割一条小资产阶级的尾巴,属于外科手术。那么,到了"文革"期间,不得不卖掉所有可能涉嫌的书籍,完全是为了保全性命,是生死攸关的头等大事了。因为来抄家的狂热至极的红卫兵,要比"秀才遇到兵"的"兵",更加"有理也说不清"。特别对你这种板上钉钉的所谓分子之类,你若敢辩解一声,轻则呵斥,重则棍棒,然后高帽一顶,游街示众,那还不是家常便饭。

说明白些,除规规矩矩地不乱说乱动外,要紧的是不能给抄家的小将们,留下任何口实,这时候,你才体会到书籍的危害性了。古籍多了,说你厚古薄今,外国书多了,说你崇洋媚外,即使你把毛著放在极恭敬的位置,那也不行,为什么你有那么多的非马列的书?是何居心之类的话,必然跟着批过来的。上帝保佑,最佳之计,就是把所有印成汉字的东西统统肃清,"人生识字糊涂始",如今,连字都没有了,肯定万事大吉了。

于是除去我妻子的钢琴乐谱外,我们俩基本上将大部分书都送到废品站,卖了破烂。

现在重新回过头去,想一想当时卖书的往事,说不好是喜剧呢还是悲剧?

住宅区的废品收购站的老太太,胳膊上戴着革命造反派的红袖箍,煞有介事地一本一本地过。

"不是最后都沤烂了做手纸吗?"我妻子有点不耐烦。

"那也看有没有反动的!"这位生怕革命派的肛门受到精神污染的红色老太太,义正词严地说。

虽然负责审查,大权在握,哪本要,哪本不要,她说了算。但识字不多的这位审查大员,还需要我一一报上书名,才决定取舍。那套二十七册的《契诃夫文集》递了过去,她问:"哪国的?"

"俄国的。"

她不收,拨拉到一边。

"为什么?"

她眼睛一瞪:"别当我不明白,俄国就是苏联,老修的东西不收。"

同样的理由,朱生豪译的《莎士比亚全集》和一套线装本的《元曲选》,我俩又原封不动地拉了回来。这三套书,正好封、资、修,全齐了。现在这些劫后余生的书还在我的书架上摆着,没有变成擦屁股的手纸,真得感谢那位老太太的"大义凛然"和保卫红色屁股的积极性。

排在我们后边等候卖书的,是一位古稀老人。那种竹制的童车里,装得满满的,全是大部头,趁着我妻子和收购的人在算账的那一会儿,我问老先生:"你老人家这些分册征求意见本的《辞海》,干吗也卖掉呢?那是工具书呀!"

"是吗?"好像他刚明白《辞海》原来是工具书似的。

"不该卖的,不该卖的!"我劝他。

他说:"我参加过这部书的部分编纂工作,不过,现在……"他反过来问我,"这种书还用得着吗?"

当时,我不知该怎么回答。

但他老人家那张疑问的脸,时隔多年,我仍旧记得清清楚楚。尤其他那意味深长的话,我更是忘怀不了。他说:"印刷术是中国的四大发明之一,闻名于世。但是,秦始皇焚书呢?怎么算?"

收购的老太太吆喝他:"老头,快推过来!快推过来!"

老人动作缓慢地把那一车书推进屋里去,那模样,真的不像是卖书,而像是卖他的亲生骨肉一样。

也许从这一刻起,我才真正懂得买书不容易,卖书更难的道理。

但愿从此不卖不想卖的书,那该多好多好!

何晏之死

在这个世界上,只有猫玩耗子,哪有耗子玩猫的道理?然而,你要知道,一个自我感觉过于良好的耗子,反其道而行之,偏要玩玩这只猫,也不是没有可能。

这种结局必然为悲剧的行动,在鼠类世界中,我相信其发生的可能性为零。再笨蛋,再愚蠢,再混账的耗子,除非它存心找死,不会尝试这种以卵击石的自杀式游戏。但在人类世界中,就不一定了。文人,尤其读了太多书的文人,会有干出这等事的悲剧人物。魏晋时期的何晏,就是这样一个曾经将司马懿那只"病猫"逼到墙角的耗子。当然,动笔的,哪有拿枪的厉害,"病猫"再病,也是猫,耗子终于还是被猫收拾了。可是,无论如何,这只耗子让司马懿不得不装病,不得不装可怜,即使这种一袋烟工夫的得占上风,暂时领先,也够中国文人扬眉吐气一回了。

在中国文化史上,何晏是个很有名的人物。

此人精通玄学,擅长诗赋,《三国志·魏书·曹爽传》说他"少以才秀知名,好老庄言,作《道德论》及诸文赋著述凡数十篇"。他的《论语集解》一书,很是了得,历代《论语》研究者,都不敢忽略的权威著作。这样一位满肚子都是学问的人,其实应该更明智,更清醒,更能识别利害,更能高瞻远瞩才是。但何晏,不知是学问太多,大智若愚,聪明过了头,则傻;还是身为贵裔,养尊处优,百事不省,在生活上成为一个呆子,此公对于世俗环境下的如何做人,对于常规格局下的如何生存,对于外部世界下如何适应的一些最普通、最简单的常识,竟然一窍不通,成了一个不识利害,不知深浅的白痴。

所以,只有这位读了太多的书,写了不少的书的何晏,才敢试一下耗子玩猫的游戏。

你还不要马上就耻笑他,因为,就是他,差一点就将那只病猫拿下。如果结局是他来处置司马懿,而不是司马懿来处置他,魏晋史就是另外一种写法了。因此,我很佩服何晏,因为他作为一个其实是耗子似的中国文人,在玩猫的过程中,曾经成功过,曾经接近过完全成功过,那就很了不起。

专门研究魏晋文人的鲁迅先生,看不上他。所有不正经的人,在正经人的眼里,都很难得好。鲁迅先生极正经,所以在《魏晋风度及文章与药及酒之关系》一文中,谈到何晏时,不怎么肯定他与司马懿的这一次正面斗法。中国人习惯于以成败论英雄,因为司马懿最后胜了,何晏终于败了,故而着重讲此公的弱点部分。鲁迅说,"何晏的名声很大,位置也很高"。"第一,他喜欢空谈,是空谈的祖先;第二,他喜欢吃药,是吃药的祖师"。鲁迅还说:"其实何晏值得骂的,就是因为他是吃药的发起人。"当然,还包括他的"空谈",这都是他在历史上所留下来令人诟病的恶名。

,在中国,自东汉末,到魏,到晋,从豪门望族的达官贵人,到上层社会的文人雅士,可以用"好庄老,尚虚无,崇玄谈,喜颓废"十二字来概括其整体的精神状态。这些老少爷们,经常聚在一起,手里摇着用鹿科动物的麈的尾巴做成的拂子,一边拂尘驱蝇,一边议论风生。有点近似茶馆的摆龙门阵,也有点近似咖啡店的沙龙集会,不能说因他的推动,举国上下,一齐以侃大山聊天度日,但社会精英阶层、文化杰出人士,基本上就以这种玄而又玄,虚之愈虚的交谈,消磨终日,何晏是当之无愧的始作俑者。这中间,上者,探讨学问,针砭时事,中者,品评人物,飞短流长,下者,闲侃无聊,言不及义。于是,便有"清谈误国"这一说。出现这种风气,既有知识分子逃避统治者高压政治的一面,也有无所事事吃饱了撑的一面。而一个社会,都在那里耍嘴皮子,述而不作;一个民族,都在那里坐而论道,乱喷唾沫,绝不是件好事情。由何晏倡起,夏侯玄、王弼等人的助长,这种手执麈尾的清谈,成为中原社会的一种颓废的风雅,一种堕落的时尚。注《资治通鉴》的胡三省,对此深恶痛绝。"迄乎永嘉,流及江左,犹未已也",可谓流毒深远,影响广泛。

二,在中国,名曰强身,其实自戕,服用"寒食散"的病态嗜好,从魏晋起,盛极一时。鲁迅就认为古人这种食散的恶习,类似清末的吸食鸦片,为祸国殃民之举。而在魏晋年间,食散,是有身份、有地位、有财富、有权势人士的一种标志。寒食散,又名五石散,是由石钟乳、硫黄、白石英、紫石英、赤石脂等五种药物配伍的方剂,因这些矿石类药,虽具有某种健身作用,能够强体轻身,或者,还具有一定的性激素作用,起到房中术的效果。隋代巢元方的《寒食散发候》一书中就说到了这点:"近世尚书何晏,耽声好色,始服此药。心加开朗,体力转强。京师翕然,传以相授。……晏死之后,服者弥繁,于时不辍。"但食后奇热难忍,需要散发,否则有毙命之虞。两晋期间,士人竞相仿效这种纯系自虐的行径,以示时尚,以示潮流,但也无不因药的毒副作用,和强烈的刺激性,造成相当程度的痛苦。然而,不这样也不能显示自己的品位,和所隶属之高贵阶层。因为服药者必须有钱、有势、有闲,才敢玩这种自己跟自己过不去,自己折腾自己的游戏,否则,轻则中毒,重则伤命。这种恶嗜,荼毒之广,为害之深,竟风靡至隋、唐,食散的带头者,还是这个何晏。

你要是对国民性做一点调查研究,就会知道中国人是多么喜欢赶热闹、凑热闹和看热闹了。

如果你的记忆力还好的话,当不会忘掉二十年前,红茶菌大行其道,鹤翔桩遍地开花,神功大法欺世惑人,特异功能招摇撞骗,弄得黑白颠倒,是非不分的笑话奇谈了。如果你的记忆力不那么坏,当还能记得三十年前,持红宝书,唱语录歌,跳忠字舞,搞大批判,早请示,晚汇报,抓革命,促生产,最高指示,万寿无疆,文攻武卫,造反有理等等绝非一句两句能够说得明白的行为和语汇,是怎样的泛滥成灾过啊!但这些曾经在中华大地上热闹过的事物,确实是使那时的中国人,为之跟头把式,为之连滚带爬,为之起哄架秧子,上行下效,万众一心,集体无意识地涌动着、追逐着,而成全国一片红的大好形势呢!

中国人之容易被蛊惑,容易被煽动,容易盲从发飙,容易上火来劲,遍及各个领域、各个阶层,甚至像义坛这样一块不大的所在,今天是裤裆文学,明天是胸部写作,后天是学术超男,再后天是网络抄手……每一个风起潮生的热点,每一件波澜涌现的事端,都会有追随之粉丝,崇奉之门徒,呐喊叫好;都会有奚落之看客,反对之群众,骂声不绝。总而言之,所有这些风靡一时,轰动一方的大事小情的背后,其实,最初都是一个或一伙领袖式人物,在那里制造这种热闹的兴奋点。

整个社会,整个社会中的人,自觉地、不自觉地循着一股潮流运动。这其中,有极少数的先知先觉分子,在那里制造潮流,引领潮流;有一部分后知后觉分子,在那里追赶潮流,鼓动潮流;而绝大多数不知不觉分子,则不明底细地被裹胁于潮流,不知所以地盲从于潮流。何晏就是这样的一个带引号的"先行者",将魏晋社会带入"服食"与"空谈"的潮流之中。但是,我认为,一个人,能在历史的潮流中,起到作用,能将绝大多数人都搅得团团转,能在时代的进程中,发挥影响,无论正面,或者负面,都非等闲之辈。司马迁说过一句话,只有非常之人,才能行非常之事,那也就是说,能行非常之事者,必为非常之人。说实在的,你可以不赞成他,你可以看不上他,然而,能让上层社会中的众多人物"清谈",能让精英阶层的贤达名流"服食",你就不能不佩服他确实了不起。

一个人,且不论对其评价如何,若是能够在历史长河中,留下一些或好或坏,或深或浅的印记,任由后人加以评说的话,应该承认总是有他与众不同的才智、能力、禀赋、和天性等等过人之处。倘是资质凡庸一般,好也好不到哪里去,坏也坏不到哪里去,一生行状,无可述及,也就难以卓尔不群,在史册上留下一个名字了。所以因为中国历史,向来都是由皇上指定的那些正统的,主流的文人学士来撰写,所以,离经叛道的何晏,成为一个不被看好的人物,也就可想而知了。

何晏,字平叔,南阳宛人。祖父何进(也有一说是何进之弟何苗),就是引西凉军阀董卓到洛阳除宦官不成,结果自己把命送掉的国舅大人,依赖妹妹为汉灵帝皇后的裙带关系,而顿时满身朱紫起来。汉重门第,魏重流品,何进虽为大将军,很被当时的名门望族所鄙视,而不大受人们尊敬。正如巴尔扎克所言,若不经过三代的教化,成不了真正的贵族。到了何晏这一代,果然就很出息了。这位何家的后裔,不但"少有异才,善读《易》《老》"(据《魏氏春秋》),以才秀知名,而且还是一位在各类史书上都盛赞的美男子。看来,何家的遗传基因,到了这一代发生了很大的变异。尤其,他皮肤白皙,俨若施粉,连魏明帝曹睿都测验过他。南朝刘义庆的《世说新语》,就绘声绘色地描写过的。"何平叔美容仪,面至白,魏明帝疑其傅粉,正夏月,与热汤饼,既啖,大汗出,以朱衣自拭,色转皎然。"虽然吃下刚出锅的汤饼,满脸流汗,结果证明何晏面不敷粉自白,容不施洗自净。所以,曹操的小女儿金乡公主,看上了这位帅哥,嫁他为妻,从此成了最高统治者的养了兼乘龙快婿。

"太祖(曹操)为司空时,纳晏母并收养晏,见宠如公子。晏无所顾忌,服饰拟于太子,故文帝(曹丕)特憎之,每不呼其姓字,尝谓之为'假子'。晏尚主,又好色,故黄初时无所事任。及明帝(曹睿)立,颇为冗官。"(据《三国志》引《魏略》)

鲁迅先生在《魏晋风度及文章与药及酒之关系》说到何

晏:"至于他是怎样的一个人呢?那真相现在可很难知道,很难调查。因为他是曹氏一派的人,司马氏很讨厌他,所以他们的记载对何晏大不满。"其实,司马懿将他视为"曹氏一派",只是看到他作为曹操养子,又娶了公主,这样早年间的表层现象,并不符合他后来的不得志的处境和被排斥的状态。曹操活着,他是有倚仗的,曹操死后,后台没了,失去保护伞的他,自然先要受到曹操继承人曹丕的压制,曹丕死了,后又受到曹丕继承人曹睿的冷遇。何晏在这样长时期的雪藏日子里,我们能够理解这样一个才华人品无不出众的何晏,倘非自怨自艾的沉沦嗟叹,便是自暴自弃的莫名躁罔,而要通过食散,做出怪行止引人注意,通过空谈,发表怪言论令人惊诧,也是一种作为和手段了。

于是,直到239年齐王(曹芳)登基,曹爽亲政以前,近五十年间,晏始终处于抑郁压迫的精神极端失落的空虚之中。由于总不获重视,不被青睐,便形成了悖谬逆反的心理。加之他自以为卓识,有如椽之笔,有坟典之学;自以为高明,有治国之能,有王佐之才。然而,珠玉在前,而市人不识货,金声玉振,而大众不响应,因此,他的沉湎于清谈、醉心于食药,这种与中国文化正统,主流儒学,相忤相逆的思潮,都和他所处的压抑的环境,郁闷的心态,不得施展的遗憾,长期摒弃的孤独,不无关系。所以将他定性为"曹氏一派",其实,并非完全如此。

不过,何晏与曹氏政权的矛盾,说下大天来,是一家人的矛盾,而何晏与司马懿的矛盾,则是水火不容的,有你无我,有我无你的敌对关系。在他看来,若是司马懿篡曹成功,曹氏政权终结之时,自然也是他何晏完蛋之日。为了这个他不一定热爱,但血脉相通的政权,虽然知道司马懿为猫,知道自己为鼠的何晏,但摊牌是迟早要来的事。何晏能不密切关注到这样的前景吗?

曹操临终时,司马懿和曹洪、陈群、贾诩在场受命,当时他排位最后。曹丕临终时,他曹真、陈群、曹休在场受命,这时位排第三。曹睿临终时,他和曹爽、刘放、孙资在场受命,他已位排首位。何晏不傻,在中国这种最具危险性的继承接班的政治游戏中,他能历仕三朝,作为帝王临死的顾命大臣,一次比一次靠前,这个触目惊心的位置变化,他已臻于极致,下一步,除了弑君夺位,除了废主自立,除了强迫禅让,还有其他选择吗?这就使得何晏非做"曹氏一派",而进行这场鼠猫之战了。

时机突然变得对何晏有利起来。239年,曹真之子曹爽,受命执政。我们看到,何晏这只胸怀大志的耗子,一直在等着这一天。因为与司马懿较量,其实就是一场权力的角斗。而谁的权力大,谁就能在这场宫廷斗争中稳操胜券。曹爽和何晏,按北京话说,两人可谓"发小",几乎是从小一起玩大的。何晏没想到他的朋友,沾了老子的光,突然抖了起来。《三国志·魏书》:"(明)帝寝疾,乃引爽入卧内,拜大将军,假节钺,都督中外诸军事,录尚书事,与太尉司马宣王并受遗诏辅少主。明帝崩,齐王即位,加爽侍中,改封武安侯,邑万二千户,赐剑履上殿,入朝不趋,赞拜不名。"

何晏跟他原是莫逆之交,哥们发迹以后,自然弟兄们也跟着封官拜爵,满身朱紫。曹爽虽是草包,一朝得意,倒也没忘了这位浮浪子弟，自然也就破格拔擢，视为智囊，十分倚重。别看何晏是个文人，"最是无能一书生"，按说他不是官场老手，其实，这也并非绝对如此，当他手中握有权力时，他也相当政治，而且在玩政治手腕时，恐怕连老奸巨猾的司马懿，也对他刮目相看。他最厉害的一手，就是说服他哥们曹爽，将司马懿架空起来，疏隔起来，尊之弥高，而剥其实权。"初，爽以宣王年德并高，恒父事之，不敢专行。及晏等进用，咸共推戴，说爽以权重不宜委之于人，乃以晏、飏、谧为尚书，晏典选举……诸事希复由宣王，宣王遂称疾避爽，晏等专政。"从这一刻起，司马懿将其视为"曹氏一派"，就是准确的描写了。在文帝、明帝当政期间，坐冷板凳的他，对"曹氏"的怨恨要大于"司马氏"，现在，曹爽是他的哥们，当然要捍卫他哥们的政权，想一切办法将司马懿除掉而后才能心安了。

司马懿眼看着这不过是一只老鼠的何晏，因为背后有曹爽撑腰，竟后能够发出老虎般咆哮的声音。

这只猫不得不先行退让，他未必扑不死这只耗子，但猫老了成精，也担心一下子两下子整不死这只耗子，反而激化矛盾，做出更强的反制措施。因为他也看出来了，"爽恒猜防焉，礼貌虽存，而诸所兴造，皆不复由宣王。宣王力不能争，且惧其祸，故避之。"

在《三国志》注引《魏末传》中，更有一段司马懿装疯卖傻，不堪入目的表演，竟然得以麻痹曹爽、何晏等人，相信这只老猫已经病得不轻，而无须戒备。"九年冬，李胜出为荆州刺史。""爽等令胜辞宣王，并伺察焉。""宣王称疾困笃，示以羸形。""宣王令两婢侍边，持衣，衣落；复上指口，言渴求饮，婢进粥,宣王持杯饮粥,粥皆流出沾胸。"李胜是要当荆州刺史,司马懿故意听成并州刺史:"年老沈疾,死在旦夕。君当屈并州,并州近胡,好善为之。""错乱其辞,状如荒语。"

其实,司马懿不是上好演员,戏做得太过,就显得假。然而,这等拙劣的演技,把草包曹爽唬住,也许说得过去,把何晏也唬得一愣一愣,有点说不过去。

问题在于知识分子最容易犯的第一个错误,就是高估自己,低估对手,第二个错误,就是既看不到别人的强项,也看不到个人的软弱之处,第三个错误,随之而来的就是自负,自大,自信,自以为是。跟着,第四个错误,必然就是头脑膨胀,发烧发热,不知天高地厚,不知东西南北。结果,也就可想而知了。

当何晏红了起来,抖了起来,他也就失去最起码的清醒,他是一只老鼠,绝非一只老虎。虽然,他的"发小"曹爽,委他以重任,主选举,管人事,掌握朝廷大员的任命起用,罢免除职的生杀大权,一手遮天,说谁行,谁就行,说谁不行,行也不行。一时间,朝廷上下,洛阳内外,无不趋仰于他,那些日子里,他还真是虎虎有生气,威威令人畏。《资治通鉴》载他得意那刻目空一切的神态:"何晏等方用事,自以为一时才杰,人莫能及。晏尝为名士品目曰:'"唯深也故能通天下之才",夏侯泰初是也。"唯几也故能成天下之务",司马子元是也。"唯神也不疾而速,不行而至",吾闻其语,未见其人。'盖欲以神诸己也。"他认为:夏侯玄深识远鉴,所以能精通天下的才智,司马师虑周谋全,所以能把握天下的大势。至于不用费力而飞快向前,不用行动就达到目的,能够出神入化者,我听说过这样的形容,还没有遇到过这样的人物。他之引用《易·大传》里这三句话,前两句比喻重量级的夏侯玄和司马师,后一句的用意非常清楚,就是突出他自己。其实,他何晏终究是一只有后台的耗子罢了。在政治上,比不上夏侯玄的雄厚资本,在权势上,比不上司马师坚强实力,何晏只有在文化领域里,倚仗其才智,施展其口辩,驰骋一时之雄了。可他,看不到自己一无兵马,二无地盘,三无本钱,四无信众,不但认为自己胜于夏侯玄,超过司马师,连称疾家居的司马懿,那只病猫也不放在眼里。

时为尚书的他,有了位望,有了权柄,自然更是门庭若市,谈客盈坐,成为当时朝野清谈的一位精神领袖。"晏能清言,而当时权势,天下谈士,多宗尚之。""与夏侯玄、荀粲及山阳王弼之徒,竞为清谈,祖尚虚无,谓《六经》为圣人糟粕。由是天下士大夫争慕效之,遂成风流,不可复制焉。"更有一群声气相投的诸如邓飏、丁谧、毕轨、李胜之流,相鼓吹,共煽惑,满嘴空话,信口雌黄,虚无缥缈,大言不惭。这些人,视放荡为通达,以信守为顽固,能苟安为高尚,性刚正为欺世;脚踏实地为庸俗,荒诞浮夸为超脱,循规蹈矩为无能,淫佚腐朽为飘逸。然后,就在社会上产生出一批所谓的名士,或过度饮酒,终月不醒,或装痴作狂,全无心肝,或赤身裸体,满街横卧,或长啸狂歌,凡人不理……当时,做名士,是一种潮流,而名士,若无怪行异举,奇谈怪论,也名不起来,于是,在名士们竞相比赛地放浪形骸之下,社会风气也日益地随之败坏。

"是时,何晏以才辩显于贵戚之间,邓飏好交通,合徒党,鬻声名于闾阎。"尤其曹爽当政后,用他们的计谋,将司马懿削职虚权靠边站后，更加有恃无恐。何晏也由此飞黄腾达，被"用为中书，主选举，宿旧多得济拔"。有了这样一个强有力的撑腰者，便越发地恣意妄为起来。于是，他在政治绞肉机里愈陷愈深，而不能自拔。"晏等依势用事，附会者升进，违忤者罢退，内外望风，莫敢忤旨。""分割洛阳、野王典农部桑田数百顷，及坏汤沐地以为产业，承势窃取官物，因缘求欲州郡。""晏等与廷尉卢毓素有不平，因毓吏微过，深文致毓法，使主者先收毓印绶，然后奏闻，其作威如此。"为非作歹，横行不法，以至于有人向曹爽的弟弟建议："何平叔外静而内躁，不念务本，吾恐必先惑子兄弟，仁人将远而朝政废矣！"（以上引文均见《资治通鉴》和《三国志》）

249年的高平陵事件，其实是司马懿发动的一次政变。本是一匹驽马的曹爽，加之围绕他身边的狡诈奸宄，不成气候的高层子弟如何晏，浮薄文人如丁谧，小人得志如邓飏，走狗跟包如毕轨、李胜之流，哪敌得住老谋深算的司马懿，结果一个个被收狱处死，严惩不贷，最高权力的争夺，总是伴随着刀光剑影，腥风血雨的。耗子玩猫，败局是必然的，更何况这些不成气候之辈。第一，曹爽本人是个没有多大能量的草包，第二，何晏是个聪明但无深远韬略的文人，第三，荀粲、王弼乃夸夸其谈有余、成事不足之徒，第四，邓飏、丁谧、毕轨、李胜更是不成气候的小人。这些耗子统统加在一起，也不是司马懿这只老猫的对手。这位既足智，又多谋，既能忍，又善变，既残忍，又血腥，既除恶务尽，又斩草除根的司马宣王，他所以装病，他所以退让，一是怕急则生变，二是要等待时机。

司马懿真是厉害，在砍何晏头前，还有兴致跟他开了一个不大不小的玩笑,居然让战战兢兢、大难临头的何晏,主持审理这桩大案要案。难道他会糊涂到看不出自己的下场吗?司马懿会给他好果子吃吗?但知识分子的习性,最容易患得患失,于是他机会主义地以为网开一面,便马前鞍后,屁颠屁颠地积极行动起来。为了立功赎罪,对他昔日友好,旧时同僚,相契知己,至亲挚朋,加以刑讯逼供,穷追猛查不放,无所不用其极,以此来讨司马懿的好,幻想得到宽恕。到这个时候的何晏,风流倜傥全无,言辩文采不存,连悲剧意味也统统失去,而成了一个丑角。

古往今来的"士",也就是知识分子,有多少人在与统治者的周旋中而败北呀!文学家玩政治,和政治家玩文学,是不一样的,政治家玩不好文学,可以不玩,而且哪怕玩得极不成样子,你文学家还不得鼓掌叫好?文学家玩不好政治,后果就十分严重了。何晏的悲剧就在于他近五十年坐冷板凳,倒获得相对的放浪形骸的自由。因此在这半个世纪的赋闲生活里,著述甚丰,失之桑榆,收之东隅,不也颇有斩获乎?何晏传世有《景福殿赋》一篇,与东汉王延寿《鲁灵光殿赋》齐名。另有《论语集解》十卷,是研究《论语》的重要著作。《道德论》二卷,应该是他积清谈大成的得意之作,现只存有部分佚文。据《世说新语》称:"何平叔注《老子》始成,诣王辅嗣(弼),见王注精奇,乃神伏。曰:'后生可畏,若斯人者,可与论天人之际矣!'因以所注为《道、德》二论。"所以,冷落,寂寞,没有掌声和鲜花,对作家来说,未必是坏事。

其实,尽管何晏颓废荒唐,言行不轨,生性放荡,恃才狂傲,在239年以前,自儿时就憎恶他的曹丕,为帝王之尊时,也没有动他一根毫毛,任其自便。后来,曹睿继位,这位皇帝也十分讨厌他的浮华,对他"急于富贵,趋时附势"表示嫌恶,但也不曾采取什么钳制措施,顶多就是"抑而不用"罢了。这说明知识分子表现欲的泛滥,有时候,正如孔雀那华丽的羽毛一样,虽然能成为致祸之由,但是,倘不对统治者构成什么威胁,不造成政权安全的危机,也许睁一眼,闭一眼;如果超过帝王所能承受的界限,恐怕就不会泱泱大度了。

当何晏追随曹爽,卷入朝中权力斗争后,与心毒手辣的司马懿来一回耗子玩猫的游戏,而且竟逼得那只老猫不得不演出苦肉计。初初,一朝得志,忘乎所以的他,竟以为自己是猫,对手为鼠,他哪里知道,高平陵事件发生之后,他才知道自己终究是只耗子,当司马懿一度缩回去的猫爪子,又伸出来紧紧攫住他的时候,才感觉到离他生命途程的尽头,已经倒数计时了。

案子审判告一段落,何晏将判决书呈上去,一方面请司马懿定夺,一方面冀图恩典。谁知司马懿翻阅了他所拟的大开杀戒的报告,然后,竖起大指和食指,作八状,示意给他看。

什么意思?何晏何等精明,分明司马懿是要将曹爽的八个追从者满门抄斩,这其中,他是八个中的一个。何晏装糊涂,一个一个地数,将丁谧、邓飏等七个要处决的案犯,数完以后,司马懿一个劲摇头,说还不够。

何晏看那张杀气腾腾的脸,知道装孙子也不行了。低声试探地问:"难道还包括我?"

司马懿颔首点头道:"这就对了!"

于是,当场逮捕何晏,一并斩首灭门。

嘴巴的功能

一

人有一张嘴,作用有二,一是说话,二是吃东西。不言不语,没关系,但不吃不喝,却是要死人的。所以,嘴巴的功能,主要是吃。人人皆会吃,但吃得斯斯文文,吃得恶形恶状,是很不一样的。前者表现出一种吃文化,是来自修养;后者表现出一种吃心理,则是发自本能了。

中国是个饮食大国,由这种种吃文化与吃心理混合在一起的吃精神,便表现在五千年来我们中国饮食男女之能吃、会吃、善吃、敢吃,以及殚思竭虑,想尽一切办法,变出千奇百怪的吃上面。中国人嘴巴的了不起,达到"当惊世界殊"的地步,是一点也不夸张的。

随便举个例子:

刘姥姥进大观园,贾母请客,有一道菜,叫茄鲞。那位在村子里常年吃茄子的老妇说:"别哄我了,茄子跑出这个味儿来了,我们也不用种粮食,只种茄子了。"

众人告诉她,千真万确是茄子。她再尝了尝,也果然有一点茄子香。然后她请教做法,凤姐说:"这也不难,你把才下来的茄子,把皮刮了,只要净肉,切成碎钉子,用鸡油炸了,再用鸡脯子肉合香菌,新笋,蘑菇,五香腐干,各色干果子,都切成丁儿,拿鸡汤煨干了,拿香油一收,外加糟油一拌,盛在瓷罐子里封严了。要吃的时候,拿出来用炒的鸡瓜子一拌就是了。"

刘姥姥听了,摇头吐舌说:"我的佛祖,倒得多少只鸡配他,怪道这个味儿!"

仅仅一个茄子,能费这么大的精力与工夫,不得不叹服中国人的讲究口福。外国人一个面包,剖开来,塞进一根香肠,再挤进一些颜色令人可疑的酱,站在那儿,吞下肚,就算一顿饭了。他们的大餐,除了不停地换盘子,换刀叉,该到嘴的东西,不是那么一块,就是那么一勺,真应了贾母的一句话:"可怜见的!"所以,你走到世界各地,都有中国饭馆,老外经过门口,通常情况下,腿就不想挪动了。由此也可领略中国人对于嘴巴这部分功能的开发,达到怎样的高水平了。

平心而论,我们中国人不是一个特别具有开创性的民族,都是棍子敲在脑袋上,板子打在屁股上,或者,洋枪洋炮戳在心口,才肯变一变祖宗之法的。独独在烹调上,我们完全可以扬眉吐气,趾高气扬,全世界的人,都不能不膺服于我们中华民族五千年的饮食文化。美国算了不起的了,世界第一强国,以"国际宪兵"自居,颐指气使,动不动就把航空母舰开到人家家门口。可谈谈吃文化,山姆大叔就傻眼了,除了麦当劳,除了肯德基,简直没有什么可以拿到台面上的东西。他们可以做出世界上最大的比萨饼、最长的热狗,拿材料往上堆呗,谁不会?可咱们北京街面上,常见的卖面茶的大铜壶,随便拎出一个,年头也比他们建国的历史长。这虽说有点阿Q,但也确是不争的事实。

我们中国有辉煌的吃历史,我想首先得归功于神农氏,他老人家就敢什么都尝一尝。唯其如此,中国人至今,除了天上飞的飞机,地下跑的汽车外,没有不能吃的,没有消化不了的东西,吃得全世界都朝我们瞪眼睛。

我对这位先祖恭敬之余,也有些微词。神农尝百草,算是开了一个坏头。因为这个基础,他一开始没有打好。尝百草的这个"草"字,一下子把中国人的食谱大致框死了。于是乎,吃茄鲞,那是佼佼者,大多数老百姓的嘴里,灰灰菜、曲麻叶、榆树皮、橡子面,以及艾蒿、蕨根、地瓜蔓、萝卜缨,草本植物就和五千年来的中国人的胃分不开了。因此,中国人的体质始终不如洋人,"东亚病夫"的帽子戴上以后,很难摘下来,奥运虽拿金牌,可足球冲不出去。我想与祖先们糠菜半年粮,营养不足有关。要是神农氏当年尝的是挪威三文鱼、澳洲大龙虾、神户小牛肉、俄国鱼子酱的话,也许今天,中国足球早就走向世界,省得可怜巴巴的中国球迷伤心落泪了。

正因为历史上的中国人饿怕了,才造成中国人特别地盼吃,想吃,馋吃,贪吃的现象。在当代中国,过了而立之年的人,谅逃不脱三年灾荒那一劫,谁敢侈谈自己从未经历或大或小的饥饿呢?所以,现代中国人,从官员到老百姓,一件永远乐此不疲的事情,就是吃喝,而且最好是大吃大喝,尤其是不用自己付账的,那就更值得拼命吃,拼命喝了。所以,中国有撑死的,喝死的诸多记录。这些人所以如此狼吞虎咽,风卷残云,满头大汗,津津有味地吃,吃完了直舔舌头,还惦着有什么可以往回带。这就得怪神农氏打的基础不好,中国历史上灾荒年景太多,才形成下丘脑那主管摄食的神经,有关饥饿反射的部分,过于亢进。

因此,我每当读到《红楼梦》里的吃喝,以及过去和现在一些老饕们写的令人馋涎欲滴的文章,如何制作满汉全席,如何来吃十全大补,如何欣赏羊羔美酒,如何品尝八大菜系……常常不怀好意地猜测,这些美食家们究竟是吃撑了才想起来写的呢,还是饿怕了之后产生创作欲望的呢?以我小人之心来度君子之腹的话,大概属于后者的可能性要大些。我们尊敬的曹雪芹先生,就是一例。他住在北京西山,"满径蓬蒿老不华,举家食粥酒常赊","饔食有时不继",怎么能不在《石头记》里,大写特写荷叶羹、螃蟹宴、烤鹿肉、鸽子蛋来精神会餐呢?

好像老外在吃上不如国人那样饿狼似的迫不及待,而且也不像我们一定要上十道八道菜,非要把客人撑死噎死不可。最近,经常看到一些去过外洋的人,介绍外国人如何招待咱们同胞的文章。一道汤,两道菜,刀叉盘碟,换得倒勤,但实质内容,却不见丰盛,然后上甜食,就"拜拜"了。于是,笑话外国人小气的同时,也感慨中国人的靡费。

如果说,外国人的宴会是吃精神的话,那么咱们中国人的宴会,则是百分之百地吃物质了。从天上吃到地下,从江河吃到海洋,水陆杂陈,纷至沓来,大有不吃到海枯石烂,山穷水尽,誓不住嘴的意思。

全世界不能不拜倒在中国人的嘴下,那可真是厉害啊,越不让吃什么,越吃,明着不能吃,暗着吃。越珍稀的动物越吃,不趁着有的时候吃,绝种了还有屁可吃。于是乎,越值钱的越吃,越难弄的越吃,越金贵的越吃,越是异想天开别出心裁的越吃,越是普通老百姓吃不着的越吃,越是能吃得比别人高一筹的——哪怕不好吃——越要吃。而且越是文化层次不那么高的,越暴发户的,越突然抖起来的,越舍得牺牲自己的胃。

吃到这种程度,就没有吃文化,只有吃心理了。

似乎可以理解,也似乎情有可原,在中国人往事如烟的记忆里,吃糠咽菜,比起无米之炊,那算是赖以糊口,很足以自慰的日子了。但是,一年到头,通过肠胃消化系统的,都是些绿色纤维,了无营养,那种匮乏更促使这种吃心理往穷凶极恶发展。一逮到机会,便拼命地吃,不要命地吃,欲壑难填地吃,用疯狂的补偿精神来吃。觥筹交错,杯盘狼藉,东倒西歪,满嘴流油。尤其慷公家之慨时,脸不红,心不跳;花人民之钱,手不抖,眼不眨。喝了还要拿,吃了还要带。刘姥姥离开贾府,带着板儿回乡,还要了一些点心果子之类,何况时下那些在宴会桌上的达官贵人、经理老板,更是大包小裹往家带了。

近年来,所有犯了事的官员,从家中抄出来的赃物,除了金银债券、美元港币外,准有好酒若干瓶。看到这类报道,常常令人哑然失笑,只有我们中国这些只知口腹享受的庄稼汉式的官员,才干得出这样的事。外国也有贪官,但很少见有从家里抄出几十瓶陈年佳酿的;当然贿赂未必不包括酒,肯定都喝了,酒本来就是应该喝的嘛。只有中国这些没水平的贪官,才像葛朗台似的一瓶一瓶地储藏起来。老兄啊!你都成万上亿地捞了,还会在乎那区区消费的几个酒钱吗?有一个贪官,捞了天文数字的钱,装在缸里,埋在屋里,起赃时,发现一文不少。我想除了应发给他一枚最佳贪官奖章外,或许值得研究一下,他是不是类似那种为艺术而艺术的艺术家一样,有一种为贪污而贪污的癖嗜,否则的话,不能理解他贪污的目的何在?

所以,这些查出来的,和还未查出来的贪污渎职的官员,别看他们级别不低,满口马列,穿得西服革履,领带打得还算过得去,经常出国放洋,吃西餐也不出什么洋相;但其骨子里,却永远是个充满小农经济心理的农民,那真是没有办法的事。权力和金钱可以搞到一切物质的东西,但权再大,钱再多,却不能买来属于精神世界的修养、识见、学问、器度……由于文化品位的低档次,政治素质的低水准,因此在生活消费方面,至今还追求一种动物性的物质满足。也正是这些官员,是中国当前吃喝风的主要动力,要没有他们,饭店酒楼、舞厅茶座、保龄桑拿、全套三陪的营业额,一定会降低很多个百分点。

中国人的吃心理,若是只表现在一个"贪"字上,犹可以理解乃物质极度匮乏、精神极度低下的后果。如果,从人们对于吃的刁钻古怪、挖空心思、无所不用其极,所表现出令世人惊异的施虐性,便是除了"贪"之外,要再加上残忍的"残"了。

一条鲜活的太湖鲤鱼,宰而不使其死,开肠剖肚刮鳞,手持其头,始终不松手,氽入沸滚的油中,待熟,便加料烹调,端上桌来。此时,那鱼尚未死,眼能转动,口能翕张。据说,洋人,尤其洋太太,多不敢下筷,但在座的中国人则喜形于色,摩拳擦掌,杀向这条鱼去。

我并非鱼道主义者,我也知道我吃的每条鱼,都必然有这样一个宰杀过程。但一定要如此弄到桌面上来表演,其中是否有施虐的吃心理作祟?值得怀疑。唯其不得吃,吃不着,盼望太久,失望太久,空着肚子等待得则更久,自然,这种报复心理,便化作慢慢的消遣。

那条在餐桌上眨眼的太湖鲤鱼,是上了电视的。还有一种据说活吃猴脑的说法,就更残酷了。其法是将一只活猴,夹紧在一张特制的餐桌中间的圆洞里,不管它在桌子底下如何叽里哇啦地叫唤,食客们持专用工具,击碎其脑壳,用匙舀那白花花的脑浆,就什么作料吃下去。如果确有其事,那血淋淋的场面,用意似不在吃,而是一种嗜血者的潜意识发泄。

还有,弄一块炉板,将欲吃的活物放在上面,用文火徐徐焙烤,并不急着要它死,而是要它口渴难忍,给它酱油喝,给它醋喝,使五香作料的味道,由其脏腑渗入肉中,这自然是百分之百的保证原汁原味了。于是,这套生吃活烤的全过程,最后一个环节,吃倒不成其为主要目的了;相反,施虐的每个步骤,则是就餐者的最大乐趣所在。

那些吃得快活,吃得满足,吃得汗流浃背、痛快淋漓,吃得手舞足蹈,胡说八道的吃主们,此时此刻,便进入了吃便是一切,吃便是生命的无我也无他的状态之中。我就觉得老祖宗神农氏尝百草,改变了更早的原始时期茹毛饮血的饮食习惯,老是糠菜半年粮,肚子里没一点油水,无法不生出这种吃心理来,似乎人为了这张嘴活着外,便别无其他了。

《红楼梦》里，少有这种血淋淋的吃的场面，曹雪芹把吃当作一种文化对待。虽然他那时营养状况不佳，肚子很饿，但能够安贫乐道地著作《红楼梦》，就几根老韭菜下粥，然后呵开冻墨，守着盏孤灯写下去，把吃心理升华为吃文化，再提炼出一段美丽文字。而无时下中国人那种既贪且残的吃心理，这实在很值得敬佩的。

吃心理和吃文化不完全是一回事，前者乃本能，本能来自先天，是基因决定了的。后者系修养，修养则是后天的熏陶，是逐渐形成的。中国人远自先秦时期，就认为饮食是精神文明的体现："夫礼之初，始于饮食。""食不厌精，脍不厌细。""食饐而餲，鱼馁而肉败，不食。色恶，不食。臭恶，不食。失饪，不食。不时，不食。割不正，不食。不得其酱，不食。""肉虽多，不使胜食气。""唯酒无量，不及乱。""沽酒市脯，不食。""不撤姜食，不多食。"孔夫子对于这方面的讲究，就更具体而微了。

但愿经过一段现如今丰衣足食的岁月，相信所谓"衣食足，知荣辱"此话果然是这么回事之后，祛除一些人的病态的吃心理，真正体现我们从先秦开始的饮食文明，那才是值得自豪的。

人之异于禽兽，这文化二字是十分关紧的。只有吃心理，而无吃文化，这个民族是不会有什么前途的。

二

嘴巴，对于文人来说，又是另外一回事了。

读宋人笔记,有关东坡先生嘴巴的几则轶事,颇有启发。费衮《梁溪漫志》:"东坡一帖云:'夜坐饥甚,吴子野劝食白粥,云能推陈出新,利膈养胃,僧家五更食粥,良有以也。粥既快美,粥后一觉,尤不可说,尤不可说!'"袁文《甕牖闲评》:"苏东坡一帖云:'予少嗜甘,日食蜜五合,尝谓以蜜煎糖而食之可也。'又曰:'吾好食姜蜜汤,甘芳滑辣,使人意快而神清。'其好食甜可知。至《别子由诗》云:'我欲自汝阴,径上潼江章。想见冰盘中,石蜜与糖霜。'嗜甘之性,至老而不衰。"

何薳《春渚纪闻》:"先生在东坡,每有胜集,酒后戏书,见于传录者多矣。独毕少董所藏一帖,醉墨澜翻,而语特有味。云:'今日与数客饮酒,而纯臣适至。秋热未已而酒白色,此何等酒也。既与纯臣饮,无以侑酒,西邻耕牛适病,足以为。饮既醉,遂从东坡之东,直出至春草亭,而归时已三鼓矣!'所谓春草亭,在郡之城外,是与客饮私酒,杀耕牛,醉酒逾城,犯夜而归。又不知纯臣者是何人,岂亦应不当与往还人也。"

俞文豹《吹剑录》:"齐王躅言:'晚食以当肉,安步以当车,无罪以当贵。'东坡云:'未饥而食,虽八珍犹草木;使草木如八珍,惟晚食为然。'文豹谓三者固处约之道,然必老成之人,始能造此。嗜欲少则能晚食,筋力衰则能安步,血气定则能无罪。"

一个文人要不懂得口福,大概写不出好文章;一个作家没有一份好胃口,估计难以产生杰作,嘴巴的功能全体现在这里了。苏东坡所以成其为苏东坡,和他一生追求口腹享受不无关联的。在一部文学史上,凡大家巨匠,都是美食主义者,或曾经是美食主义者,或赞成鼓吹美食主义者。曹雪芹在北京西郊,穷得只能喝粥就咸菜,并不妨碍他在《红楼梦》里写出那么多精致刁钻的吃食来。果戈理在《死魂灵》里对俄罗斯人那连王水也奈何不得的肠胃,是如何的赞叹不已啊!

就东坡先生而言,大多数中国人可能未必背得出他的诗词,但没有领教过,或者索性不知道"东坡肉"和"东坡肘子"者,恐怕为数甚少。在中国洋洋大观的菜系食谱中,能以一个作家诗人的名字冠之为名的珍馐,这光荣只有苏东坡享有,实在是使得一向上不得台盘的文人扬眉吐气的。有宫保肉,有叫花鸡,有谭家菜,有李连贵大饼,要不是苏东坡给文人争光,吃文化这个领域里,作家诗人就要剃光头了。

大家都晓得东坡肉这道菜,典出杭州;不过,初到西湖的游客,更热衷炸响铃、炒鳝糊、龙井虾仁、西湖醋鱼。四川眉山,因为是苏轼的家乡,也沾光推出了东坡肘子。有一年我到峨眉山,途经该城,有幸尝到此味,除价格公道外,别的就没有留下什么印象了。

其实,东坡肉的最早发源地,应该是1080年苏东坡谪居的湖北黄冈,因为他到了这个偏僻地区,发现当地猪多肉贱,才想出这种吃肉的方法。宋代人的周紫芝在《竹坡诗话》中记载:"东坡性喜嗜猪,在黄冈时,尝戏作《食猪肉诗》云:'黄州好猪肉,价贱等粪土。富者不肯吃,贫者不解煮。慢着火,少着水,火候足时他自美。每日起来打一碗,饱得自家君莫管。'"

后来,1085年苏轼从黄州复出,经常州、登州任上返回都城开封,在朝廷里任职,没过多久,受排挤,1089年要求调往杭州任太守,这才将黄州烧肉的经验,发展成东坡肉这道菜肴。他在杭州,做了一件大好事,就是修浚西湖,筑堤防汛,减灾免难。杭城的老百姓为了感谢他的仁政,把这条湖堤称作苏堤。堤修好时,适逢年节,群众给他送来了猪肉和酒。东坡先生倒很有一点群众观点,批了个条子,说将"酒肉一起送"给那些在湖里劳作的民工。结果,做饭的师傅错看成"酒肉一起烧",把两样东西一块下锅煮起来,想不到香飘西湖,令人馋涎欲滴。这就是色浓味香、酥糯可口、肥而不腻、瘦而不柴的东坡肉的来历。于是,慢火,少水,多酒,便成了制作这道菜的要诀。

可是,如果想到他贬到黄州之前,还是在开封大牢里关着的钦犯,是个差一点就要杀头的人,就会发现他这种口福上的专注之情,其实是这位文学大师,对于权贵、恶吏、小人、败类恨不能整死他的精神抵抗。从他《初到黄州》一诗中,就表白出他的这种绝不服输的性格:"自笑平生为口忙,老来事业转荒唐。长江绕郭知鱼美,好竹连山觉笋香。逐客不妨员外置,诗人例着水曹郎。只惭无补丝毫事,尚费官家压酒囊。"这和他在出狱后所写的诗句:"平生文字为吾累,此去声名不厌低。塞上纵归他日马,城东不斗少年鸡",那种绝不买账的心态相一致的。

如今我们时常听到拒绝投降的说辞,或一些人被封作拒绝投降的楷模、表率,让我们顶礼膜拜。细细想去,他们活得并不比谁不自在,甚至堂吉诃德以为是恶魔的风车也没见,何从拒绝,何从投降,倒有点"少年不识愁滋味,爱上层楼,爱上层楼,为赋新诗强说愁"的泛酸感。其实,苏东坡倒是在小人的包围之中,他可以说是终其一生,在犯小人,总是不得安宁。这也是所有正直文人经常碰上的厄运。然而,可庆幸的是,他在颠沛流离的一生中,却有着一张能吃能喝的好嘴巴,和难得的好口福,实在使那些整他的人气得发昏章第十一。

会吃,懂吃,有条件吃,而且有良好的胃口,是一种人生享受。尤其在你的敌人给你制造痛苦时,希望你过得悲悲惨惨、凄凄冷冷切切,希望你厌食,希望你寻死上吊,而你像一则电视广告说的那样,"吃嘛嘛香",那绝对是一种灵魂上的反抗。应该说:苏东坡的口福,是他在坎坷生活中的一笔精神财富。如果看不到这点,不算完全理解苏东坡。

苏东坡一生"忠言谠论",刚直不阿,从来不肯苟且妥协,他在《湖州谢表》里,公开向神宗表示自己的态度,绝不陪这班小人玩无聊的官场戏:"愚不适时,难以追陪新进",压根不理会这些握有权柄的小人之辈。他哪里晓得小人不可得罪的道理,率意而行,任情而为,照讲他想讲的话,照写他想写的文章,锋芒毕露,略无收敛。于是,他就一而再、再而三地遭受到政治上的迫害。外放、贬官、谪降、停俸,这也是历史上的统治者,要收拾作家诗人时,还不足以找到说词杀头掉脑袋之前,常用的一套令其不死不活的做法。所以,东坡先生数十年间,三落三起,先是被贬黄州,后是谪往岭南,最终流放到海南岛,都是小人们不肯放过他的结果。

他们以为这样可以使他噤声、沉默、低头、困顿,以至于屈服、告饶、认输、投降。但小人们完全估计错了,苏东坡尤论贬谪到什么地方,都能写出作品,都能吃出名堂,都能活得有滋有味。这就非我们那些或神经脆弱,或轻浮浅薄,或经不起风风雨雨,或摔个跟头便再也爬不起来的同行,所能望其项背的了。于是,你不能不佩服他的文章,你不能不羡慕他的口福。无论文章,无论嘴巴(包括吃下去和讲出来),都充满了他对权势的蔑视,对小人的不屑,对生活和明天的憧憬和希望,以及身处逆境中的乐观主义。

"你让我死,我就会按你说的去死吗?我且不死呢,只要我这张嘴还能够吃下去,我这支笔就能够继续写下去。"假如以这样的潜台词,来理解在苏东坡全部作品中,竟会有如此多的笔墨谈到他的吃喝、他的口福、他的开怀大饮,或放口大嚼的酣畅淋漓的快乐,也许可以稍许理解大师心理一二。后来,读宋代朱弁的《曲洧旧闻》,明白了,其实他志不在吃。"东坡尝与刘贡父言:'某与舍弟习制科时,日享三白,食之甚美,不复信世间有八珍也。'贡父问三白,答曰:'一撮盐,一碟生萝卜,一碗饭,乃三白也。'贡父大笑。"由此看来,他在吃喝的要求上,是可以自奉甚俭的。

同在这部宋人笔记中,我们还可看到他大事渲染吃喝的豪情,那不言而喻的伏枥之志,跃然纸上。"东坡与客论食次,取纸一幅,书以示客云:'烂蒸同州羊羔,灌以杏酪食之,以匕不以筯,南都麦心面,作槐芽温淘,糁襄邑抹猪,炊共城香粳,荐以蒸子鹅。吴兴庖人斫松江鲙,既饱,以庐山康王谷帘泉,烹曾坑斗品茶。少焉,解衣仰卧,使人诵东坡先生《赤壁前、后赋》,亦足以一笑也。'东坡在儋耳,独有二赋而已。"如此追求极致的美食,落笔却在他的文章之上,吃喝的目的性是再明确不过的了。

善良的人可能穷困,可能坎坷,可能连一个虫豸也敢欺侮他,可他心里是坦荡的,觉也睡得踏实,因为他无可再失去的了,还有什么值得挂牵的呢?而与之相反,用卑劣的手段,用污秽的伎俩,用出卖灵魂的办法,或获得了金钱,或获得了权力的小人之流,他并不因此而无忧无虑,称心如意。为了保住他的钱、他的权,日思夜想,坐卧不安,提心吊胆,惶惶然不可终日。哪怕半夜从梦中醒来,也一身冷汗。所以说:"君子坦荡荡,小人长戚戚。"快乐和痛苦,有时也只能相对而言。

在现实生活中,那些用尽心机捞到一切的胜者,其实,很累,很紧张,要不停地瞪大眼睛,窥视着四面八方,每个细胞、每根神经,都得打叠起百倍精神,或赔笑,或应付,或过招,或韬晦,像这种全天候的活法,是无法称之为潇洒的。更有甚者,那些殚思竭虑捞不到一切的败者,就拉倒罢!不,而是更痛苦,面如丧门之神,情似斗败之鸡,恨得牙痒,气得上火,见别人有,眼馋心痒,急不可耐;见自己无,怨天尤人,愤不欲生,也是活得十分沉重。

虽然,他们的伙食标准比谁都不差,而且,几乎天天有饭局;忙者,从琳琅满目的早茶开始,直到夜半的酒吧小啜,可谓吃个不停。然而,他们这两类人,心有外骛,通常不会有太热烈的食欲。

这一点,真得向东坡先生学习。苏东坡被陷害,抓到开封坐牢,这就是有名的"乌台诗案"。宋神宗不大相信御史们构陷他的罪实,曾派两个小黄门半夜三更到入狱里,观察他的动静。回宫后向神宗汇报,说苏东坡鼾声如雷,睡得十分香甜。于是这位皇帝做出结论,看来学士心底坦然,这才睡得如此踏实。所以,那班小人要定他一个死罪时,神宗没有画圈,而是从轻发落,把他贬往黄州。

从苏东坡身上,我们至少获得以下三点教益,作为一个作家,第一,得要有一份坦然从容的好心胸,狗肚鸡肠,首鼠两端,患得患失,狭隘偏执,是成不了器的。第二,得要有一份刚直自信的好精神,任人俯仰,随波逐流,墙头衰草,风中转蓬,是站不住脚的。第三,恐怕得有一份兼容并蓄的好胃口,不忌嘴,不禁食,不畏生冷,不怕尝试。这个道理若用之于营养,则身体健康;用之于文章,则尽善尽美;用之于交友,则集思广益;用之于人生,则丰富多彩。

他就这样一步步达到文学的高峰。朱弁的《曲洧旧闻》记载:"东坡之文,落笔辄为人所传诵,每一篇到,欧阳(修)公为终日喜,前辈类如此。一日,论文及坡公,叹曰:'汝记吾言,三十年后世上人更不道着我也。'崇宁大观间,(苏轼)海外诗盛行,后生不复言欧公者。是时,朝廷虽尝禁止,赏钱增至八百万,禁愈严而传愈多,往往以多相夸。士大夫不能诵苏诗,便自觉气索。"

如果他没有好的心胸,好的精神,特别是好的胃口和好的消化能力,能达到这样的"吾文如万斛泉涌,不择地皆可出。在平地滔滔汩汩,虽一日千里无难。及其与山石曲折,随物赋形而不可知也。所可知者,常行其所当行,常止于其不可不止","意之所到,则笔力曲折无不尽意"的文学高度吗?

他写过一首《惠崇春江晚景》:"竹外桃花三两枝,春江水暖鸭先知。蒌蒿满地芦芽短,正是河豚欲上时。"就连这种剧毒的河豚,苏东坡也敢一试。宋代吴曾《能改斋漫录》载:"东坡在资善堂中,盛称河豚之美。李原明问其味如何?答曰:'值那一死!'"正是这种美食主义,广泛吸取人世精华,才使得他文章汪洋恣肆,得以千古流传。一个像林黛玉只能夹得一筷子螃蟹肉吃的作家,这怕那怕,我看未必能有写出大作品的气力。

1094年,他第二次被流放,到惠州,当时的岭南可不是今天的珠三角,但他受到小人们的政治迫害,唱出"日啖荔枝三百颗,但愿常作岭南人"的反调,毫无屈服之意,还是从口腹享受上大作文章。1097年,苏东坡第三次流放,被送到当时被看作蛮荒之地的海南岛,过着十分艰苦的日子,不过,苦中有乐,他发现儋州滨海,蚝,也就是牡蛎极多。他跟他的儿子苏过开玩笑地说,你可千万不要把这个消息传到北方去。他们知道这里有如此美味,没准他们都要学我这样,要求犯错误,被发配到海南来,分享我这份佳品呢。

从这番幽默的语言中,我们可以看出苏东坡的嘴巴,从来是和他的反抗心理相关的。一饮一啄,区区小事,却反映了他在坎坷境遇中,寻求生存下去的力量和不屈的意志;正是这样,他才能够获得浪迹天涯中的灵魂自由,一个充满自信的强者,无论落到什么境遇,只要精神不败,小人又其奈他何。

吃得香,睡得着,写得出,而且写得好,斯为大家。

牵犬东门岂可得

——李斯并非没有自知之明,只是
自知之明得太晚了一点

李斯(?—前208),楚国上蔡人。早年在本地粮库,当过管库员。一个小县城的粮站工作人员,少不了肩挑背扛,码垛翻仓,杀虫防鼠,下乡收粮等体力活,是一项很劳苦,很琐碎,很没有意思的工作。此人不甘庸庸碌碌,当一个以工代干的管库员,终了一生。于是离家去寿春投师,从学荀卿。荀卿乃大师,能拜他门下,成为高足,说明李斯非泛泛之徒。在班上,荀卿特别器重两位同学,一为李斯,一为韩非,也为大家公认的尖子生。因为这两位,第一,聪明;第二,能干;第三,有点子;第四,敢作敢为。学业结束以后,身为韩国贵族的韩非,自然回国任要职去了。荀卿知道李斯来自穷乡僻壤,那里的油馍很劲道,熏兔很入味,可县城天地很小,空间不大,一个小人物,既无政治资源,更无后台背景。看他是块料,有治国理政的才能,便为他在楚国首都的政府机关里,谋了一份差事。

儒家看人,往往注重好的一面,荀卿没有发觉这个小地方成长起来的知识分子,其出头欲望、野心叵测的另一面。

李斯有他农民的狡猾,深藏不露罢了。他婉谢了老师的这份好意,虽然在寿春当公务员,比回上蔡县继续以工代干,强上百倍。但他认为不能这样虚度光阴,混吃等死。这一来,荀卿才知道这个河南汉子,乃是一个具大抱负,有大志向的学生,不觉肃然起敬。李斯认为,"楚王不足事,而六国皆弱,无可为建功者,欲西入秦。"他对荀卿说,老师啊,天底下最可怕的事就是卑贱,最痛苦的事情就是穷困。我卑贱到极点,我穷困到极点,当今之务,我不能待在寿春以混日子而满足,而是应该赶紧搭上西行列车,到咸阳去求发达。他相信:"今秦王欲吞天下,称帝而治,此布衣驰骛之时而游说者之秋也。"乃辞别荀卿,西入秦,老师也就只好祝他一路顺风了。

人生道路,对平庸的人来说,走对走错,是无所谓的。走对,好不到哪儿;走错,也坏不到哪儿。而对李斯这样一个强人,敢下大赌注,敢冒大风险,就很难说他入秦是对还是错了。

他到秦国以后,历任廷尉、丞相等重要职位,为秦王上"皇帝"封号,废分封而行郡县制,统一六国文字为"秦篆"。"以吏为师",禁绝私学,焚《诗》烧《书》,罢黜百家,坑杀儒生,钳制文化。严禁文人儒士是古非今,谤议朝政。同时收缴武器,浇铸铜人,以防造反。这一系列的暴政,大都出自这位上蔡县管库员的点子。因此,秦始皇视之为膀臂,授之以重任,仕途立现光明。从此顺风顺水,一路发达,他的官也做到了极点,他的辉煌也达到了极点,如此说来,李斯告别荀卿到秦国开拓的这一步路,是迈对了的。

《史记·李斯列传》中,记载这个管库员到了咸阳以后,很快就暴发起来,暴富起来,官运暴红起来,连他自己也觉得暴到快要爆炸的程度。"斯长男由为三川守,诸男皆尚秦公主,女悉嫁秦诸公子。三川守李由告归咸阳,李斯置酒于家,百官长皆前为寿,门廷车骑以千数。李斯喟然而叹曰:'嗟乎!……夫斯乃上蔡布衣,闾巷之黔首,上不知其驽下,遂擢至此。当今人臣之位无居臣上者,可谓富贵极矣。物极则衰,吾未知所税驾也。'"唐·司马贞在《索隐》中解释:"税驾犹解驾,言休息也。李斯言己今日富贵已极,然未知向后吉凶止泊在何处也。"树大招风,高处不胜寒,若是急流勇退不了,在官场绞肉机中,谁也不可能成为永远的幸运儿。问题在于他明白物极必反的道理,爬得越高,跌得越重,混得越红,死得越惨。可就是不肯收手,不甘罢休,不能刹车,不知回头是岸,于是,这位上蔡农民,只能与所有利欲熏心之徒,作恶多端之辈,一步步走向生命的终点。不过他的最后下场,要更惨一点,"具斯五刑,论腰斩"。

按《后汉书·杨终传》"秦政酷烈,违牾天下,一人有罪,延及三族"的唐·李贤注释,应该是"父族、母族、妻族",这时,他屈指一算,他的腰斩,要多少颗头颅陪葬,至少,好几百条性命,受其株连。在中国历史上,他不是第一个被腰斩者,但他却是第一位被腰斩而死的名人。他最终得到的这样一个下场,回想他的西行入秦,到底是对,还是错,又得两说着了。

如果他不迈出这一步,继续在粮站当管库员,到点退休,领养老金,一样也活得自在,至少落一个正常死亡。李斯未发迹前,在上蔡那座小城里,放步东门,纵犬丘陵,兔奔人追,驰骋荒野,还是满自在的。尤其,夕阳西下,满载而归;尤其,四两烧酒,合家共酌。这种其乐融融的日子,老此一生,虽然平常、平淡,可平安,不比享尽荣华富贵,最后得一个腰斩咸阳的结果,强得多多?因为那是真正自由的快乐,发自内心的快乐,绝对放松的快乐,无忧无虑的快乐,最最底层的普通人的苦中之乐,最最贫苦老百姓的穷中作乐。可在他走出老家上蔡,来到秦国为相,就不再拥有这样实实在在的快乐。获得权力,自然是大快乐,但是,这种紧张和恐惧的快乐,疑虑和忐忑的快乐,随时会被剥夺、随时降临灾难的快乐,物质虽丰富、精神却苦痛的快乐,到了上夹板腰斩的此时此刻,面对着与他同死的儿子,除了"牵犬东门"的那一份至真的快乐,还有什么值得回味,值得怀念的呢?

聪明的人,不一定就是理智清醒的人;能干的人,不一定就是行事正确的人。有点子的人,不上正道的点子,是既害人又害己的,而敢想敢干的人,一旦为非作歹起来,那破坏性会更大。荀卿的这位学生,始皇死后,为了巩固其既得利益,阿顺苟合于赵高,那是一个心毒手辣、无所不用其极的坏蛋。贪恋高官厚禄的李斯,利欲熏心,竟与魔鬼结盟,参与密谋矫诏,立胡亥而逼死扶苏。秦二世当权,自然宠信赵高。于是,李斯向二世拼命讨好,怂恿他肆意广欲,穷奢极乐;建议他独制天下,恣其所为。赵高哪能容得指鹿为马的胡亥,本是他手中玩弄的傀儡,任由李斯操纵。便设计构陷,令其上套,使二世嫌弃他;捏造事实,不停诬告,使二世憎恶他。加上李斯的儿子李由,先前未能阻击吴广等起义农民军西进获罪,新账老账一块算,以谋反罪腰斩于咸阳,那是公元前208年。

"二世二年七月,具斯五刑,论腰斩咸阳市。斯出狱,与其中子俱执,顾谓其中子曰:'吾欲与若复牵黄犬俱出上蔡东门逐狡兔,岂可得乎!'遂父子相哭,而夷三族。"这句既是临终,也是临别的话,"牵犬东门,岂可得乎!"便成为悔之晚矣的传世名言。

　　李斯所以要走出上蔡,所以要西去相秦,所以能够发达到"富贵极矣"的富贵,"当今人臣之位无居臣上者"的显赫,起因说来可笑,却是由于他受到老鼠的启发。这就是《史记·李斯列传》开头所写:"年少时,为郡小吏,见吏舍厕中鼠食不絜,近人犬,数惊恐之。斯入仓,观仓中鼠,食积粟,居大庑之下,不见人犬之忧。于是李斯乃叹曰:'人之贤不肖譬如鼠矣,在所自处耳!'"厕所中的耗子,吃的是粪便,一见人来狗叫,慌忙逃避;粮库里的耗子,无一不吃得肥头大耳,膘满体壮,而且永远没有饿肚子的恐慌,永远没有人犬的惊扰,永远没有刮风下雨的忧虑。于是,他感到自己其实的渺小,真正的不足。上蔡这巴掌大的县城,对他这只具大抱负、有大志向的耗子来讲,就是"厕所"而不是"粮仓"了。

　　司马迁说李斯不过是"为郡小吏",那口气是鄙夷的。他所担任的那个职务,城关粮站的管库员,在一群乡巴佬中间,也算得上是出人头地的区乡干部了。但这个相当寒碜的土老帽,目标正西方,一步一步向咸阳走去,那绝不回头的蛮劲和冲劲,真是值得刮目相看。一开始,李斯并未想投奔秦始皇,只要不当"厕"中之鼠,能够进入秦国统治集团,在那样一个"仓"中为鼠觅食,就相当满意了。但这个农民越走信心越大,越走野心越盛。中国农民,当他束缚在一亩三分地上的时候,手脚放不开,头脑也放不开,那种庄稼人的小心眼、小算盘、小天地、小格局、小农经济、小家子气,为其基调。然而,当他离开土地,离开乡村,变成一无所有的流氓无产者之后,马上就会成为毫无顾忌的、横冲直撞的、否定秩序的、破坏规则的强悍分子。攫取和获得,便是他们的主旋律。李斯到达咸阳,就不再是原来一口豫东口音的上蔡土老帽,而是满嘴地道秦腔秦韵的政坛新秀。第一步,他知道吕不韦崇拜荀卿,便以荀卿弟子的身份,"求为秦相文信侯吕不韦舍人;不韦贤之,任以为郎"。第二步,他知道秦始皇和吕不韦的血缘关系,便由吕牵线,得以向这位帝王进言:"夫以秦之强,大王之贤,由灶上骚除(如除炉灶尘土一样容易),足以灭诸侯,成帝业,为天下一统,此万世之一时也。今怠而不急就,诸侯复强,相聚约从,虽有黄帝之贤,不能并也。"第三步,他出主意:"阴遣谋士赍持金玉以游说诸侯。诸侯名士可下以财者,厚遗结之;不肯者,利剑刺之。"从则给钱,不从者要命,李斯这两手都是够恶够狠的。

其实,汉·主父偃说过"鄙儒不如都士",是有道理的。自古以来,由于城乡差别与受教育程度不同的素质差异,由于远离城市和隔绝文明的闭塞心理,由于缺乏广泛社会联系和多面人脉联系的无援状态,从乡野农村里走出来的知识分子,获得权力的几率,较之城市知识分子要低得多多。所以,在权力场的争夺中,那些渴嗜权力而机遇不多的乡下人,往往比城市人更多冒险意识,更多投机心理,也更多赌徒思想,更多不遵守游戏规则,更多为达目的而不择手段。而李斯,比他人更无顾忌一些,更愿意采取非常行径。按劣币驱除良币的定律,正是这份野心,使他在秦国权力场的斗争中,倒容易处于优势地位。

就在帝国权力场中的不停洗牌中,李斯脱颖而出,所向披靡,攀登到权力顶峰。

他走出上蔡时,没想到会成为世界上这个顶尖强国的首相。所以,当可能的敌手韩非,他的同班同学,出现在秦国地面上,他就以他撵兔子的那肌肉发达的腿脚,坚定地要踏死这位贵族公子。尽管李斯在学养上,在谋略上,在文章的思想深度上,在决策的运筹力度上,远不是这位同窗的对手,但在卑鄙和无耻上,下流和捣乱上,李斯做得出的事,韩非却干不出来。这位高傲的王子,永远超凡脱俗,永远高瞻远瞩,永远仰着那思虑的头颅,注视着动乱不已的六国纷争,却从不提防脚下埋伏的地雷,和一心要算计他的红眼耗子李斯。因为他虽然跟李斯同样聪明、能干、有点子、敢作敢为,但却偏偏没有李斯的那狼子野心。

应该说,人,有一点野心,也无妨的。虽说野心二字,口碑不佳,但不完全是坏东西。野心会成为个人进取的推动力,朝着一个目标前进,并全身心投入,为之奋斗不已。不过,若是野心过了头,野心大到蛇吞象的地步,不择手段地去攫取,贪得无厌地去占有,无所不用其极,排除一切障碍,不达目的,死不罢休,野心而成家,那就是很可怕的了。李斯相秦,厥功甚巨。应该这样看,始皇帝的千古功绩,有一半得算到李斯的头上;同样,嬴政的万世骂名,也有一半是他出的坏主意所招来的。因为他无法容忍韩非出现在始皇帝的视野里,李斯这个非常之人,就有可能做出非常之事,将他干掉。

韩非一向口吃,不善说道,本来也没有必要和盘托出。话说半句,留有余地,岂不更为主动?可这位贵公子,绅士风度,贵族派头,竟然对李斯说,学长,让咱们两个人联手起来,共同襄助始皇帝成就这番平定六国,统一天下的宏图伟业吧!

李斯想不到这位同班同学,对他半点不设防,以为他还是当年班上的乡巴佬呢!于是,他做出农民式的天真无邪状,一脸朴质地问:"不知吾王意下如何?在下可是轻易不敢造次呢!"

韩非觉得不应该瞒住老同学,一点也不口吃地说出真情。"那你就无须多虑了,陛下金口玉言,说早就虚位以待,等着我的到来。"

他记得,秦王当初看到市面上流传的《孤愤》《五蠹》时,说过:"嗟乎,寡人得见此人与之游,死不恨矣!"李斯嘴欠,脱口而出:"这是俺的同学,韩国公子韩非所著书也。"秦王一听,立刻发兵,直抵韩境,要么给人,要么灭国,结果可想而知,《史记·韩非列传》载:"秦因急攻韩。韩王始不用非,及急,乃遣非使秦。"李斯至此,恨不能抽自己的嘴巴,这不是分明找来竞争对手吗?

这位牵犬东门的高手懂得逮住兔子的诀窍,虽然它跑得飞快,能逃得脱狗的追逐,虽然它擅于藏身,能躲得了鹰的突击;但若是在天上有鹰、地下有狗的联合攻势下,它就十有九败了。于是,李斯唆使姚贾,到秦王那儿扇阴风,点鬼火。"韩非,韩之诸公子也。今王欲并诸侯,非终为韩不为秦,此人之情也。"据《战国策》:"秦王封姚贾千户,以为上卿。韩非短之曰:'贾,梁监门子,盗于梁,臣于赵而逐。取世监门子,梁大盗,赵逐臣,与同社稷之计,非所以励群臣也。'王召贾问之,贾答云云,乃诛韩非也。"

韩非也是嘴欠,在秦王面前大揭姚贾的丑,李斯抓住这一点,挑起姚贾对韩非的敌意。在秦王面前,一把眼泪,一把鼻涕,表示忠心耿耿,表示为国担忧。"这位贵公子向着他的故土,而不是陛下。这点道理,圣明的大王呀,你要做出睿断啊!"秦王一皱眉头。然后挥手,示意退下。借刀杀人的李斯,随着大泄私愤的姚贾,走下丹墀,心里盘算,明年的这一天,该是他老同学的忌日了。雅贵出身的韩非,想不到李斯端给他的,不是羊肉泡馍,不是桂花稠酒,而是一碗鸩药。

当公元前210年,秦始皇出巡途中,在沙丘平台驾崩后,赵高一手所策划的宫廷政变中,想不到一个如此精明老到,如此能言善辩,如此才睿智捷,如此计高谋深的李斯,竟成处处挨打,事事被动,步步失着,节节败退的完全无法招架的庸人。看来大鱼吃小鱼,小鱼吃麻虾,一物降一物,此话不假。韩非败在李斯手中,因为他不是野心家。李斯败在赵高手下,则是这个最大的野心家,偏巧碰上了最坏的黑社会。什么叫黑社会?第一,绝对不按规则发牌;第二,绝对不在乎罪恶;第三,绝对无任何道德底线。一个曾经是纵横捭阖,兼吞六国,明申韩之术,修商君之法,入秦三十年来,无不得心应手的超级政治家李斯,怎么能事先无远见卓识,猝不及防;事中无应变能力,仓皇失措;事后无退身之计,捉襟见肘,竟被智商不高的赵高,基本白痴的胡亥,玩弄于股掌之上?

赵高对李斯说:"上崩,赐长子书,与丧会咸阳而立为嗣。书未行,今上崩,未有知者也。所赐长子书及符玺皆在胡亥所,定太子在君侯与高之口耳。事将如何?"李斯一听,立马魂不守舍。"安得亡国之言,此非人臣所当议也!"从李斯这番话,说明他至少还有所谓的"人臣"的禁条和纲纪,尽管此人野心可怕,什么当做,什么不当做,还是有分际的。矫诏,岂是人臣敢为之事,连想都不敢想的。但绝对不怕天打五雷轰的赵高,即使意大利西西里岛上的教父,也对他的黑手之狠之毒,望尘莫及。赵高看着李斯那张不以为然的脸,接连抛出五句话,如同五把钢刀,刺在这位管库员的心口上。"你的才能超过蒙恬?你的功劳高过蒙恬?你的谋略胜过蒙恬?你的声望名誉好过蒙恬?你与扶苏的私人情谊比过蒙恬?"虽然,李斯明白,扶苏嗣位,必重用蒙恬,他就得谢幕,他是一点戏都没有的。但是,他觉得西出潼关,这多年来,扶摇直上,秦始皇待他不薄。"俺不过是河南上蔡的一个平头百姓,现在成为丞相,位列诸侯,子孙显贵,家有万贯,这全拜始皇帝所赐,我是不会背叛的,你就别再说了,我可不愿意跟着你犯错误。"赵高那张不长胡子的太监脸,不阴不阳地笑了两声:"阁下怎么就不明白呢?就变从时,圣人之道,你我同心,鬼神不知。"接下来,面孔一板。"你要是听我的安排,保管你吃香喝辣,荣华富贵,你要是不肯合作的话,祸及子孙,我想想都替你寒心啊!"

管库员最擅长的本领,就是在斤两上打算盘。这个被挟持住了的李斯,心中小九九算了好几遍,要不与魔鬼签约,从此一切归零,只有共同作恶,才是唯一生路。呜呼,他打心里愿意吗?他不愿意。可不愿意的结果是什么,他太了解这个被剐的黑社会教父,又岂能饶了他?"仰天而叹,垂泪太息曰:

'嗟乎,独遭乱世,既以不能死,安托命哉!'"这一下,李斯碰上赵高,交手不过一二回合,便溃不成军,败下阵来。《史记》这样写的:"于是,斯乃听高。高乃报胡亥曰:'臣请奉太子之明命以报丞相,丞相斯敢不奉令!'"

赵高吃准了这个李斯,他绝不肯交出权杖。权杖是他的命,他能不要命吗?李斯往日的杀伐果断也不知跑哪里去了,其实他拥有这个国家举世不二的权力,却无法反扑这个割了男根的阉臣,只好举手投降。有什么办法呢?古代知识分子,十有九,或十有九点五,对于权力场有着异常的亲和力。中国的士人,智商未必低,头脑未必傻,对于形势,对于时事,对于大局,对于前景,未必就看不清楚,问题在于权力这东西,易上瘾,难丢手,而使得他们在行、止、进、退上拿不定主意。他何尝不想急流勇退,他何尝不想平安降落,但要他做出决断,立刻斩断与官场的牵连,马上割绝与权力的扭结,再做回早先的平头百姓,再回去上蔡东门外,遛狗放鹰逮兔子,那真比宰了他还要痛苦,还要难受。不要说丞相李斯了,就我认识的一些作家、诗人、批评家,和什么也不是的混迹于文坛的人物,那强烈的权癖,那沉重的官瘾,也不让古人。

其实,管库员李斯的发迹史,与我们这个世界上所有成功的人,走的是同一条路。第一,善于抓住机遇;第二,敢于把握机遇;第三,充分利用机遇。人的最可贵之处,就是有这一份自知之明,但是,人的最糟糕之处,就是不知道自己吃几碗干饭。有自知之明者,能懂得什么时候该行,什么时候该止,而没有自知之明者,或欠缺自知之明者,或一帆风顺失去自知之明者,往往掌控不了自己什么时候该进,什么时候该退。

　　人的一生,全在这"行止进退"四个字上做人做事。李斯要是早想到"税驾"的话,也许不至于腰斩的。

曾经沧海难为水

一

中国文人最值钱的地方,是他的才华。

中国文人最不值钱的地方,是他的人格。

当然,也并非悉皆如此,但很大一部分文人基本如此。这也是我们翻开那部厚厚的文学史,常常为之不禁掩卷、扼腕叹息的缘故。

在唐代,与白居易齐名,世称"元白"的双子星座之一,创"元和体"新诗风,为中唐诗坛扛鼎人物之一的诗人元稹,恰巧就是这样一位令人遗憾的典型。他的诗,写得非常之美妙;他的人,做得却是相当之糟糕。

这种两面性、复杂性,不光为舞文弄墨之人的通病,大概也是人类概莫能免的劣根本质。因此,卑鄙与崇高,苟且与正直,污秽与完美,邪恶与良善,同时聚合在一个人的身上,是很正常的事情。在这个世界上,百分之百的伟大光荣,百分之百的不可救药,实际上是不会存在的。只是可能在两种对立成分的配合比上,有此多彼少,或此少彼多的区别罢了。

元稹,字微之,河南洛阳人,在陕西凤翔长大。生于公元

779年,死于公元831年,与其好友白居易相比,是个短命文人。他是个怎么样的一个人呢?《旧唐书》载:"稹性锋锐,见事风生。"《新唐书》载,"稹始言事峭直,欲以立名,中见斥废十年,信道不坚,乃丧所守。附宦贵得宰相,居位才三月罢,晚弥沮丧,加廉节不饰云。"这些评价,相当负面,也就是说诗人一生活得比较糟糕比较尴尬的状态了。

他的诗歌,可分两体,各有成就:讽喻诗极其深刻,艳情诗极其浪漫。历经顺、宪、穆、敬诸朝的他,时属中唐,但他的创作,却仍是盛唐景象。无论在他生之时,还是在他死之后,都得承认他是一位了不起的诗人。

也有对他相当不以为然的。唐人李肇在《唐国史补》中,谈到公元七世纪初的中国文坛时,就把他列在不齿之徒排行榜的末尾。"元和以后,为文笔则学奇诡于韩愈,学苦涩于樊宗师;歌行则学流荡于张籍;诗章则学矫激于孟郊,学浅切于白居易,学淫靡于元稹。俱名为元和体。"更有一位李戡,宗室子弟,对他尤为咬牙切齿。"尝痛自元和以来,有元、白诗者,纤艳不逞,非庄士雅人,多为其所破坏。流于民间,疏于屏壁,子父女母,交口教授,淫言媟语,冬寒夏热,入人肌肤,不可除去。吾无位,不得用法以治之。"(杜牧《唐故平卢节度巡官陇西李府君墓志铭》)

这种恨不得杀了元稹才解恨的刽子手面孔,对我们来讲,倒也不陌生。这些年来,每当文学新潮流出现,也是断不了看到的雷电风霜压顶而来的风景。正统派、主流派,所以有一种天塌地陷,惶惶然不可终日的感觉,就是他们眼中视之为"淫靡"的作品,产生了他们认为的"礼崩乐坏",世风日下的后果。实际上,这些文学原教旨主义者,根本不了解"元和体"的出现,对于陈腐的,僵化的,教条的,唯上为意旨的文学,所起到的否定作用,所带来的具有鲜活生命力的现实主义精神,以及所形成的"自衣冠士子,至闾阎下俚,悉传讽之"的广大读者市场。这是毫无办法的历史选择,也是谁都抵挡不了的潮流。

尽管我们可以鄙薄元稹的为人,但他的诗歌,却是应运而生的时代产儿。所以他的诗歌,"传道讽诵,流闻阙下,里巷相传,为之纸贵",这种广泛的影响,也确实给他带来了好运。

据《旧唐书》:"穆宗皇帝在东宫,有妃嫔左右尝诵稹歌诗以为乐曲者,知稹所为,尝称其善,宫中呼为元才子。荆南监军崔潭峻甚礼接稹,不以掾吏遇之,常征其诗什讽诵之。长庆初,潭峻归朝,出稹《连昌宫辞》等百余篇奏御,穆宗大悦,问稹安在,对曰:'今为南宫散郎。'即日转祠部郎中、知制诰。朝廷以书命不出相府,甚鄙之,然辞诰所出,夐然与古为侔,遂盛传于代,由是极承恩顾。尝为《长庆宫辞》数十百篇,京师竞相传唱。居无何,召入翰林,为中书舍人、承旨学士。中人以潭峻之故,争与稹交,而知枢密魏弘简尤与稹相善,穆宗愈深知重。"

对元稹这个具体的人来说,就不是像他写的诗那样尽善尽美了,以文章曲事太监,以诗词阿附权贵,只要能带来好处,低声下气,谄媚逢迎,又有何妨?脸皮一抹,也就无所谓做人的道德底线了。而后来,又经阉寺援手,奸佞保荐,能给皇帝拍马屁,那更使诗人感到无上荣光。为使龙颜大悦,我估计,那些日子里,元才子恨不能一天到晚十二个时辰,不寐不歇,歌功颂德,万寿无疆,大唱赞歌的。

中国文人之没出息,就是见了皇帝,忍不住要磕头的那一份贱。

何况,他有磕头的本钱,你想磕还未必能磕得上呢!"九岁能属文,十五两经擢第,二十四调判入第四等,授秘书省校书郎,二十八应制举才识兼茂、明于体用科,登第者十八人,稹为第一"(《旧唐书》)。他是"巴蜀江楚间洎长安中少年,递相仿效,竞作新词"的诗坛领袖,是"贤不肖皆赏其文,未如元白之盛也"的风流人物。据说,中国末代皇帝溥仪还统治着紫禁城的时候,曾经召见胡适进宫,与博士面谈半小时。看来,皇帝作为读者而不是屠夫时,也具有追星族的好奇之心。

很快,这位才子以马屁为敲门之砖,以奸佞为晋身之阶,现身在帝王的视线半径之中,一步登天;声闻于帝王的听觉范围之内,直达丹墀。中国文人能混到如此春风得意、不可一世的地步,还真是屈指可数。

据说,有一次早朝过后,他只是便中对穆宗抱怨一声,陛下,昨天傍晚,首都警察局竟派了便衣,在我居家老宅的靖安坊巡逻出没,尾随跟踪,不知是何用意?当天,京兆尹主管公安的首长,二话不说,就把刑侦队长免职,连机构也奉旨撤销。一干人马,失业下岗,到底也没搞清楚,因何精兵简政。真是头掉了,不知是谁砍的,诗人的声势威风,可想而知。

因此,一、你不得不佩服他在中国文人中间,这种出类拔萃的能量;二、你若为他想,要是不很糟糕的话,或者,不那么卑鄙的话,也难达到这种京师为之侧目的地位。

元稹加速度的成功之路,我以为原因有三:一、从人种学角度考量,与他家族的鲜卑后裔,血管里流动着的野性基因有关,野,什么都敢伸手;二、从地域学角度考量,与他长期生活在陕西凤翔,在那僻壤荒域里求生谋存的艰难有关,饿,什么都敢张嘴;三、从进化学角度考量,与他出身于卑微的一个寒族子弟,拼命想出人头地,拼命想改变局面有关,爬、攀、附、靠,也就不择手段,不问是非。

所以,公元822年(长庆二年),他到底当上了宰相,这是元稹风头最健的一年。也是他费了九牛二虎之力,钻营投机,攀附巴结,效忠纳诚的结果。尽管他奔走的是旁门左道,投靠的是太监佞臣,颇"为士类訾薄",以致"朝野杂然轻笑"。但昏庸的穆宗李恒在诏书中,却对他褒扬备至:"劲气尝励于风霜,敏识颇知于今古",可见其被宠幸,被倚重,被高看,被优渥的程度。

连他老婆也跟着水涨船高,成为宫廷贵妇沙龙的领袖,"予在中书日,妻以郡君朝太后于兴庆宫,偶为班首"。小人得志,喜不自胜,那时的他,肯定飞扬跋扈,面目可憎,也使得他的反对派联手起来,抓他的把柄,找他的不是,要把他扳倒。唐穆宗将其拔擢到一人之下,万人之上的最高决策中枢的宰相地位,固然是其昏庸悃愞之故,但也足以证明诗人吹到巧舌生簧,拍到炉火纯青,哄到不露马脚,骗到天衣无缝的功力。

文人混迹官场,能爬到这么高的位置,在中国文学史上,他是绝无仅有的一两位,确是非同小可。然而,幸运之神,来得匆匆,去得匆匆,短命的"同平章事",从二月到五月,连一百天也没熬到,就被人排挤出局。

到同州当刺史后,元稹声泪俱下地给穆宗上书:"所恨今月三日,尚蒙召对延英。此时不解泣血,仰辞天颜,乃至今日窜逐。臣自离京国,目断魂销。每至五更朝谒之时,实制泪不已。臣若余生未死,他时万一归还,不敢更望得见天颜,但得再闻京城钟鼓之音,臣虽黄土覆面,无恨九泉。"还梦想着有朝一日,"制诰侍宿南郊斋宫",再沐天恩。

可哪知道穆宗只坐了四年江山,就因服长生不老药驾崩了。诗人在《题长庆四年历日尾》诗中写道,"残历半张余十四,灰心雪鬓两凄然。定知新岁御楼后,从此不名长庆年。"那无望失落之情,溢于纸面。看来,他的黄金时代,一去不复返了。

说到底,文人,再有心眼,再富心机,再小心谨慎,再心明眼亮,永远不是那些职业政客的对手。政治家玩文学家,如猫搏鼠,让你死,你就死。而文学家玩政治家,则如羊驱虎,你让人家死,死不成,反过来,你倒可能搭上一条命。要知道,为文是一门学问,做官更是一门学问,两者通常不能得兼。做得一份好官者,未必写得一手好文,同样,做得一手好文者,未必为得一份好官。所以,没才气的文人,才热衷做官,没本事的官僚,才附庸风雅。搂草打兔子,一举两得。

而历史上那些真正的文人,从屈原起,到司马迁,到谢灵运,到李白,在官场无不混得很失败,归根结底,他们压根不是当官的料。也许,一开始就不应该搅到政治的浑水中来。老百姓的一句民谚:"没有金刚钻,别揽瓷器活儿。"没有为官禀赋,而且你心不狠,手不辣,千万别求仕进。总结元稹的一生,成功快,失败更快,问题全出在他"见事风牛"的性格上。

太急功近利,太短期行为,太随风使舵,太容易转向。这种性格悲剧,决定了他一生的结局。

然而,中国文人,很不幸,似乎是胎里带,都有做官的冲动。我认识的一些同行,削尖脑袋,热恋乌纱。做到了官,很高兴,做不到官,很沮丧。当然也不能完全怪这些文人,尤其那些古代文人,因为从他们入塾启蒙那天,朝至圣先师磕头开始,孔夫子就教导"学而优则仕"这五字真言,已经种下了病根。然而,封建社会的国家机器,是一个豺狼当道,安问狐狸的极其凶险所在,一个诗人,一个作家,要混个一官半职,谈何容易?

白居易比他明白,及早地抽身出来,退隐到他洛阳履道里的大宅子里,修身养性,颐养天年,不问政治,只管快乐。而且,他也绝不会感到寂寞,至少有一打小妞陪着老人家玩,这就是香山先生的大智慧了。因此,他能一直活到七十四岁高龄。而元稹,始终怀抱东山再起之心,始终冀图重获圣眷之想,心急如焚,辗转反侧。最后,终于走上穆宗皇帝那样的不归之路,因求长生,求雄壮,服药不慎,饮丹中毒。于公元831年(大和五年)七月间,暴卒于武昌任所,享年五十三岁。

一个诗人,一个作家,只要陷在非其所宜的官场浑水里,想要保持清纯的文人本色,想要追求高尚的道德情操,这种鬼话,说给谁去听,也不会相信的。

二

其实,要想了解文人,还是从他的作品下手为宜。

虽然"文如其人"这句话,并不百试百验。但无论如何,"文为心声",总会有蛛丝马迹,可以稍知秘辛,总会在字里行间,微露堂奥底里,而元稹这篇《莺莺传》,应该是进入他内心世界的最佳门径。

再没有比这篇美文,更能表现元稹做人与作文的强烈反差了。

这篇叙述张生和崔莺莺的恋爱故事,为唐人传奇中的名篇。经唐末、五代的战乱,一度湮没无闻,不见著录。直到宋初太平兴国二年官修《太平广记》时,才从民间搜寻出来,编入这套类书之中,得以重张天日。后来,经北宋苏轼、秦观、毛滂、赵令畤等文人的推介传播,大为人知;后来,又经金章宗时董解元,改编为《西厢记诸宫调》的捋弹词;再后来,更经元成宗时的王实甫,在《董西厢》的基础上,敷陈为杂剧搬演出来,《西厢记》遂成为中国古典文学的瑰宝。

由《莺莺传》而《西厢记》,最大的改变,是在结局的处理上。

中国戏剧,特别要考虑到的是观众的欣赏习惯,你要让他买你的票,坐下来看你的戏,有一条,最为重要,那结局必须大团圆。也许因为五千年来的多灾多难,中国人常常不得团圆的缘故,便非常在意这个团圆。现实世界里有太多的不团圆,至少你在戏里,给我一个精神上的大团圆。戏曲大师王实甫深谙此理,便在戏的第五折结尾处,打出"愿普天下有情的都成了眷属"的旗号,然后落下帷幕。

但在《莺莺传》中,元稹毫不顾及中国人的口味,偏不皆大欢喜,偏要此恨绵绵,倒不是他别出心裁的创造,确确实实是他个人的自身经历,是发生在公元800年(贞元十六年)以他为主角的一次爱情悲剧。

依今天的观点,这本应是最情投意合的爱情,最美满匹配的婚姻,却活生生被这位诗人,以无情而又残酷的手段毁灭了。他的市侩心理,他的犬儒精神,他的实用主义,他的势利取向,导致了这场得到了她,又抛弃了她的悲剧。

这种始乱之,终弃之的故事,这种女人痴情,男人负心的故事,这种喜新厌旧,见异思迁的故事,这种天谴人责,另觅新欢的故事,长期以来,是章回小说,和戏曲文本的母题,也是一个永远有话好说,有戏好唱,有泪水可赚,有票房价值的创作源泉。

于是,《莺莺传》从此成为这种类型故事的标准范本。

其大致梗概,无非:一、邂逅惊艳,一见钟情;二、诗束传话,小婢通融;三、花前月下,幽会西厢;四、海誓山盟,私订终身;五、长亭话别,静候佳音。后来通行本《西厢记》改进的地方,就是增添了一个大团圆的尾巴。而在《莺莺传》中,那个负心的张生,却是卷铺盖一走了之。对那个为情人奉献了全部的爱,然后又被情人抛弃的美丽少女来说,西风落叶,长安道远,"倚遍西楼,人不见,水空流",只有彻底的绝望,和无可奈何的残生。

在他笔下的她,面临即将分手的局面,也曾预感到将是永别,"但恨僻陋之人,永以遐弃,命也如此,知复何言?"然而,又抱着一线希望,"始乱之,终弃之,固其宜矣,愚不敢恨。必也君乱之,君终之,君之惠也。则殁身之誓,其有终矣!"这是个既有聪慧又多情天真的少女。我们把全部的同情心,集中在这个最后被抛弃的"颜色艳异,光辉动人","凝睇怨绝,若不胜其体"的弱者身上。

爱上一个女人,到了论及婚嫁的地步,遇到另外一个更值得娶进门的,娶了以后会获得更大效益的女人,马上改弦更张,背弃承诺,不做任何交待,不做任何善后,就跟她分手。是他在这篇《莺莺传》中,应该写,却没有写,或不敢写出来的卑污。

事实上,是他来到都城准备会试期间,攀上京兆尹韦夏卿的高门,还不过觉察到有可能成为这位长安市长,后来又为洛阳市市长家的乘龙快婿时,马上,他那"见事风生"的性格,果断地,毫不犹豫地,便把一往情深的,苦苦等待着他回去的莺莺,抛诸脑后,一刀两断。这种背情,这种负义,这种不能原谅的行径,他大概觉得不是什么光彩的事,所以,有意给忽略掉,免得被人谴责。这就是大诗人元稹在自叙体传奇文学《莺莺传》中,所描画出来的自己。

我一直弄不明白这位诗人,一定要将自己这场爱情悲剧,借托他人的口吻,委曲详尽地讲述出来,用意何在?

在这篇传奇中,看不到他的自责之意、负疚之感,既没有《复活》里面那位聂赫留道夫伯爵的忏悔,也没有《安娜·卡列尼娜》里那位渥伦斯基先生的懊丧。也许中国人是个不大肯认错,错了还要极力狡辩抵赖,错了还要继续错下去,缺乏反省意识的民族。

就看元稹在文中振振有词的辩解,便可看到中国某些文人比不认错还不可救药的堕落,就是不要脸。他说:"大凡天之所命尤物也,不妖其身,必妖于人,使崔氏子遇合富贵,乘娇宠,不为云为雨,则为蛟为螭,吾不知其变化矣。昔殷之辛,周之幽,据万乘之国,其势甚厚,然而一女子败之,溃其众,屠其身,至今为天下僇笑。予之德不足以胜妖孽,是用忍情。"

这当然是混账逻辑了,他怎么能把美丽朴素、温柔婉约、感真情挚、聪慧可人的莺莺,附会到那样不堪的妖孽地步?你把那少女糟蹋了,你把那少女欺骗了,你还说人家是妖精,是祸水,简直岂有此理!鲁迅在《中国小说史略》里,也认为元稹的这番表白,纯系一派胡言:"元稹以张生自寓,述其亲历之境,虽文章尚非上乘,而时有情致固亦可观,惟篇末文过饰非,遂堕恶趣。"

而且,尤令人费解的,当元稹坦然而又薄情,轻松而又得意,对他的文友,如白居易,如李绅,如李建,如前辈杨巨源,讲述这场情感上的经历时,在座诸公,固然"闻之者莫不耸异之","于坐者皆为深叹",没有人对诗人这样子的绝情辜负,这样子的势利转向,有过一点谴责的表示。甚至,"多许张为善补过者矣",这实在是匪夷所思的。

陈寅恪在《元白诗笺证稿》中考证过:"盖唐代社会承南北朝之旧俗,通以二事评量人品之高下。此二事,一曰婚。二曰宦。凡婚而不娶名家女,与仕而不由清望官,俱为社会之不齿。"也许,唐代的社会风气,使之然耳;也许,人的生物属性,永远受制于人的社会属性,使之然耳。但我想不透的是,这位诗人既然舍寒门秀女而就市长千金,为势之所趋,为利之所择,天上掉馅儿饼,落在你的嘴里,你就偷着乐好了,似乎用不着大张旗鼓,写成文章,众所周知吧?

文人无行,古已有之,唐宋元明,离得太远,不得亲知亲闻。鲁迅在二十世纪的三十年代,七论文人无行,所鞭挞那些鬼鬼祟祟,也已相当隔膜。但以今度古,从当代文人的德行,大致也能猜测古代文人的一二。可奇怪的是,也许我的那些同行,对待他们个人生活中的莺莺,说不定比元稹更下作,更苟且,更卑鄙,更无耻,然而,要让他们像元稹那样行之于文,笔之以墨,把自己供认出来的傻瓜,是绝找不到的。

元微之倘不是缺心眼,冒傻气,倘不是太浅薄,太无聊,那就别有隐衷了。

读北宋赵令畤的《侯鲭录》,其中《辨传奇莺莺事》《元微之崔莺莺商调蝶恋花词》谈及这段故事,在他看来,元稹所以要写这篇传奇,是有他想说,必说,可又不便全说,不能直说的言外之意。

一、"则所谓传奇者,盖微之自叙,特假他姓以自避耳。"

二、"盖昔人事有悖于义者,多托之于鬼神梦寐,或假之他人,或云见他书,后世犹可考也。微之心不自抑,既出之翰墨,姑易其姓氏耳,不然,为人叙事,安能委曲详尽如此。"

三、"况崔之始相得而终相失,岂得已哉。如崔已他适,而张诡计以求见,崔知张之意,而潜赋诗以谢之,其情盖有未能忘者矣。乐天曰:天长地久有时尽,此恨绵绵无绝期。岂独在彼者耶。"

从这里,也就从"自避"、"心不自抑"、"其情盖有未能忘者矣"这三处提示,略可猜知诗人的心迹。

也许,这就是人的复杂性了。

对他来说,并不悔他的"始乱终弃",并不悔他的背叛绝情,并不悔他对初恋情人的致命伤害。而让他魂牵梦萦的无悔之悔,就在于他痛惜自己错失了人间的至美,诗人一生,情之所系,爱之所在,经过时间的延伸,经过空间的移位,最珍贵、最留恋、最难忘、最能激荡心扉、最能引发波澜起伏感情的,仍是那位"殷红浅碧旧衣裳""满头花草倚新帘""为见墙头拂面花""二十年前晓寺情"的莺莺。

他写过一首《古决绝词》:"一去又一年,一年何可彻。有此迢递期,不如死生别。天公信是妒相怜,何不便教相决绝。"他不是不想终结这段记忆,然而,无论时间和空间发生了多大的变化,这份情,这份爱,仍是他欲罢不能,欲说还止,不吐不快,可又不敢直抒胸臆的心结,一份希望解脱,可又排遣不掉的沉重负担。也许,直到他生命的最后一刻,脑海里已是一片空白之际,这个被他抛弃的女人影子,还影影绰绰在。

因为,真正的爱,是不死也不灭的。

这就是他在那首脍炙人口的诗中所赞美所感叹的:"曾经沧海难为水,除却巫山不是云。取次花丛懒回顾,半缘修道半缘君。"(《离思五首》之四)

于是,我想,写出这首诗的元稹,在他心灵深处至少还有一小块尚未沦丧的净土。冲这一点,比之当下那些蝇营狗苟,争名夺利,让人泄气,渐行渐远的同行,还真是想对一千多年前的这位大师致敬。

无论如何,在他心里,还保留着一点最后的可贵良知。

嵇康和阮籍

鲁迅先生认为,这两位文人"脾气都很大,阮籍老年时改得很好,嵇康就始终都是极坏的。后来阮籍竟做到'口不臧否人物'的地步,嵇康却全不改变。结果阮得终其天年,而嵇竟丧于司马氏之手,这大概是吃药和吃酒之分的缘故:吃药可以成仙,仙是可以骄视俗人的,饮酒不会成仙,所以敷衍了事"。

骄视俗人,当然是无所谓的,骄视当朝执政,就有吃不了兜着走的结果。

"竹林七贤"中的这两位文人,阮籍的佯狂,似是南人所说的"捣糨糊""无厘头",而嵇康的刚肠嫉恶,锋芒毕露,抵抗到底,不逊不让,则是北人所说的"较真""别扭""犯嘎""杠头"。

当时,司马氏当政,这两位文人不开心。因为"司马昭之心,路人皆知",要篡夺曹魏政权。虽然,阮籍于高贵乡公在位时,封过关内侯这个虚位,任过散骑侍郎这个闲差,虽然,嵇康娶了长乐亭主,与魏宗室有姻亲关系,还任过中散大夫,但是,阮和嵇,并非特别坚定的,要誓死捍卫曹氏帝王的勇敢者。

应该说,谁来当皇帝,这两位已经享有盛名的文人,既好不到哪里去,也坏不到哪里去。可他们,是有头脑的文人,不能不对眼前发生的这一切,置若罔闻。第一,司马氏之迫不及待,之步步进逼,之欺软凌弱,之凶相毕露,让苟延残喘的魏主,度日如年。太过分了,太不像样子了,因此,很是看不过去。第二,司马氏大权在握,钳制舆论,镇压异己,不择手段,弄得社会紧张,气氛恐怖,道路以目,宵小得逞。太嚣张了,太过分了,所以,很心烦,很厌嫌,这两位很有点脾气的文人,便产生出来这种对立甚至对抗的情绪。

大多数中国文人,在统治者的高压政策下,常常采取既不敢正面抵抗,也不敢公然唱反调的态度,以不回应、不合作、不支持、不买账的消极精神,也就是鲁迅诗中所写的"躲进小楼成一统"那样,尽量逃避现实。

但是,逃避,谈何容易,文人在这个世界上,又没有得了自闭症,怎么可能感官在受到外部声音、颜色、气味的刺激,了无反应呢?现在来看魏晋时期的这两位大师,阮籍在反应的反映方面,掌控得较为适度,而嵇康在反应的反映方面,则掌控得往往过度。于是,在这两位身上,聪明的人不吃亏,不太聪明而且固执的人常吃亏,便有区别和不同了。

《世说新语》载:"晋文王(即司马昭)称阮嗣宗至慎,每与之言,言皆玄远,未尝臧否人物。"注引《魏氏春秋》:"阮籍,宏达不羁,不拘礼俗。兖州刺史王昶请与相见,终日不得与言,昶愧叹之,自以不能测也。口不论事,自然高达。"

其实,嵇康与阮籍,是极好的朋友。《晋书》载嵇康"以高契难期,每思郢质,所与神交者,惟陈留阮籍,河内山涛",但他对山涛承认:"阮嗣宗口不言人过,吾每师之而未能及。"很是羡慕,很是想学习这位小他一岁的神交之友,很是希望自己聪明而不吃亏,但好像总是学不到位,总是把不住嘴,总是要反映出来。

这两位的分野,也就成为后来中国文人延续下来的生存方式。

一是像阮籍这样,不去找死,在统治者划定的圈子里,尽量写到极致。一是像嵇康这样,不怕找死,想方设法,要把一只脚踩到圈外,哪怕为此付出代价。前者,我佩服,因为与强权周旋,如走钢丝,那需要极高的智慧。后者,我钦佩,因为这种以卵击石的游戏,敢于挑战必输的结果,那需要极强的勇气。

生存的智慧,战斗的勇气,是除了才华和想象力以外,中国文人最可宝贵的财富。若既无智慧,又无勇气的碌碌之辈,只有期望一位与你同样平庸的君主,网开一面,度过一生了。嵇中散先生的不幸,有智慧,更有勇气,偏偏生在了魏末,偏偏碰上了那个司马昭,这真得感谢老天爷给他安排的好命了。

司马昭,当时,不可一世,连曹姓皇帝也只能仰其鼻息讨生活,何况你嵇大师?

他干掉高贵乡公曹髦以后,又不能马上下手再干掉元帝曹奂。因为曹魏政权,还没有到了摧枯拉朽、一触即溃的地步。因此,司马昭仍需继续积蓄力量,扩大地盘,继续组织队伍,制造声势,继续招降纳叛,削弱对手,继续将社会名流,上层人士,豪门贵族,文坛高手,拉到自己的阵营里来。

于是,大将军授意嵇康的好友山巨源,动员这位著名作家,出来做官,纳入自己的体系。但嵇康断然拒绝了。

司马昭的这种拉拢手法,同样也施之于阮籍。阮籍当然与嵇康一样,也是要拒绝的。不过,他拒绝的办法,不是像嵇康那样公开表示不尿,而是一个月醉了二十九天,剩下的一天还总是睡不醒。《世说新语》载:"晋文王功德盛大,坐席严敬,拟于王者。唯阮籍在座,箕踞啸歌,酣放自若。"司马昭对他哭笑不得,跟醉鬼计较,岂不要被人笑话?

嵇康不会喝酒,也不愿这样偷奸耍滑,非要让人家尝他的闭门羹。按说,不想干,就算了,或者,婉谢一下,也就拉倒。他不但不稀罕司马昭给的官,还写了一封绝交书,寄给山巨源,公开亮出观点,显示出他的不阿附于世俗,不屈从于金钱,不依赖于强势,不取媚于权力的坚贞刚直、冰清玉洁的品格。这样,他不仅把老朋友山涛得罪了,也把期望他投其麾下的大将军司马昭得罪了。

这篇《与山巨源绝交书》,在《古文观止》里可以读到。他把绝交书公开出来,等于发布他的战斗宣言。嵇康告诉世人,我为什么不当司马昭的官,就因为当他这个官,我不快活。这篇书信,写得淋漓尽致,精彩万分,读起来无比过瘾,无比痛快。尽管我们未必能做到嵇康那样决绝,那样勇敢,但不妨碍我们对其人格的光明磊落,坦荡自然,表示衷心钦佩。

鲁迅一生除写作外,研究过许多中国文人及其作品,多有著述。但下功夫最多,花时间最长,来剔微钩沉者,就是他刚到北平教育部当佥事,住在绍兴会馆,亲自辑校的《嵇康集》,这就要文化巨人在心灵上的呼应了。

他说:"阮籍作文章和诗都很好,他的诗文虽然也很激昂慷慨,但许多意思都是隐而不显的。嵇康的论文,比阮籍更好,思想新颖,往往与古时旧说反对。"所以,含糊其词,语焉不详,王顾左右而言他,最好了,后来的聪明人,都这样写文章的。而针砭王纲,议论朝政,直书史实,布露民瘼,就是那些不聪明的文人,最犯统治者忌的地方。

而嵇中散的死,最根本的原因,正是鲁迅所指出的,是他文章中那种不以传统为然的叛逆精神。任何一个帝王,最不能容忍的,除了推翻他的宝座,莫过于否定他赖以安身立命的纲常伦理了。司马昭虽然还未篡魏为晋,还未当上帝王,但只不过是时间问题,江山早就姓司马了。他自然不能容忍这个中散大夫,挑战他的权威。

嵇康在给山巨源的信中,提出了"非汤武而薄周孔"的口号,司马昭一看,这还得了,不是动摇国之根本吗,当时是要把他干掉的。第一,山涛保护了嵇康,说,书生之见,一家之言,大将军何必介意?第二,司马昭也不愿太早露出狰狞面目,没有马上下刀子,按下不表,但不等于他从此拉倒,只是看时机,等借口罢了。

鲁迅分析:"非薄了汤武周孔,在现时代是不要紧的,但在当时却关系非小。汤武是以武定天下的;周公是辅成王的;孔子是祖述尧舜的,而尧舜是禅让天下的。嵇康都说不好,那么,教司马懿(这是鲁迅先生的笔误,应是司马昭,但真正坐上帝位的,却是白痴司马炎)篡位的时候,怎么办才是好呢?没有办法。在这一点上,嵇康于司马氏的办事上有了直接的影响,因此就非死不可了。"

在司马昭的眼中，凡与曹魏王朝有联系的人，都是他不能掉以轻心的敌对势力。何况嵇康的太太，还是曹操的曾孙女长乐亭主呢！这门婚姻的结合，使一个贫家出身的文人，娶了一位公主，已无可知悉细情。但有一点可以肯定，这位金枝玉叶，看中嵇康并嫁给他，还使他得到一个中散大夫的闲差，很大程度上，由于嵇康是当时大家公认的美男子。

古代作家有许多风流倜傥的人物，现在，作家能称得上美男子者，几乎没有，而歪瓜裂枣，獐头鼠目者，倒不乏人，真是令后来人愧对先辈。史称嵇康"身长七尺八寸，风姿特秀，见者叹曰：'萧萧肃肃，爽朗清举'。或云：'肃肃如松下风，高而徐引。'山公曰：'嵇叔夜之为人也，岩岩若孤松之独立，其醉也，傀俄若玉山之将崩。'"按近代出土的魏晋时的骨尺，一尺约合二十三至二十四厘米计算，嵇康该是一米八几的高个子。史称他"美词气，有风仪，而土木形骸，不自雕饰，人以为龙章凤姿，天质自然"。长乐亭主能不为之倾心吗？何况那是一个持性解放观念的社会，她的曾祖父曹操，在平袁绍的官渡大战中，还不忘找个三陪女呢！

另外，魏晋时期的嵇康，颇具现代人的健康观念，好运动，喜锻炼，常健身，他擅长的项目，曰"锻"，也就是打铁。"性绝巧而好锻，宅中有一柳树甚茂，乃激水环之，每夏月居其中以锻。"这个经常抡铁锤的诗人，肯定肌肉发达，体魄健全，比之当今那些贴胸毛、娘娘腔，未老先衰，迎风掉泪的各式作家，要男人气得多。"弹琴咏诗，自足于怀"，"学不师授，博览无不该通"。像这样一位真有学问的文人，不是时下那些糠心大萝卜式作家，动不动弄出来学问浅薄的笑话来，令人丧气。加之保持身体健美，一位运动健将式的未婚夫，打着灯笼难寻，自然是一抓住就不会撒手的了。长乐亭主以千金之躯，下嫁这位健美先生，便是顺理成章的事情了。

嵇康讨这个老婆，倒有可能与他跟掌权者的对立情绪有关，是一次很政治化的选择，也说不定的。试想，他的朋友阮籍为摆脱司马氏与之结亲的要求，干脆大醉两月不醒，让对方找不到机会开口。而他却与司马氏的政敌通婚，显然是有意的挑战。他难道会不记取曹魏家另一位女婿，同是美男子的何晏，娶了曹操的女儿金乡公主，最后不也是被司马懿杀掉的教训吗？嵇康就是嵇康，他却偏要这样行事，这正是他的性格悲剧了。

虽然，他写过文章，他很明白，他应该超脱。"夫称君子者，心不措乎是非，而行不违乎道也。何以言之？夫气静神虚者，心不存乎矜尚，体谅心达者，情不系于所欲。矜尚不存乎心，故能越名教而自任自然，情不系于所欲，故能审贵贱而通物情。物情顺通故大道无违，越名任心，故是非无措也。是故言君子则以无措为主。"实际上，他说得到，却办不到，至少并未完全实行这个正确主张。

他也找到了理论与实践脱节的病根所在，因为他有两点连自己都认为是"甚不可"的"毛病"。一是："每非汤武而薄周孔，在人闲不止，此事会显，世教所不容。"二是："刚肠疾恶，轻肆直言，遇事便发。"这是他给山巨源的绝交信中说的，说明他对自己的性格了如指掌。

但由于他对世俗社会，官僚体制，庸俗作风，无聊风气的不习惯，对司马氏统治的不认同，对他们所搞的这一套控制手段的不开心,他就更为顽固地坚持己见,知道是毛病,也不想改掉了。如果说前面的"甚不可",是他致祸的原因,后面的"甚不可",就是他惹祸的根苗了。

阮籍,就比嵇康聪明一些,虽然他对于司马昭,跟嵇康一样,不感兴趣,但他懂得如何保全自己的首级,不往大将军的刀口上碰。一是捏住酒葫芦,不撒手。二是写文章时,竭力隐而不显,犹如当代新潮评论家那些佶屈聱牙的高论,说了半天,连他自己也不知梦呓了些什么一样,尽量不让司马昭抓住他的把柄。三是偶尔地随和一下,不必那么寸步不让,针锋相对。

《世说新语》载:"魏朝封晋文王为公,备礼九锡,文王固让不受。公卿将校当诣府教喻。司空郑冲驰遣信就阮籍求文。籍时在袁孝尼家,宿醉扶起,书札为之,无所点定,乃写付使,时人以为神笔。"而且,不得已时,阮步兵也会给大将军写一篇祝寿文,唱一曲 Happy birthday to you 应付差事的。

到了实在勉为其难,不愿太被御用,而推托不了时,索性佯狂一阵,喝得烂醉,躺在当炉的老板娘旁边,做出拍 A 片样子的亲密状;甚至像亚当夏娃似的,把衣服脱得精光,像一个大字躺在屋当中,人家笑话他荒唐,他却说我以天地为房舍,以屋宇为衣服,你干吗钻进我的裤衩里来呢!这样一来,司马昭也就只好没脾气。

但嵇康做不到,这是他那悲剧性格所决定的。史称嵇康"直性狭中,多所不堪",是个"不可强""不可化"的人物,这就是俗话说的:江山易改,禀性难移了,一个梗惯了脖子的人,要他时不时地低下头来,那是很痛苦的事情。

他想学,学不来,只好认输:"吾不如嗣宗之贤,而有慢弛之阙,又不识人情,暗于机宜。"结果,他希望"无措乎是非",但"是非"却找上门来,非把他搅进"是非"中去。这也是没有办法的事,凡古今文人,如果他是个真文人,便有真性情,有真性情,便不大可能八面玲珑,四处讨好,也就自然不善于保护自己。

现在只有看着嵇康,一步步走向生命途程的终点。最痛苦的悲剧,就在于知道其为悲剧,还要悲剧下去,能不为悲剧的主人公一恸乎!

嵇康虽然被司马昭引以为患,但忙于篡夺曹魏政权的大将军,不可能全神贯注于这位皇室驸马,在他全盘的政治角斗中,嵇康终究是个小角色。如果在中国历史上,统治者周围,君子多,小人少,尤其小人加文人者少,那么知识分子的日子可能要好过些。但小人多,君子少,加之文人中的小人,有机会靠近统治者,那就有人要遭殃了。假如此人特别想吃蘸血馒头的话,首选对象,必是作家同行无疑。

不幸的是,司马昭极其信任的高级谋士钟会,不是一个好东西,跳出来要算计嵇康,对司马昭来说,是件正中下怀的事情。现在,已经无法了解,究竟是钟会心领神会大将军的旨意,故意制造事端;还是由于嵇康根本不甩他,衔恨在心,予以报复。或者两者兼而有之,总之,不怕贼偷,就怕贼算,从后来与邓艾一块儿征蜀,整死邓艾接着又背叛作乱看,他是个货真价实的小人,当无疑问。

碰上了这样的无赖同行,对嵇康来说,等于敲了丧钟。

钟会年纪与嵇康相仿,只差一岁,算是同龄人。不过,一是高干子弟,一乃平民作家,本是风马牛不相及。但钟会也玩玩文学,以为消遣,这是有点权势的官员,或有点金钱的老板,最易患的一种流行病。这种病的名称,就叫"附庸风雅"。或题两笔孬字,或写两篇歪诗,或倩人代庖著书立说,或枪手拟作空挂虚名,直到今天还是屡见不鲜的。

钟会虽是洛阳贵公子之一,其父钟繇位至三公,其兄钟毓官至将军,但贵族门第,并不能使其在文学上,与贫民出身的嵇康,处于同一等量级上。因此,他有些嫉妒,这是文人整文人的原始动力。假如,钟会写出来的作品差强人意,也许眼红得不那么厉害;但是,他写得不怎么样,又不愿意承认自己不怎么样,心头的妒火便会熊熊燃烧。

于是,就有了《世说新语》所载的两次交锋,第一次较量:"钟会撰《四本论》始毕,甚欲使嵇公一见,置怀中,既定,畏其难,怀不敢出。于户外遥掷,便回急走。"如果,嵇康赶紧追出门来,拉住钟会的手,老弟,我能为你做些什么呢?写序?写评论?开研讨会我去捧场?那么,自我感觉甚好的钟会,得到这样的首肯,也许就天下太平了。嵇康显然不会这样做的,一个如此圆通的人,也就不是嵇康了。肯定,他拾起钟会的《四本论》,扔在打铁的红炉里,付之一炬。

第二次较量:钟会约了文坛上的一干朋友,又来登门拜访。嵇康却是有意惹他了,这可是犯下了致命错误。现在,已弄不清楚嵇康之排斥钟会,是讨厌他这个人呢,还是对他政治上背魏附晋的唾弃?还是对他上一次行径的反感?当这些"贤俊之士"到达嵇康府上,"康方于大树下锻,向子期为佐鼓排,康扬槌不辍,旁若无人,移时不交一言。钟起去,康曰:'何所闻而来?何所见而去?'钟曰:'闻所闻而来,见所见而去。'"

这当然是很尴尬的场面,但钟会可不是一个脓包,而非脓包的小人,往往更为可怕。临走时,他撂下来的这两句话,可谓掷地有声,然后,拂袖而去。不知道嵇先生送客以后如何态度,依我度测,中散大夫对这威胁性的答话,恐怕笑不大起来。也许爽然若失,把铁锤扔在一旁,觉得没劲吧?那位拉风箱的向秀,肯定也怔怔发呆了,如此低水平地,没风度地羞辱对手,又能顶个屁用?

唉!这就是文人意气,不谙世事的悲哀了,只图出一口恶气而后快,却不懂得"打蛇不死反遭咬"的道理,如果对一个一下子整不死的小人,绝对不能够轻易动手的。何况这种脱口秀式的挑衅,只不过激怒对方而已。"刚肠疾恶,轻肆直言,遇事便发"的后果,便是钟会跑去向司马昭说:"嵇康,卧龙也,不可起。公无忧天下,顾以康为虑耳!"

没有说出口的一个字,便是"杀"了。

凡告密出首某某,打小报告检举某某,而听者正好也要收拾某某,那这个可怜虫就必倒大霉不可。等到嵇康的朋友吕安,"以事系狱,辞相证引",把他牵连进去,钟会就公开跳出来大张挞伐了。"康上不臣天子,下不事王侯,轻时傲世,不为物用,无益于今,有败于俗。昔太公诛华士,孔子戮少正卯,以其负才乱群惑众也。"他的结论,透露出小人的蛇蝎之心:"今不诛康,无以清洁王道。"其实,也正是司马昭的想法,不过利用钟会的嘴罢了。"于是录康闭狱"。

现在看起来,嵇康第一个要不得,是曹党嫡系,在政治上站错了队;第二个要不得,是个公开与司马政权唱反调的不合作的文人;第三个要不得,或许是最关键的,这位中散大夫得罪了小人。

一部文字狱史,通常都是小人发难,然后皇帝才举起屠刀的。但对于惑乱其间,罗织罪名,告密揭发,出卖灵魂的小人,常常略而不提,所以,这类惯用同行的鲜血,染红自己顶子的文人,才会络绎不绝地繁殖孳生吧!

接着,便是嵇康最后的绝命镜头了:

一、"嵇中散临刑东市,神气不变,索琴弹之,奏《广陵散》。曲终,曰:'袁孝尼尝请学此散,吾靳固不与,《广陵散》于今绝矣!'太学生三千人上书,请以为师,不许,文王亦寻悔焉。"(《世说新语》)

二、"康之下狱,太学生数千人请之。于时豪俊皆随康入狱,悉解喻,一时散遣。康竟与安同诛。"(《世说新语》注引王隐《晋书》)

三、"康临刑东市,太学生三千人请以为师,弗许。康顾视日影,索琴弹之,曰'昔袁孝尼尝从吾学《广陵散》,吾每靳固之,《广陵散》于今绝矣!'时年四十,海内之士,莫不痛之。"(《晋书》)

四、"临死,而兄弟亲族咸与共别,康颜色不变,问其兄曰:'向以琴来不邪?'兄曰:'以来。'康取调之,为《太平引》。曲成,叹曰:'《太平引》于今绝也。'"(《世说新语》注引《文士传》)

读到以上的四则记载,不禁愕然古人比之后人,有多得多的慷慨、胆识、豪气和壮烈,竟有好几千罢课的太学生,居然跟随着囚车向法场行进,而且打出标语口号,反对司马昭杀害嵇康,要求停止行刑,让嵇康到太学去做他们的导师。现在已很难臆测魏晋时大学生们游行示威的方式,是什么样子的?可以设想,这是洛阳城里从未有过的,一个万人空巷,全城出动,非常悲壮,气氛肃穆的场面。否则,司马昭不会产生后悔的意念,大概也是慑于这种民众的压力吧!

更教人激动的,嵇康被捕后,一些具有社会影响的知识分子,不畏高压,挺身而出,以与这位作家一块儿受罪的勇气,走进牢房。这支拥向大牢的队伍,完全不把小人的报复,统治者的镇压放在眼里,于是,想起近人邓拓先生的诗:"谁道书生多意气,头颅掷处血斑斑。"不错,历史上是有许多缺钙的知识分子,但绝不可能是全部,这才是中国文化的脊梁。

日影西斜,行刑在即,围着法场的几千人,沉默无声,倾听嵇康弹奏他的人生绝响。这里不是放着花篮的音乐厅,而是血迹狼藉的行刑场,等待演奏者的不是掌声和鲜花,而将是一把磨得飞快的屠刀。但他,这位中散大夫,正因为他不悔,所以,也就无惧,才能在死亡的阴影中,神色安然地抚拨琴弦,弹完《广陵散》的最后一个音符,从容就义。

嵇中散之死,不但在中国文学史,在世界文学史上,恐怕也是绝无仅有的。类似他的那种"非汤武而薄周孔"的一生追求革新的进取精神,"刚肠疾恶,遇事便发"的始终直面人生的创作激情,甚至对今天作家们的为人为文,也是有其可资借鉴之处的。

正因如此,嵇中散用生命写出的这个不朽,才具有永远的意义吧!

唐朝的天空

这应该是二十世纪七十年代,或者还要早一点,两位国外学者谈起中国的事了。

日本创价学会的会长池田大作,在一次聚会上,与英国的历史学家汤因比,兴致勃勃地谈起了华夏文明。这位日本作家、政治和宗教活动家,忽发奇想,问这位专门研究东西方文明发展、交流、碰撞、互动的英国学者:"阁下如此倾情古老的神州大地,假如给你一次机会,你愿意生活在中国这五千年漫长历史中的哪个朝代?"

汤因比略略思索了一下,回答说:"要是出现这种可能性的话,我会选择唐代。"

"那么——"池田大作试探地问:"你首选的居住之地,必定是长安了。"

中世纪的长安,作为唐朝的首都,幅围广阔,人口稠密,商业发达,文化鼎盛,是公元九世纪前全球顶尖级的都市,堪与古罗马帝国的大罗马地区媲美。现在的省会西安,不过是在原来皇城及部分宫殿基础上,建起来的小而又小之的新城,与当年庞大的长安相比,简直不可同日而语。

在今天的西安,仰望苍穹,很难想象当年那近一百平方公里的唐朝都城天空,该是何等的气势。

1924年,鲁迅到西安去了一趟,就是为了这个天空。他一直有个长篇小说的写作计划,主人公是杨贵妃,因此,他来到故事发生的背景地,无非实地考察一下,寻找一点感觉。这种做法,在当今先锋才子眼中,自然是老派作家的迂腐行为了,会对其大摇其头,面露鄙夷之色的。

"唐朝的天空"这个说法,是鲁迅三十年代致日本友人山本初枝的信中提出来的。他说:"五六年前我为了写关于唐朝的小说,去过长安。到那里一看,想不到连天空都不像唐朝的天空,费尽心机用幻想描绘出的计划完全被打乱了,至今一个字也未能写出。原来还是凭书本来摹想的好。"

生活之树,有时也不常绿。不看倒好,一看,结果却是大失所望。

此长安已非彼长安了,在唐以前,这里曾是西周、秦、西汉、前赵、前秦、后秦、西魏、北周、隋,其中还包括黄巢的大齐等十一朝定为国都的城市,时间长达千年之久。但到唐代末年,有一个比黄巢更残忍的朱全忠,"毁长安宫室百司及民间庐舍,取其材,浮渭沿河而下,长安自此遂丘墟矣"(《资治通鉴·唐纪八十》)。经过这次彻底破坏以后,如刘禹锡诗云"金陵王气黯然收",长安风水尽矣!嗣后,除了李自成的短命大顺,没有一个打天下坐江山者,有在这里建都立国,作长治久安之计。所以,鲁迅以为来到这个以羊肉泡馍和秦腔闻名的西安,能够看到大唐鼎盛时期的天空,那自然要徒劳往返的了。

鲁迅此次访陕,看过秦腔,买过拓片,有没有吃过羊肉泡馍,不得而知。但这些离唐朝太远的事物,大概无助于他的创作,于是,那部长篇小说《杨贵妃》,遂胎死腹中,成为现代文学之憾。

不过,唐朝终究是伟大的唐朝,英国的汤因比,如果让他再活一次,竟舍弃伦敦而就长安。从来不作长篇小说的鲁迅,却要为唐朝的杨贵妃立传,还破天荒地跑到西安去寻找唐朝天空。我一直忖度,应该不能以今天基本贫瘠的西部状况,来考量两位智者对于那个伟大朝代的认知,从而觉得他们的想法,属于"匪夷所思"之类。看来,这个朝代,这座城市,不仅在中国历史,甚至在全人类历史上,也有着难以磨灭的影响。

在中世纪,自河洛地区、关中地区,以及长安而西,越河西走廊,一直到西域三十六国,由丝绸之路贯穿起来的广袤地区,由汉至唐,数百年间,中土与边陲,域外与更远的国族之间,没断了沙场厮杀,兵戎相见,金戈铁马,狼烟鸣镝。即使到了隋末唐兴的公元七世纪,李世民开始他的贞观之治的时候,据钱穆《国史大纲》:"自隋大业七年至唐贞观二年,前后十八年,群雄纷起者至百三十馀人,拥众十五万以上者,多达五十馀,民间残破已极。"但是,应该看到,冷兵器时代的战争,无论怎样铁蹄千里,怎样倾国来犯,其实,倒是某种意义上的"绿色"战争,相当程度上的"环保"战争,对于人类居住环境的危害,不是那么严重。甚至不如现在一个县城里的小化肥、小造纸、小化工,更能糟蹋地球呢!古人打完仗,拍拍屁股,回家继续种庄稼。所以,地照样绿,水照样清,空气照样清新,天空照样明亮。

中古时期,由于森林的蓄积,植被的完整,水土的保持,雪山的化融,河川湖泊的蒸发和补给,都还处于正常状态,因此,历经战乱的古都,由于"八水绕长安"的大气环境,能够保持,空气湿润、林木苍翠、鸟语花香、郁郁葱葱的氛围。所以,才有可能出现王维《送元二使安西》"渭城朝雨浥轻尘,客舍青青柳色新"的场景。

虽然,诗的后两句:"劝君更尽一杯酒,西出阳关无故人"似乎有点悲凉,那也只是我们读者的感受,但当事人就未必了。实际上,元二出了阳关,到了"大漠孤烟直,长河落日圆"(《使至塞上》),"暮云空碛时驱马,秋日平原好射雕"(《塞上曲》)的安西之域。别看气候干旱,人烟稀少,沙尘肆虐,烈日炙烤,那也是另有引人向往的一个去处。

第一,当时的汉民族,还不那么深受礼教的束缚,敢于向往自由,能够追求率性,比后来的中国人要敢爱敢恨一些;第二,当时的少数民族,尚武少文,则更为放荡放肆,感情强烈。来自长安的元二先生,会在那弦歌嘈杂、觥筹交错、灯红酒绿、舃履杂沓的帐篷中、毳屋里,生出"独在异乡为异客"的感觉吗?光那些大坂城的姑娘,就够他眼睛忙不过来了。

由于南北朝到隋唐的数百年间,中原的汉民族与边外的少数民族,不停地进行着胜者和败者角色互换的战争游戏,一个时期,大批被掳掠的汉人,被胡骑裹胁而西,一个时期,大批降服的胡人,进入汉人居住区域,打仗的同时,也是一个相互影响,此消彼长的融合过程。胡汉杂处的结果,便是汉民族的血液里,大量掺进胡人的剽悍精神,而胡人的灵魂中,也铭刻下汉民族的文化烙印。犹如鲁迅给曹聚仁的信中所说"古人告诉我们唐如何盛,明如何佳,其实唐室大有胡气,明则无赖儿郎",这种种族的杂交趋势,一直没有停止过,到了唐代,达到了顶峰。

正是这种异族血脉的流入,唐人遂有与前与后大不相同的气象。

今天还能看到的唐人绘画,如张萱的《虢国夫人游春图》《捣练图》,如周昉的《簪花仕女图》,如永泰公主墓壁画《宫女图》中,那些发黑如漆,肤白如雪,胸满欲溢,像熟透了的苹果似的健妇;那些亭亭玉立,身材窈窕,情窦初开,热情奔放得不可抑制的少女。如阎立本的《步辇图》《历代帝王图》,懿德太子墓壁画《仪仗图》,长乐公主墓壁画《仪仗图》中,那些策马扬鞭、引弓满月的壮士,那些膀阔腰圆、面赤髭浓的官人。试想,若"春风雨露一相逢",恐怕连整个大气层,也就是整个天空,都洋溢着的难以名状的张扬气氛。

因此,出使安西的元二,也许在极目无垠的大漠里,驼铃声细,马蹄声碎,会感到寂寥和单调。但当绿洲憩息,与那些食牛羊肉,饮葡萄酒,骑汗血马,跳胡旋舞,逐水草而居的胡人,葡萄架下,翩翩起舞;席地小酌,美女如云;弦索弹拨,耳鬓厮磨;毡房夜宿,玉体横陈,那肯定是乐不思蜀了。

唐贞观四年(630)平东突厥,在蒙古高原设置行政机构。九年(635)败西部的吐谷浑。十四年(640)灭高昌,打通西域门户。公元七世纪,丝绸之路重现汉代的辉煌。以长安为始发站,出玉门,过敦煌,经焉耆、龟兹、碎叶,可以到大食(波斯)、天竺(印度)和更远的拂菻(拜占庭)。一直到九世纪,丝绸之路曾经是一条充满生气的、联结东西方的纽带。

由于丝路重开,商贸的往来,行旅的流动,文化的互动,宗教的传播,甚至比战争行为更能加剧了这种民族之间的沟通和融合。当时的长安城里,到底生活着多少胡人,至今难在典籍中查出确切数据。从唐刘肃《大唐新语》中一则案件的记载,便可想象得知胡人在长安城里数量之多。正如文中所说,胡人戴着汉人的帽子,汉人穿上胡人的衣衫,孰胡孰汉,怕是官府也查不清楚。

> 贞观中,金城坊有人家为胡所劫者,久捕贼不获。时杨纂为雍州长史,判勘京城坊市诸胡,尽禁推问。司法参军尹伊异判之曰:"贼出万端,诈伪非一,亦有胡着汉帽,汉着胡帽,亦须汉里兼求,不得胡中直觅,请追禁西市胡,余请不问。"纂初不同其判,遽命,觉吟少选,乃判曰:"纂输一筹,余依判。"

依此推论,当时长安城内居住的胡人,要比现在北京城里的老外多许多。因此,胡人在唐代诗人的笔墨中便经常出现,如李白诗:"落花踏尽游何处?笑入胡姬酒肆中"(《少年行》),岑参诗:"君不闻胡笳声最悲,紫髯绿眼胡人吹"(《送颜真卿使赴河陇》),李贺诗:"卷发胡儿眼睛绿,高楼夜静吹横竹"(《龙夜吟》),元稹诗:"女为胡妇学胡妆,伎进胡音务胡乐"(《法曲》)……也证明当时的长安城里,胡人之无处不在。

据陈寅恪《读莺莺传》考证,胡人的行踪,更渐渐由西而东,直至中原。他认为那位漂亮的崔相国之女,其实是诗人元稹有意模糊的一个文学形象。实际上,她是来自中亚粟特(今乌兹别克斯坦撒马尔罕北古布丹)的"曹"国女子,移民到长安洛阳之间的永济蒲州。他们以中亚的葡萄品种,酿成"河东之乾和葡萄酒",那是当时的一个名牌。既美且艳的莺莺,其实是一个当垆沽酒的"酒家胡",用今天的话说,一位三陪小姐而已。

从元稹笔下"最爱软欺杏园客,也曾辜负酒家胡"来判断,张君瑞不过是诗人自己的化身罢了。如果曹九九(陈寅恪设想出的这位小姐芳名)不是胡女,真是相府千金,也就不至于被"始乱终弃"了。

总而言之,唐朝的天空底下,是一个张开臂膀,拥抱整个世界的盛世光景。

对于李唐的西向政策,对于边外胡人的大量吸纳,唐初有过一次讨论。唐吴兢所著的《贞观政要》一书,在《论安边第三十六》中,记载了各个论点的交锋。中书令温彦博主张:"天子之于万物也,天覆地载,有归我者必养之。"秘书监魏徵认为:"且今降者几至十万,数年之后,滋息过倍,居我肘腋,甫迩王畿,心腹之疾,将为后患。"凉州都督李大亮更上疏:"近日突厥倾国入朝,既不俘之于江淮以变其俗,乃置于内地,去京不远,虽则宽仁之义,亦非久安之计。每见一人初降,赐帛五匹、袍一领。酋长悉授大官,禄厚位尊,理多糜费。以中国之租赋,供积恶之凶虏,其众益多,非中国之利也。"

讨论的结果,只有四个字:"太宗不纳。"

于是,用温彦博议:"自幽州至灵州,置顺、祐、化、长四州都督府以处之,其人居长安者近且万家。"

如果以统治者维护其政权的需求,一个由僧侣统治的国家,其被统治者的最佳状态,是庙宇里的泥塑木雕;一个由法老统治的国家,那就应该是陵墓里的木乃伊;一个由太监统治的国家,他的公民应该全部都是性无能者,至少也是阳痿患者;而对一个警察统治的国家,其被统治者最好都是"从现在起,你说的每一句话,我都要呈堂作供"的嫌疑犯。这样,"普天之下""率土之滨",就只有他一个人的声音。

然而,厚德载物的李世民,却是一个懂得"为君之道,必须先存百姓,若损百姓以奉其身,犹割股以啖腹,腹饱而身毙"的明主,他相信"君,舟也;人,水也。水能载舟,亦能覆舟"(《贞观政要·政体第二》)。因此,他以大海不择细流的精神,汉人也好,胡人也好,中土也好,西域也好,都是大唐的臣民,不分畛域,不计人种,不在乎化内化外,不区分远近亲疏,都在他的胸怀之中。因此,他不害怕别人的声音,更不忌惮与他不同的声音,他在中国封建社会中,如果不是唯一,也是少有的能听得进反对他声音的君王之一。

于是,我开始理解汤因比为什么要选择唐代为他的再生之地,鲁迅为什么要寻找唐朝天空为他长篇小说的背景了。这两位大师看重的,在中国,甚至世界历史上,也就是李唐王朝曾经达到如此器度闳大而不谨小慎微,包容万物而不狭隘排斥,胸怀开放而不闭塞拒绝,胆豪气壮而不畏缩怯懦的精神高度,这是其他历朝历代所不及的。

太宗自即位之始,霜旱为灾,米谷踊贵,突厥侵扰,州县骚然。帝志在忧人,锐精为政,崇尚节俭,大布恩德。是时,自京师及河东、河南、陇右,饥馑尤甚,一匹绢才得一斗米。百姓虽东西逐食,未尝嗟怨,莫不自安。至贞观三年,关中丰熟,咸自归乡,竟无一人逃散。其得人心如此。(《贞观政要·论政体第二》)

到了贞观四年(630),"天下大稔,米斗不过三四钱,终岁断死刑才二十九人,东至于海,南极五岭,皆外户不闭,行旅不赍粮,取给于道路焉。"那一年,李靖破突厥,唐王朝"东极于海,西至焉耆,南尽林邑,北抵大漠,皆为州县,凡东西九千五百一十里,南北一万九百一十八里"(《资治通鉴·唐纪九》)。所谓"唐朝的天空",从广义上讲,以长安为中心,向东,江湖河海,向西,丝绸之路,既无边界,也无极限,因为这是一个高度放开,略无羁束的精神天空。你能想象得多么遥远,它就是那样的毫无止境,你能想象得它多么辽阔,它就是那样的无边无沿。

就在这一年,李靖凯旋回朝。据《新唐书》:"夷狄为中国患,尚矣……唐兴,尝与中国亢衡者有四:突厥、吐蕃、回鹘、云南是也。"曾经不可一世,曾经逼得李渊向其俯首称臣的颉利可汗,由于李靖出奇兵,终于将其擒获。现在,这个最能带头作乱,最狡猾,也最卑鄙,最反复无常,也最能装孙子的,为唐之患久矣的颉利可汗,束手就擒,俯首降服,李世民等于祛除了一块心病。于是,在长安城的南门城楼上,搞了一次盛大的顺天门受降仪式。这位突厥族首领终于不得不承认李世民为天可汗。

时为太上皇的李渊,很大程度上也是拍自己儿子的马屁,连忙出面,在兴庆宫张罗了一个小型派对,赶这个热闹。"上皇闻擒颉利,叹曰:'汉高祖困白登,不能报;今我子能灭突厥,吾托付得人,复何忧哉!'上皇召上与贵臣十余人及诸王、妃、主置酒凌烟阁。"那时不兴开香槟庆祝,也不搞烟火晚会助兴,但李靖缴获的战利品中,肯定少不了产自中亚的葡萄酒。那时胡俗甚盛,街坊多酒肆,遍地皆醉人,宫廷也不例外,大家喝得醉意盎然的时候,晚会上出现了一个史官不经意写出来的细节,但仅这一点点精彩,却表现出来只有在唐朝的天空底下,才会有的精神状态。

酒酣,上皇自弹琵琶,上起舞,公卿迭起为寿,逮夜而罢。(《资治通鉴·唐纪九》)

宫廷舞会,在西方世界,是习以为常的。在东方,尤其在中国历代封建王朝里,九五之尊的天子,庄严肃穆还来不及,哪有 国之主,"于之舞之,足之蹈之"的道理?因此,凌烟阁里的这场舞会,正是钱穆在其著作《国史大纲》中所说"其君臣上下,共同望治,齐一努力的精神,实为中国史籍古今所鲜见"的最好写照。你也不能不服气在唐朝的天空下,这种在别的朝代少有的百无禁忌的强烈自信。

2002年诺贝尔文学奖获得者、匈牙利犹太裔小说家凯尔泰斯的《大屠杀作为一种文化》中,曾经引用乔治·桑塔亚纳(George Santayana)的名言:"一个有活力的社会必须保有它的智慧,以及对其自身及自身条件的自我意识,并且能够不断地予以更新。"老实说,很难想象,我们中国的皇帝,从宋以后直至清末,这一千年间,由赵匡胤数到爱新觉罗·溥仪为止,可曾有过一位,在大庭广众,即兴起舞?而且,还要跳一种高难动作的少数民族舞。因为李渊手里的琵琶,是胡人的乐器,那么李世民跳的舞蹈,也必然是当时流行的"胡旋舞"。这一通狂舞,绝对是那个时期里,大唐帝国活力的最高体现。

按《新唐书·礼乐志》,这种"舞者立毯上,旋转如风"的"胡旋舞",节奏极火爆,情绪极热烈,动作极狂野,音乐极粗犷,是从西域流传到中土的舞蹈。白居易有一首《胡旋女》的诗,描写了一位女舞者的表演:"弦鼓一声双袖举,回雪飘飖转蓬舞。左旋右转不知疲,千匝万周无已时。"可以想象李世民伸展双臂,在舞场上或旋或转,老爷子反弹琵琶,亦步亦趋,该给这个唐朝的天空,增加一抹多么鲜丽的亮色啊!

于是,我对于这位自称:"年十八便为经纶王业,北剪刘武周,西平薛举,东擒窦建德、王世充。二十四而天下定,二十九而居大位。四夷降伏,海内乂安"的李世民,钦服不已。就凭他以万乘之尊,翩然起舞这一点,其豁达豪爽之中,浪漫风流之外,所表现出来的万物皆备于我的大手笔,大作为,大自信,大开放,应该是英国的汤因比,中国的鲁迅这样的大智慧者,才对盛唐的辉煌,格外刮目而视的。

汤因比(1889—1975)生前曾经预言"二十一世纪是中国人的世纪"。

若如此,我相信,那时中国的天空,将更灿烂。

江南才子何其多
——文人的纬度

纬度,是我们所居住的地球进行区域划分的一种概念,说它存在,就存在,说它不存在,也就不存在。因为,终久是一个人们并不太介意的,只是在地球仪上的与赤道平行的几道横线而已。然而,纬度,对于文学,却起着决定性的作用。

梁启超先生在其《屈原研究》一文中,这样问过:"为什么会发生这种伟大的文学?为什么不发生于别国而独发生于楚国?何以屈原能占有这首创的地位?"他的回答是:"依我的观察,我们这华夏民族,每经一次同化作用之后,文学界必放异彩。楚国当春秋初年,纯是一种蛮夷,春秋中叶以后,才渐渐同化为'诸夏'。屈原生在同化完成后约二百五十年。那时候的楚国人,可以说是中华民族里头刚刚长成的新分子,好像社会中才成年的新青年。从前楚国人,本来是最信巫鬼的民族,很含些神秘意识和虚无理想,像小孩子喜欢幻构的童话。到了与中原旧民族之现实的伦理的文化相接触,自然会发生出新东西来。这种新东西之体现者,便是文学。"

问题不在两种文化的碰撞,而在于所处地球的这个纬度,其光照、气温、降水量,决定人类的生存条件。因此,土壤之肥瘠,稼穑之难易,农作物之丰歉,劳动强度的轻重,也是决定能不能产生出文学和文人的重要因素。求生维艰,浪漫便是一种奢侈品;衣食裕足,各式各样的欲望(这当中自然也包括食的欲望,色的欲望,性的欲望,以及随之而来的文学欲望),才会萌发,才会产生。

所以,中国历史上那些纬度较高地区,曾经神气活现过,曾经不可一世过的民族(如匈奴、突厥、鲜卑、女真),当这些游牧民族的金戈铁骑,千里驰骋,如入无人之境,不可抵挡。大好河山,任其践踏,中原儿女,听其蹂躏。然而过不了半个世纪,或者,不足百年,彻底汉化,完全消融华夏文明之中,连其民族本性也都丧失殆尽。即使如此彻底的同化,也未见梁启超先生所说的"新东西之体现者,便是文学"出现。

在以上这些民族的历史上,别说一个屈原找不出来,哪怕四分之一屈原,八分之一屈原,也难寻难觅。

看来,至少,在中国,纬度决定文学。

一

公元202年(东汉建安七年),袁、曹官渡大战结束后,陈琳就换了老板。

说来有点扫兴,中国文人,不论过去,也不论后来,不论巨匠,也不论末流,总得有人管饭才是。文章写得好坏,是无所谓的,老板好坏,却是十分关紧的事。陈琳比较走运,当初袁绍待他不薄,视为多年知友,随后曹操待他更厚,居然没有要他脑袋。因有不杀之恩,故而到曹营后,忠心耿耿,为新老板服务,直到218年(建安二十二年),许都的一场瘟疫,要了他的命为止。

尽管如此,这个来自江东广陵郡的陈琳,还是不习惯,不喜欢北方,尤其看不大上北方的同行。

陈琳有资格、有本钱不把北方同行放在眼中,因为即使按曹丕"七子"的排位,他的名次只是在孔融之后;按曹植"六子"的排位,他的名次也不过在王粲之后。因此,此公之高自标置,佼佼铮铮,是毫无疑问的。

要知道,在自以为上国大邦的北方文人来看,陈琳这个南人,挤进这支队伍中来,终究属于异数,不免有点排斥心理。倘不是货真价实,真正够水平,真正有才华,曹氏兄弟不会这样抬举,他俩的老子也不会如此高看的。由此来看,古人大概不太会玩心眼,真的就是真的,假的也不好意思说成真的。陈琳能在文化底蕴深厚、历史传统悠久的北方文坛站稳脚跟,到底是靠自己的作品说话。非会吹、会唬、会骗、会买空卖空的当代文人,凭一张嘴混迹江湖,还能神气活现。最滑稽的,现在所谓的那些名家、名作,到底有多少读者在读?到底有多少群众在关心?应该承认,与陈琳那个时代最大的不同,当下文坛,基本上是一个自拉自唱,自娱自乐的俱乐部。

所以,文坛成为十分热闹的所在,文人成为相当活跃的行当,只是小圈子的现象。有人在街头的报摊做过调查,因为那里摆放着一些文学杂志,话题就从这里谈起,"你买过这类刊物吗?"摇头。"你读过,或者翻过这类刊物吗?"还是摇头。所以,这个坛,这些人,一是作家本人造势,为了热闹而热闹,一是评论家的友情出演,为了活跃而活跃。这其中,难免会有猫腻,会有假象,会有花头精,会有障眼术。所以,列位看官,当下的排行榜,当下的发行量,当下的点击率,当下的好评如潮,齐声喝彩,那都是鬼画符,基本上是信不得的。

汉灵帝在位期间,陈琳就从南方来到北方打拼了。他的第一位老板,为大将军何进。对他颇为信任,参与机要,总理府事,秩一千石,职位不低。那时曹操尚未发迹,先在洛阳为北部尉,后调顿丘为令,都是级别较低的地方官。他到大将军府来办事,碰上主簿陈琳,恐怕是得要打立正的。当时,小人暴贵的何进,加上草包一个的袁绍,两人密谋,打算引西凉军阀董卓来首都尽诛宦官。陈琳戒劝:二位,此事千万行不得! 谁知这二位加上更为草包的袁术,只当耳旁风。结果,事未成,谋先泄,何进被杀,袁绍逃回冀州。陈琳见事不好,也至该地避难。那时无稿费这一说,总得有人给碗饭吃,遂入袁绍幕,为长吏,"使典文章"。最后,十八路诸侯厮杀下来,只剩下袁、曹两大军事集团,针锋相对。遂爆发官渡之战,曹操以少胜多,袁绍败如山倒,陈琳也成了曹军的俘虏。

袁绍讨曹时,让陈琳写过一篇檄文。吃人饭,给人干,端谁碗,归谁管,这就是文人无可奈何的命。但陈琳确实是文章高手,这篇《移豫州檄》与唐代骆宾王的《讨武曌檄》,堪称中国大字报的老祖宗。

骆宾王(婺州义乌人),公元684年,徐敬业起兵讨武则天,军中书檄,皆出其手。兵败被杀,一说逃亡后落发为僧。据说武则天看到他的《讨武曌檄》后,还发出过"宰相安得失此人"的遗憾,这与陈琳被曹操捉到后的遭遇,颇为类似。而南人处在众多北人之中的孤独感,与王勃(绛州)、杨炯(华阴)、卢照邻(范阳),同为"初唐四杰"的骆宾王,与孔融(曲阜)、王粲(邹平)、刘桢(宁阳)、徐干(潍坊)、阮瑀(开封)、应玚(汝南),同为"建安七子"的陈琳,基本上也差不太多。虽然,"四杰"也好,"七子"也好,都是文学史的一厢情愿,并不意味当时他们之间,有过什么同声共气的交流,有过什么互相切磋的交往。但可想而知,地域的隔膜、籍贯的歧见,对身在这种纷扰之中的当事人,体会自是格外深刻的。

陈琳将曹操骂得狗血喷头,不在话下,还将他祖宗三代批得体无完肤,一无是处。这种捅马蜂窝的行径,自然难逃秋后算账。何况第一,曹操绝对是一个宁我负人,而人不我负的小人;第二,曹操绝对是一个杀人不眨眼,斩草必除根的屠夫。现在成为曹操的阶下囚,大家也认为陈琳前脚跨进阴曹地府,生命开始倒计时了。曹操亲自审问他,你骂我可以,干吗拐带上我的先人?陈琳倒也坦白,文人算什么,不过工具罢了,如同一支箭,扳弓弦的手,才是老板。"矢在弦上,不得不发耳"。曹操一听笑了,竟然无罪释放。死里逃生的陈琳,摸摸脑袋还在脖子上,不禁想,也许打了胜仗,主公心情不错;也许当年他到大将军府办事,对他挺客气;其实,关键在于曹操也是文人,而且是个识货的文人。他不相信评论家的狗屁吹捧,报刊上的红包文章,而相信自己的判断。觉得这是支好箭,就把陈琳留在相府使用。

直到公元204年(东汉建安九年)曹操攻克邺城,这个在政治上,在文学上,两手都硬的强者,为了营造出来"主流在我,四方归心"的格局,以他两个才分很高,文章极佳的儿子曹丕和曹植为辅佐,再加上陈琳与孔融、王粲、蔡琰之流唱和助兴,形成一个"彬彬之盛,大备于时"的邺下文人集团,迎来了建安文学的高潮。这就是刘勰在《文心雕龙·时序》中所说的"自献帝播迁,文学转蓬。建安之末,区宇方辑"的大环境,以及才俊齐集都下,斯文鼎盛;冠盖雅爱辞章,翰墨飞扬的繁荣景象了。与二十世纪七十年代拨乱反正,改革开放的大背景下,新时期文学的应运而生,基本相似。

"建安七子"与稍后一点的"竹林七贤"的不同,至少从《水经注》的"相与友善,游于竹林,号为七贤";从《世说新语》的"七人常集于竹林之下,肆意酣畅,故世谓竹林七贤"来看,我们可以想象阮籍(陈留)、嵇康(谯郡)、山涛(怀庆)、王戎(临沂)、刘伶(沛县)、阮咸(陈留)、向秀(怀庆)这七位酒友,断不了竹林小聚,来一次PICNIC,少不了当垆豪饮,开一回PARTY,是一个在精神上相容相通,在思想上同声共气的组合体。而所谓的"建安七子",与所谓的"伤痕文学""反思文学"的作家群体,不过是文学史的一种说法而已。陈琳和那几位名流,既没同一张桌子上吃饭、打麻将,也没同一条板凳上开会、听报告;甚至不来往,不见面,或许还不相识,也有可能。因为,陈琳是南人,其他几位均为北人,存有南北之界隔,就不如都为北人的"竹林七贤"那样融洽相得了。

中国人好拉郎配,从司马迁作《史记》,将韩非与老子同传,生拉硬拽,为始作俑者,贻笑后人。但这种眉毛胡子一把抓的懒汉做法，人多效之，诸如"建安七子"，诸如"三曹"，甚至如今热衷说道的什么"陕军东征""湘军北上"等等，都是治史者和评论家的权宜捏合。实际上，这些文人并不愿意与参差不齐的同行，同坐一条板凳上，排排坐吃果果。我们从陈琳给他同乡张纮的信，看出他的内心世界，压根儿没把那几位北方文人放在眼里。此信见于《三国志·吴志·张纮传》的裴松之注引《吴书》："（张）纮见柟榴枕，爱其文，为作赋。陈琳在北见之，以示人曰：'此吾乡里张子纲所作也。'后纮见陈琳作《武库赋》《应机论》，与琳书深叹美之。琳答曰：'自仆在河北，与天下隔，此间率少于文章，易为雄伯，故使仆受此过差之谭，非其实也。今景兴在此，足下与子布在彼，所谓小巫见大巫，神气尽矣。'"

我不了解汉代的邮政驿传系统如何运作，但张纮在建安七年前寄出来的这封信，居然在建安九年后送到收信人陈琳手中，让我惊叹古人的认真负责精神。一封信路上走了三年，效率是低了一点，可此信经过的苏、皖、鲁、冀，正是曹操、袁绍、吕布、袁术、刘关张打得难解难分之际。所以，陈琳看到信中，张纮盛赞他的《武库赋》和《应机论》二文，不觉莞尔。那还是他几年前在袁绍幕下为长吏时，小试牛刀之作，想不到传到南方，得到老友兼老乡，兼领袖江东文坛的张纮肯定，自然心旷神怡，喜上眉梢。遂回复了一封信，顺便将当时许都的文学圈子，臭了一顿。

喜欢听捧场的话，顺耳的话，这是文人的通病。张纮"叹美"两句，陈琳便情不自禁了。从这封回张纮的信，看到陈琳的活思想。"所谓小坐见大巫，神气尽矣"，不过虚晃一招，"此间率少于文章,易为雄伯",才是他的真实。这位自视甚高的南人,认为北人写不出像样的文字,他才得以"雄伯"。"伯"者何?"霸"也。敢称自己为"霸",他的得意,他的拿大,他的傲慢,他的藐视,也就不言而喻了。

我总觉得,那几位北方大爷,会承认自己是二流作家、三流作家似的软鸡蛋吗?会对这位写过讨曹檄文名重一时的陈琳,中国大字报的鼻祖,多么高看,多么抬爱吗?怕也未必见得。

鲁迅在《花边文学》的《北人与南人》一文中说过,"北人的卑视南人,已经是一个传统。"何况《移豫州檄》,这篇特别政治化了的作品,其政治意义必大于审美价值,其文学生命力必因其政治工具性而大大降低,这是千古不灭的文学定律呀。因此,当面不说,背后乱说,会上不说,会下乱说,并非今日文坛的众生相,古人也难能免俗。弄得南人的陈琳,在这伙北方同行中间,不那么自在,不那么心情舒畅的,从而有一点负气,有一点不买账,是可以想象得到的。

祢衡被刘表安排到了江夏黄祖那里,黄祖问他:"君谓在许都有何人物?"祢衡回答说:"大儿孔文举,小儿杨德祖。除此二人,别无人物。"由此可见在平原祢正平的眼里,根本不会把来自江东广陵郡的陈琳当回事的。而孔文举连曹操也不甚买账,会对一个原为袁绍记室,而今成为曹操从事的陈琳,表现一点点敬意吗?

所以,南人陈琳读到的也是南人张纮的《楠榴枕赋》,马上示人,加以炫耀,而张纮读到陈琳的《武库赋》和《应机论》,叫好不迭,予以张扬。这种文字上的拥抱,除去同乡同里的亲昵,张为扬州人,陈为射阳人,同属广陵郡外,更多是属于当时南人不敌北人的强势,对地域歧视的一种对抗罢了。我估计,邺下文人集团这种南北隔阂,难以谐调的风气,让五官中郎将曹丕,文坛的二把手,也不由得唉声叹气:"以此相服,亦良难矣!"

由此推断,曹丕总结出来"文人相轻"这个颠扑不破的真理,恐怕也是对眼面前这些谁也不尿谁的文人,有感而发吧?

关于南北的文化比较,一直是学人关注的话题。

《世说新语》:"北人学问渊综广博,南人学问清通简要。""自中人以还,北人看书如显处视月,南人学问如牖中窥日。"顾炎武则认为南北方的学者,各有其病,北为"饱食终日,无所用心",南为"群居终日,言不及义,好行小慧。"梁启超的看法则是:"北尊实诂,南尚空谈。""南人明敏多条理,故向著作方面发展;北人朴悫坚卓,故向力行方面发展。"而清人皮锡瑞则认为在文化上南胜于北,是一种历史的必然。"尤可异者,隋平陈而南并于北,而经学乃北反并于南,元平宋则南并于北,经学亦北反并于南。论兵力之强,北常胜南,论学力之盛,南乃胜北。隋、元前后遥遥一辙,是岂优胜劣败之理然欤?抑报复循环之道如是欤?"

南人的这种文化优越感,更是长期处于政治、军事弱势状态下的自我调适。

"文人相轻",成为痼疾,由来已久。从陈琳与张纮信,"此间率少于文章"的"此间"看,这两个字的含义,所流露出来的地理位置的疏隔,已非这一个文人与另一个文人的相轻,而是这一群文人与另一群文人的相轻。本是一个文人的小我情绪,发展到一群文人的集体心态,遂造成中国文人地图上的南北分野。这种群体性的分庭抗礼,互不相能,大概从《诗经》《楚辞》起,以黄河流域为中心的文人集团,和以长江流域为中心的文人集团,便开始出现。嗣后,由于地域区隔,疆界划分,战乱阻隔,外族割裂,两大流域的文人之间,或有形的龃龉,或无形的抵触,或明显的较量,或潜在的角力,便成为中国文学的特殊现象。

二

陈琳死后的七十一年,公元289年(西晋太康十年),陆机、陆云兄弟,以及顾荣等南方文人中的佼佼者,来到洛阳,又一次落入前辈陈琳的尴尬处境之中。

很难说是当时的北方文坛多么瞧不起,看不上他们。要知道,凡老字号,那种老大自居,老气横秋,倚老卖老,老子天下第一,是胎里带的老毛病,很讨厌也很招恨的。当两弟兄奔走于在朝的文人、在野的名流之间时,所遭遇到的这些老爷漫不经心的漠视,所经受的这些要人不当回事的怠慢,常常弄得灰头土脸,意兴全消,很不惬意,很不开心,差点要打道回府的。鲁迅说:"我想,那大原因,是在历来的侵入者多从北方来,先征服中国之北部,又携了北人南征,所以南人在北人的眼里,也是被征服者。"

王夫之认为:"三代以上,华、夷之分在燕山,三代以后在大河。""大河以北,人狎于羯胡。""其士大夫气涌胆张,恫喝以凌衣冠之雅士。"这也是历史上曾经出现过的北人挟势自大,而凌驾南人之上的写照。

尽管吴国归晋已十数年,洛阳上下,仍以战败国视江东人士。大多数北人,对南人是不拿正眼瞧的,蔑称南人为"貉子",南人反击,径呼北人为"伧",亦不肯相让。当时,在首善之区,甚至吴地的口音,也招到北人的奚落,"桓玄问羊孚,'何以共重吴声?'羊曰:'当以其妖而浮。'"这种排斥成为时尚的大环境下,南人的屈辱感,可想而知。

在《晋书·周处传》里,有这样一段小插曲。"吴平,王浑登建业宫酾酒,既酣,谓吴人曰:'诸君亡国之余,得无戚乎?'处对曰:'汉末分崩,三国鼎立,魏灭于前,吴亡于后,亡国之戚,岂惟一人!'浑有惭色。"一介武夫的周处,除过三害的周处,吞不下这口气,跳出来反驳,弄得对方哑口无言。陆机是文人,有肩膀,无担承,很敏感,没勇气,心有不平,反抗不敢,只好忍受着这种压抑的气氛,心情郁悒地等待转机。

幸好,著《博物志》的大师,官做到司空的大佬张华,倒没有北人对南人的偏见。"性好人物,诱进不倦",将他"荐之诸公";还说:"人之为文,常恨才少,而子更患其多",特别器重陆机。然而,按这位老前辈的建议,去拜访刘道真,求其善谈之道,人家硬是不张嘴,陆机兄弟碰了软钉子,不免沮丧。中国人之一窝蜂,很具裹协力,一时风气所至,连有头脑的人也会随风起舞。回想"文革"期间,那些唱语录歌,跳忠字舞,早请示晚汇报,万寿无疆永远健康者,难道只有革命小将身体力行着吗?你、我、他,五十岁以上者,谁不曾抽过这种政治羊痫风呢?

"陆士衡初入洛,咨张公所宜诣,刘道真是其一。陆既往,刘尚在哀制中。性嗜酒,礼毕,初无他言,唯问:'东吴有长柄壶卢,卿得种来不?'陆殊失望,乃悔往。"看望你,是尊重你,报之以尊重,斯为待客之道。半天不言语,直喝闷酒,一开口,问人家有没有带着长把葫芦的种子,这算什么屁话?太小看人了吧?而在造访王济时,那就更为扫兴了。这位富贵公子与他老子王浑一样,都属于混账官僚之列。"(王)武子前置数斛羊酪,指以示陆曰:'卿江东何以敌此?'陆云:'有千里莼羹,但未下盐豉耳!'"这一回,陆机不讲客气了,对这位言语轻薄,话不投机的主人说,我们江南的溧阳县,有个千里湖,那里出产的莼菜,烧出汤来,不加作料,比这又腥又膻的羊酪,不知味美多少倍!

莼羹味美汤清,羊酪醇浓如玉,其实不过是南北两地的特色食品而已,但对栖身于北方的南人来说,莼羹,则是思念家乡的精神寄托。"张季鹰辟齐王东曹掾,在洛,见秋风起,因思吴中菰菜羹、鲈鱼脍,曰:'人生贵得适意尔,何能羁宦数千里以要名爵?'遂命驾便归。俄而齐王败,时人皆谓为见机。"也许张翰真是因为觉悟,而跳出名利场,一走了之;也许以此为借口,逃出是非之地,不过滑头而已。陆机的"千里莼羹,未下盐豉",遂成千古佳话。其实,杭州的"西湖莼菜",滑滑的,淡淡的,也就不过如此。可在晋时,小题大做到如此性命交关的地步,可以想见当时的南北鸿沟,在人们心中造成的距离,是多么疏远了。大概也就只有我们中国,才会出现这种独特的文化现象吧。

很快,弟兄俩在洛阳站住脚。到底是世家子弟,其祖陆逊,其父陆抗的名声,对重门阀,讲族谱的北方势利眼来说,还是不能不买账的。渐渐地,人们不但接受二陆,还赏誉之曰:"陆士衡、士龙,鸿鹄之裴回,悬鼓之待槌。"大佬张华的哄抬物价,那就更为邪乎:"平吴之利,在获二俊。"这番鼓吹,使陆机获得了太子洗马、祭酒等官职,虽为品秩不高的属吏,但能接触高层,出入宫廷,那风光也非人及。而且,在文学圈,也比半个多世纪前来到北方的陈琳,幸运得多。在"鲁公二十四友"的文人俱乐部里,虽然,渤海石崇、欧阳建,荥阳潘岳、兰陵缪征,京兆杜斌、挚虞,琅琊诸葛诠,弘农王粹,襄城杜育,南阳邹建,齐国左思,清河崔基,沛国刘瑰,汝南和郁、周恢,安平牵秀,颍川陈珍,太原郭彰,高阳许猛,彭城刘讷,中山刘舆、刘琨,无一不是北方人,但这位南人首屈一指的文学地位,始终无人与之挑战,也与早年间受挤兑的陈琳大不相同。

《晋书》称陆机"身长七尺,其声如钟,少有异才,文章冠世"。这种风流才子型的,知名度又非常高的大户人家的公子哥儿,我想他一定很自负,很自傲,因为他具有名气、才分、金钱、权势四大绝对优势,这可是绝对要令人对其侧目之、仰视之,而且,绝对要令他不由自主地既骄且娇,不可一世。

我遍数当代作家,简直找不到一个如此全面兼备,要什么有什么的人物,虽然文人如过江之鲫,但细细端详,不是有才无名,就是有名无才;不是有钱有势而无才无名,就是有名有才而无钱无势。当然,勉勉强强,降低条件,也不是不能挑出几个,可不是地瓜,就是土豆,不是獐头鼠目,就是歪鼻斜眼,真有一蟹不如一蟹之憾,让人扫兴得很。所以,闭目一想,我们这位才了,拥抱大海,徜徉自然,秋日遨游,滨海望远,望着那海天一色,碧空万里的景色,听着那声声鹤唳,阵阵雁鸣的天籁,赏心悦目,胸怀宽阔,该是多么从容,多么自在啊!

但是中国文人血液中的权力基因,到了一定温度,一定气候,一定条件,一定环境,便开始发酵,开始膨胀,开始不安分,开始不那么规矩道理起来,走上了追求权力,玩弄权力,为权力送命的不归路。

据《晋书·陆机传》:"葛洪著书,称:'机文犹玄圃之积玉,无非夜光焉;五河之吐流,泉源如一焉。其弘丽妍赡,英锐漂逸,亦一代之绝乎!'其为人所推服如此。"以这样的评价,他完全可以领风骚于一时,集雅韵于一身,为文坛之泰斗,作文章之大家,但他却一门心思混迹官场,投机政治,染指权力,趋显附贵。《晋书》说他"好游权门,与贾谧亲善,以进趣获讥"。所以,陆机之败,不是败在文学上的北人对手,而是败在政治上的北人对手。

在中国文学史上,有些野心勃勃的文人,光有饭碗,不行,还要饭桌。只有饭桌,也不行,还要七碟八碗。有七碟八碗,而且还要尊他在主座上,才行。陆机,就是这样不满足于只做文学的老大,还想在政治上得到更多的人。可他不知道,一个脑袋容易发热,感情容易冲动,欲望容易膨胀,思想容易过激的文人,在权力斗争的漩涡里,在官场厮杀的绞肉机里,你这个南人,无党羽,无朋友,单枪匹马,人地两疏,岂敢跟那些北方的老油子政客们过招。不过,他也并非善类,上蹿下跳,挺能折腾,白道黑道,相当擅长,里挑外撅,不择手段,叛变出卖,家常便饭。《晋书》称他"豫诛贾谧功,赐爵关中侯",这就是说他先"与贾谧亲善",后又将这第一个老板出卖。接着,赵王"伦将篡位,以(机)为中书郎",这说明他又依附第二个老板,并沆瀣一气。再接着,齐王冏诛赵王伦,陆机也便被捕。齐王冏认为"(陆)机职在中书,九锡文及禅诏疑机与焉,遂收机付廷尉。"谁知陆机是命不该绝呢,还是他别有路数。"赖成都王颖、吴王晏并救理之,得减死徙边,遇赦而止。"于是,你不能不服气陆机的投机巴结,钻营上层,左右逢源,上下其手的活动能量。这样,成都王司马颖成为他第三个老板。

还记得建安时期的陈琳,跟他一样,也是接连换过三个老板的,人家的日子是越换越好。而陆机到北方以后,每换一次老板,都是脑袋别在裤腰带上的冒险行动,谁都为他捏一把冷汗。所以,也在洛阳混事的他的同乡,"顾荣、戴若思等咸劝机还吴。"他不干,他就不相信一个南人在北方干不出名堂来。他看准成都王那窝囊废,必是真命天子,决心赌一把,"遂委身矣"。结果,到底把自己的小命玩掉了。

陆机尤其想不到的,"金谷二十四友"中的弘农王粹、安平牵秀,两位不入流的文人,竟成了要他性命的侪辈。公元303年(西晋太安初年)当陆机被成都王授以统帅,率兵二十万与长沙王司马乂战。一个名叫孟超的部下,公然叫嚣,当着他面吼:你一个貉奴,凭什么资格当大都督?在场的王粹和牵秀,原来对他多么低声下气的三流作家,现在竟一脸阴险,幸灾乐祸,冷笑热哈哈地看他怎么收拾。这个十分可恶的场面,难道他还预感不到凶多吉少的前景吗?果然,由于指挥不当,由于战斗失利,实际上由于众将消极怠工,招致全军覆灭。别人又给司马颖进谗言,说他要反。这还得了,十万火急地下令牵秀,就地将陆机正法。别看牵秀在文学上是低能儿(这等人在文坛甚多见),可借助非文学的手段来收拾同行,却是高才生(这等人在文坛更多见)。当他处决这个貉奴时,还歹毒地给他安排下一副笔墨纸砚,陆老师,你才华横溢,不想即席赋诗,再抒发一下吗? 至此,陆机才真正后悔自己的北上之行,要是留在江东,该有多好? 他最后说的一句话:"华亭鹤唳,复可闻乎?"除了遗憾之外,这种南北之间的心理距离,也真是让他死不瞑目的。

三

鲁迅在《北人与南人》中说:"我想,那大原因,是在历来的侵入者多从北方来,先征服中国之北部,又携了北人南征,所以南人在北人的眼中,也是被征服者。""二陆入晋,北方人士在欢欣之中,分明带着轻薄,举证太烦,姑且不谈罢。容易看的是,羊衒之的《洛阳伽蓝记》中,就常诋南人,并不视为同类。"在此文的注释里,举了羊衒之书中一个例证:南齐王肃投北后,不食羊肉、酪浆,而酷嗜茗汁,一饮一斗,人称漏卮。北人刘缟慕肃之风,专习茗饮。北魏彭城王谓缟曰:"卿不慕王侯八珍,好苍头水厄。海上有逐臭之夫,里内有学颦之妇,以卿言之,即是也。"其彭城王家有吴奴,以此言戏之。自是朝贵宴会虽设茗饮,皆耻不复食,惟江表残民远来降者好之。由此可见,仅茶饮一端,就受到当时北人的訾议,想到广陵郡人陈琳,能挤进基本皆为北人的"建安七子"之中,若不是曹操拍板,曹丕、曹植定调,早就把这个南人排挤出局了。

不过,公元317年(东晋建武元年),陈琳死后的九十九年,陆机死后的十四年,南北形势发生了天翻地覆的变化。西晋没了,大批北方人士南迁,纷纷逃到江东来苟延残喘。遂定都建康,是为东晋。在南人的地盘上,北人的牛皮、架势、尊荣、骄宠,便大打折扣。不得不诸事求人,不得不看人眼色,连晋元帝司马睿都说:"寄人篱下,心常怀惭。"此一时也,彼一时也,南人也仰起脸来,不怎么买账来自北方的豪门贵族。虽说平起平坐,一时还做不到,因为政权、军权仍被北人掌控,但占一席之地,有发言之权,那是当仁不让的了。最主要的,是南人在精神上不再仰人鼻息,不再遭人歧视,其理直,其气壮,确也是陈琳、陆机之流想得而不得的。

东晋政权的精神领袖王导,为了笼络南人,有一次特地请江东士族的代表人物陆玩家宴,席上端出来北人视为佳品的羊酪。可是,南人看不上这东西,也吃不惯这东西,客拘主面,不得不强咽下一小碗,结果回家后拉了一夜肚子。第二天,他写了一纸便笺给王导:"昨食酪小过,通夜委顿。民虽吴人,几为伧鬼。"在玩笑中,竟将南人詈称北人的"伧",信笔写下。放在二十年前,陆玩绝不敢这样放肆,肯定会被视为大不敬的行为。

看来,这种南北逆转的形势,便成为时代的主流。过去南人在北,备受白眼,如今北人款待南人,俨若上宾。据《南史》卷二六,公元548年(梁太清二年),南朝的文人徐陵,被萧衍派往北魏为特命全权大使,竟成了香饽饽。"魏人设馆宴宾,是日热甚,主客魏收(应该算得上是北魏的"国家一级作家")嘲之曰:'今日之热,当由徐常侍来。'陵曰:'昔日王肃初至,为魏始制朝仪,今我来聘,卿复知寒暑。'收大惭。文宣(帝)以收失言,因囚之。"

在文学这个领域,一等文人是不慌不忙坐等读者找他,二等文人则是慌慌忙忙地去找读者。所以,一等文人,不必太在意知名度,也能知名于世,二等文人,不扩大知名度,还就真是难以知名。魏收,在北方,算得上是一等文人,若在魏晋时,北方的一等,就是全国的一等。而到了南北朝,南方的一等,才是大家公认的一等。魏收便托付回到南方去的徐陵,将他的作品,文章、评论,以及其他学问方面的著述,总有若干部吧,亲自送到徐陵的船上,连连作揖,再三致意,求他散发于江左同行,为之扬名,为之宣传。结果,徐陵在过江的时候,将魏收的著作,通通扔进江水,由其顺流而下。这就是《国史传记》中所载:"梁常侍徐陵聘于齐,时魏收有文学,北士之秀,录其文集与陵,令南传之。陵还,即沉之于水,从者或以为问,曰:'吾为魏公藏拙也!'"

生于公元513年,卒于公元581年的庾信,早年在南朝时,与徐陵齐名,时人称为"徐庾体"。后来,经历了侯景之乱,险几丧命;江陵之乱,家人散失。饱尝战争之灾难,乱世之痛苦,流落北国,有家难归。他的挫折困顿,他的颠沛流离,才使得他晚年在文学上达到一个出神入化的境界。其代表作为《哀江南赋》,为世所公认的南北朝辞赋的压卷之作。据唐人张鷟笔记《朝野佥载》卷六,公元545年(梁大同十一年),"庾信从南朝初至北方,文士多轻之。信将《枯树赋》以示之,于后无敢言者。时温子昇作《韩陵山寺碑》,信读而写其本,南人问信曰:'北方文士何如?'信曰:'唯有韩陵山一片石堪共语。薛道衡、卢思道少解把笔,自余驴鸣犬吠,聒耳而已。'"

据《北史》,庾信在北方的影响之大,"当时后进,竞相模范,每有一文,都下莫不传诵。"乃至北朝的帝王宗室、王公大臣,都成了徐、庾的粉丝。所以,当南朝向北朝发出外交文书,要求将这些流寓北地的文人,特点名庾信、王褒等十余人,回归本土时。北朝哪里舍得,魏"武帝但放王克、殷不害等,如信与褒,俱惜而不遣"。这与陈琳、陆机当年的遭遇,简直天壤之别。

文坛的星转斗移,由北而南,至唐宋而不可逆转,《庶斋老学丛谈》有过详尽的统计:"汉唐盛时,文章之秀,萃于中原其次淮汉,其次偏方。且如广陵。建安七子,始有陈琳。晋五俊,始有闵鸿,张华见而奇之曰,皆南金也。唐有李邕、章彝,宋有秦观、孙觉、孙洙,皆昭昭然人之耳目。南渡后,专尚时文,称闽越东瓯之士,山川之气,随时而为衰盛,谈风水者,乌能知此。唐诗人,江南为多,今列于后:陶翰、许浑、储光羲、皇甫冉、皇甫曾、沈颂、沈如筠、殷遥(润州人),三包:融、何、佶,戴叔伦(金坛人),陆龟蒙、于公异、丘为、丘丹、顾况、非熊父子、沈传之、诚之父子(苏州人),三罗:虬、邺、隐,章孝标、章碣(苏州人),孟郊、钱起、沈亚之(湖州人),施肩吾、章八元、徐凝、李频、方干(睦州人),贺德仁、吴融、秦系、严维(越州人),张志和(婺人),吴武陵、王贞白(信州人),王昌龄、刘慎虚、陈羽、项斯(江东人),郑谷、王毂(宜春人),张乔、杜荀鹤(池州人),古中孚(饶州人),刘太真、顾蒙、汪遵(宣州人)、任涛、来鹏(豫章人)、李群玉(澧州人)、李涛、胡曾(长沙人),皆有诗名。"

李慈铭在《越缦堂日记》中指出:"盛氏所举,虽多漏略,如褚亮、许敬宗,皆杭州人;沈千运、周朴,皆吴兴人;骆宾王,婺州人;舒元舆,睦州人;崔国辅、殷尧藩,皆苏州人;许棠,宣州人;张籍,和州人;萧颖士,常州人;刘驾,江东人;綦毋潜、戎昱,荆南人;李中,九江人;张九龄,韶州人;孟宾于,连州人;曹邺,桂州人。即以吾越言之,如虞世南,……亦人所皆知者……然其言可谓深知古今之变,自宋以后,东南人才益盛,文事敦槃,几不齿及西北矣。"

而到了宋朝,南人势盛,则已定局。晁以道指出:"本朝文物之盛,自国初至昭陵(仁宗)时,并从江南来。二徐兄弟(铉、锴)以儒学,二杨叔侄(亿、纮)以词章,刁衎、杜镐以明习典故,而晏丞相(殊)、欧阳少师(修)巍乎为一世之门。纪纲法度,号令文章,灿然具备,庆历间人材彬彬,皆出于大江之南。"

钱穆先生在《国史大纲》里提到王安石:"他新法之招人反对,根本上似乎还含有一个新旧思想的冲突。所谓新旧思想之冲突,亦可说是两种态度之冲突。此两种态度,隐约表现在南北地域的区分上,新党大率为南方人,反对派则大率是北方人。"他进而分析:"宋室相传有'不相南人'的教戒。无论其说确否,要之宋初南方人不为相则系事实。然而南方人的势力,却一步一步地侵逼到北方人上面去。真宗时的王钦若,仁宗时的晏殊,都打破了南人不为相的先例。而南方人在当时,显然是站在开新风气之最前线。在野学校之提倡,在朝风节之振厉,文章之盛,朋党之起,皆由南士。"

"因此当时南人,颇有北方人政治上待遇较优,南方人经济上负担较重之感。而在北人眼中,则南人在政治上势力日扩,似乎大非国家前途之福。以中国疆域之广大,南北两方因地形、气候、物产等等之差异,影响及于社会之风习,以及人民之性情,双方骤然接触,不免于思想态度及言论风格上,均有不同,易生牴牾。"

从南北朝起,北人的文化优势不再,一直到唐、宋,一直到明、清,一直到五四新文化运动,一直到二十世纪三十年代的文艺繁荣,中国文化的历史天平开始向南倾斜,还并非如俗话所说"六十年风水轮回转"的钟摆效应,而是一摆过去,就不再摆回。陈寅恪在《魏晋南北朝史讲演录》中谈道:"永嘉之乱,中州士族南迁,魏晋新学如王弼的《易》注,杜预的《左传》注,均移到了南方,江左学术文化思想从而发达起来。《隋书》七五《儒林传序》云:'大抵南人约简,得其英华,北学深芜,穷其枝叶'。所以,陈的结论是:"南北相较,南学胜于北学。"

其实,岂止经学,在文学这个领域里,也是南人要多占优势。鲁迅在他这篇名文中,也做出过类似的看法:"据我所见,北人的优点是厚重,南人的优点是机灵。但厚重之弊也愚,机灵之弊也狡"。话虽然说得刻薄,但"愚"和"狡",这两种精神状态的分野,对于文人而言,其创造性,其想象力,其美学考量,其思想天空,必然会发生着很大的差别。现在,回过头去看五四以来中国文坛上的那些顶尖人物,如胡适、陈独秀、鲁迅、郭沫若、茅盾、冰心、徐志摩、叶圣陶、俞平伯、林语堂、沈从文、丁玲……无一不是南人的现状,也证实了这一点。

所以,在中国文人的地图上,北主南宾的格局,遂成过去,而南人唱主角,挑大梁的南盛北微的现象,便是历久不衰的趋势。

母校的感觉

——兼谈《冬天里的春天》

人民文学出版社对于我来讲,总是有一种母校的感觉。

因为我的第一部书,也是我的第一部长篇小说,就是经由这家出版社,才得以问世的。如果说,五十年代我第一次在《人民文学》杂志上发表《改选》,算是进入"文学"的课堂,获得了一张入学证的话,那么,八十年代,终于在人民文学出版社出版了《冬天里的春天》,由写短篇小说到写出长篇小说,我相信,经过在这座文学课堂里的训练,也可以领到一张结业证书了。

那一天,当我拿到样书,捧着那白纸黑字,装订成册的我的第一本书,走出出版社大楼,就在拐弯的南小街里,觅了一家清静的小酒馆,坐下来,要了一小瓶酒,给自己倒上的时候,有一种在大学里通过论文答辩以后的轻松。

然而,又并不轻松。说实在的,经历了那些年见不到头的颠沛流离的日子,折腾磨难的生活,忍受着狗彘不如,谁都可以踢你一脚的屈辱,除了恨以外,轻易不动感情。心如茧硬,对世界通常表现得比较冷漠,很长一段时间里,低着头走路,闪避所有熟识的面孔,连笑都不会了。

但是,这一天,透过酒馆浑浊的玻璃窗映进来的薄薄阳光,居然将那两本厚厚书籍封面的黄色,照得灿烂,甚至辉煌。我知道,那是错觉。然而,这热烈得让人心暖的光彩,使我早已无泪的枯涩双眼,竟不由得潮润了起来。

因为这世界,曾经那样挤对我,拒绝我,所有的门和窗,都对我紧紧关闭,我以为我不会再有机会。因为这世界上,竟有那么多心术不正的人,我与他无冤无仇,但偏要把我往死里打发,我以为我再也碰不上好人。所以,要我忘掉那痛苦的岁月,不可能;要我原谅那些给别人制造痛苦的王八蛋,则尤其不可能。当然,应该宽容,应该淡忘,应该向前看,但二十多年那灰色的、黑色的绝望阴影,在脑海里烙下太深刻的印痕,甚至直到年逾古稀以后,还是黑夜里永远做不完的噩梦主题,真是一种可怕的熬煎。有时,一身冷汗地从梦中惊醒,醒来以后,好一会儿,也排除不掉那精神上的镣铐,以为还是昨天的那个囚徒。

幸而有文学,文学使我相信世上有崇高、正义、公平和友爱,否则,也许早就失去活下去的意义了。另外,文学也给我一种自我能力的肯定,所以,有许多次死的机会而未死,其实,心里也在赌,看到底是被一棍子打死,还是如同贬义词所说的"人还在,心不死",要在这条道路上,走下去,走到底,没有输到最后,决不认输。

回过头去审视我的文学生涯,从心底里感谢两个"人民文学",一个是发表我处女作的《人民文学》杂志,一个便是出版我首部书的人民文学出版社。如果说前者使我走上文学之路,那么后者,则是认证了我从事文学的资格。如果说第一次发表我的作品,只是表明了一种可能性;而拿到第一部我的书,人民文学出版社像是给了我一张毕业文凭。所以,在我心目里,对人民文学出版社,便生出一种母校的感觉。

这是新中国第一家文学出版社,新中国的文学事业,是从这里开始的。我很骄傲,因为我是从这座名校里走出来的一员。

我还记得第一回走进朝内大街166号那天,那是一九七九年的五月份,早一点,或者晚一点,已经记不准确了。那时,中越边界的战事已经结束,我从前方回来,得知出版社在找我。我连好坏参半的想法也不敢有,便拎了一个很大的手提包,准备去装回退稿的这部长篇小说。因为我私心揣测过,在还没有人尝试在长篇小说领域里使用这种时序颠倒写法的当时,大概它的命运是不会被人理解的,更不敢企求有人赏识了。

五十年代建成的"人民"和"人文"共处的这座大楼,到了八十年代,显得相当局促甚至寒碜而且窝囊,实在和这两块金字招牌太不相符。办公室的桌椅板凳,有的甚至能与文学史上的响亮名字相联系,当作文物也无妨的,可还在不胜负荷地继续为人民服务。然而,我想,每一个作家第一次走进这座陈旧的大楼里,对那无奈的苍老,陈年旧书的气味,都会怀着虔敬之心,我也不能例外。沿着许多同行走过的楼梯,踩着忐忑的步子,走进那条黑黢黢的走廊,然后,一扇门在我眼前打开了。

就在这座门里,我得到一个非常肯定的答复,用。

我没有想到,不但获得了一次以为不可能的文学机会,而且,还遇到一些心地很好,希望你得到成功的人。错过了大好年华的我,曾经叹息过,机会不再与我有缘,现在看来,只要争取,在一个开始变好的年代里,未必幸运就会掉脸而去。

当然,作品被拍板,劳动被肯定,一颗悬着的心放下,是许多作家都会遇上的场面,应该说不算什么稀奇。然而,对我而言,自从一九五七年因一篇小说而一劫不复,碧落黄泉,走投无路,坎坷半生,差一点点遭灭顶之灾起,二十二年,七千多个日日夜夜以后,等待到如此毫不犹豫的首肯,没有人情,没有请托,素昧平生,互不相识,能不对出版社的气魄和胆识,怀抱一份被知遇,被赏识的激动吗?

人民文学出版社,在当代中国的文学史和出版史上,有着举足轻重的地位。记得我还是一个文学青年的五十年代,走在东四到朝阳门的路上,便知道那座不起眼的楼房,是中国作家心目中的文学殿堂,我仰望过,我企羡过。二十年后,能够置身于人民文学出版社的出书作家队伍之中,那种母校的感觉,对我今后的文学之路,将是永远的鼓舞。

如果说,文学是不朽的,按照这个定律,出版不朽的文学书籍的出版社,也应该是不朽的。祝福二十一世纪的"人文",这家老牌出版社,为创造不朽的文学,做出更大的贡献。